# 瀛奎律髓彙評

〔元〕方回 選評
李慶甲 集評校點

五

上海古籍出版社

# 瀛奎律髓彙評卷之四十四　疾病類

疾病呻吟，人之所必有也。白樂天有云：「劉公幹卧病瘴浦，謝康樂卧病臨川，咸有篇章。」蓋娱憂紓怨，尤足以見士君子之操焉。

## 五言 二十五首

### 耳聾　杜工部

生年鶡冠子，歎世〔一〕鹿皮翁。眼復幾時暗，耳從前月聾。猿鳴秋淚缺，雀噪晚愁空。黄落驚山樹，呼兒問朔風。

方回：此詩足見游戲翰墨。後四句俱謂耳全無聞：「猿鳴」、「雀噪」，既不聞矣；而朔風吹落木葉，亦不之聞，至呼兒以問之。予謂果真聾矣，兒所答又何聞乎？史記謂豫讓吞炭爲啞。然請趙襄子之衣三斬之，未嘗啞也。

馮班：聾不比瞎，瞎了都看不見。聾不聞，亦不至全無所聞，故亦可「問」。

紀昀：啞乃聲嘶之謂，非果不能言。

紀昀：戲筆又當別論。如繩之以詩格，則不免纖佻。

無名氏（甲）：鶡冠子、鹿皮翁，俱周末隱士。

## 老病

老病巫山裏，稽留楚客中。藥殘他日裹，花發去年叢。夜足霑沙雨，春多逆水風。合分雙賜筆，猶作一飄蓬。

方回：老杜詩一句説病者極多，兩、三句説病者，如「高秋蘇肺氣，白髮自能梳。藥餌增加減，門庭問埽除」。第二句最妙。昔者之病，頭亦不自能梳，今始自能梳頭也。「杖藜還客拜」，又以見病愈，愈已〔二〕能答拜，但仍須倚杖耳。所以老杜詩虛實字皆當細細審看。今所取一首，尤見圓活而峭拔。

馮班：「增」字不通。

紀昀：此首亦無佳處，非杜之極筆。

無名氏(甲)：省郎有「雙賜筆」，今員外亦當分也。

## 初病風

白樂天

六十八衰翁，乘衰百藥攻。朽株難免蠹，空穴易來風。肘痺宜生柳，頭旋劇轉蓬。恬然不動處，虚白在胸中。

方回：開成四年己未十月樂天得風痺疾。時年六十八，蓋以代宗大曆八年生也。是年壬子有病中詩十五首，自序云爾。此詩長慶集三十五卷多爲病而作，賣駱馬、别柳枝皆在是年。

查慎行：三百篇中所謂賦而比也，後學知此者鮮矣。

紀昀：無不妥處，但太清淺，以爲老境則失之。○第五句「柳生肘」亦誤用。

無名氏(甲)：夢柳生肘，出莊子。

## 病入新正

枕上驚新歲，花前念舊歡。是身老所逼，非意病相干。風月情猶在，杯觴興又闌〔三〕。便休心未伏，更試一春看。

方回：病入新正，則開成庚申，年六十九也。

紀昀：此首稍健。

## 卧病來早晚

卧病來早晚，懸懸將十旬。婢能尋藥草，犬不吠醫人。酒甕全生醭，歌筵半委塵。風光還欲好，争向枕前春。

方回：樂天病「將十旬」，此乃真患風痺，與蘇州移疾告病百日而罷不同也。「婢能尋藥草，犬不吠醫人。」此聯絶妙。

紀昀：此真小樣。

紀昀：此亦清淺。

## 病瘡

門有醫來往，庭無客送迎。病銷談笑興，老足歎嗟聲。鶴伴臨池立，人扶下砌行。脚瘡春斷酒，那得有心情。

方回：平正無疵，但頗未易〔四〕及也。

紀昀：此種詩外淡而中亦枯，虚谷好矯語古淡，故貌似者亦復取之。

無名氏(乙):吾嘗謂白詩極有功夫,正謂此種。

## 墜馬强出贈同座

足傷遭馬墜,腰重倩人擡。祇合窗間卧,何因花下來。坐依桃葉妓,行呷地黄杯。强出非他意,乘風落盡梅。

方回:傷足而猶勉强看梅,可知是詩人多魔。

馮舒:如此批頗鈍相。

紀昀:「擡」字粗俚,餘亦淺率。

## 病中一二禪客見問因以謝之

劉賓客

勞動諸禪客〔五〕,同來問病夫。添鑪擣雞〔六〕舌,灑水淨龍鬚。身是芭蕉喻,行須筇杖扶。醫工有妙藥,能乞一丸無?

方回:雞舌香、龍鬚席,各去一字便佳。

何義門:句句切禪客。第三句僧來只添茶也。

紀昀:此便格韻不同。劉、白並稱,中山未必甘也。○結處雙關,大雅,不落小巧法門。

無名氏（乙）：都能練。

許印芳：「乞」讀去聲，以物與人也。

## 聞董評事病因以書贈 董生奉内典

繁露傳家學，青蓮譯梵書。火風垂四大，文字廢三餘。欹枕晝眠晚，折巾秋鬢疏。武皇思視草，誰許茂陵居？

方回：末句謂相如病渴，似亦戲之。

何義門：「三餘」用董遇語，與「繁露」一聯，皆以當家事對内典。

紀昀：三句即用内典，然殊不佳。

## 卧病走筆酬韓愈書問 賈浪仙

一卧三四旬，數書惟獨君。願爲出海月，不作歸山雲。身上衣蒙與，甌中物亦分。欲知强健否，病鶴未離羣。

方回：五、六可憐，其所以感昌黎者至矣。起句尤見退之高誼。賢哉賓主間也。

馮班：又批得呆鈍。

紀昀：浪仙作澀語便工，作平語便庸鈍，所謂人各有能有不能。○五、六雖真，而不免於鄙。

## 春日卧疾書情

劉商

楚客經年病，孤舟人事稀。晚晴江柳變，春暮塞鴻歸。今日方知命，前年自覺非。不能憂歲計，無限故山薇。

方回：「知命」「覺非」四字細潤，尾句脱灑。

馮班：腹聯只是五十講談耳，頷聯好。

紀昀：氣韻亦極修潔。

無名氏（乙）：浩浩自適，有誰羈得？

許印芳：劉商，字子夏。彭城人。官禮部郎中。

## 嶺下卧疾寄劉長卿員外

包佶

唯有貧兼病，能令親愛疎。歲時供放逐，身世付空虛。脛弱秋添絮，頭風曉廢梳。波瀾喧衆口，藜藿静吾廬。喪馬思開卦，占鴞懶發書。十年江海客，離恨子知予。

方回：佶又有風痺寄懷詩甚哀，首云：「病夫將老矣，無可答君恩。衾枕同羈客，圖書委外孫。」中云：「無醫能却老，有變是游魂。」前用喪馬開卦事，此又用游魂變卦事，必頗精於易。劉長卿答和此詩又云：「落日棲鴞鳥，行人達鯉魚。」稱爲包諫議，未審坐何事貶嶺下？

馮舒：精氣爲物，游魂爲變，何與易哉？佶坐善元載貶嶺南萬里，虚谷似全不知書者！

馮班：不讀書至此！

紀昀：二、三聯近似香山。○結句不盡。

## 秋晚卧疾寄司空拾遺盧少府

耿　湋

寒几坐空堂，疏髯似積霜。老醫迷舊疾，朽藥誤新方。晚果紅低樹，秋苔緑遍牆。慚非蔣生徑，不敢望求羊。

方回：藥方自佳，但藥既陳朽則不效，非方之罪也。上一句亦稱。

紀昀：此種總是小樣。

紀昀：怨二人不相存問。措語頗激。

無名氏（乙）：落墨非率爾。

## 病中感懷

李後主

憔悴年來甚，蕭條益自傷。風威侵病骨，雨氣咽愁腸。夜鼎唯煎藥，朝髭半染霜。前緣竟何似，誰與問空王！

方回：李後主號能詩詞。偶承先業，據有江南，亦僭稱帝，數十州之主也。集中多有病詩，先有五言律云：「病態加衰颯，厭厭已五年〔七〕。」看此詩真所謂衰颯憔悴，豈大風、横汾之比乎？宜其亡也。或謂此乃已至大興之後，即不然矣。七言有云：「衰顏一病難牽復，曉殿君臨頗自羞。」又云：「冷笑秦皇經遠略，静憐姬滿苦時巡。」蓋君臨之時也。

紀昀：「或謂此乃已至大興之後，即不然矣。」此亦難斷其必不然。

無名氏（乙）：較怯書生尤衰颯。

## 病起

陳後山

今日秋風裏，何鄉一病翁。力微雖杖起，心在與誰同！災疾資千悟，寃親併一空。百年先得老，三敗未爲窮。

方回：後山詩似老杜，只此詩亦合細味。

紀昀：五、六意頗可取，而語不工。

無名氏（乙）：挺挺有不病者存。

## 病中六首

舊歲連新歲，涼牀又暖床。山川屏裏畫，時刻篆中香。畏壘安吾土，支離飽太倉。若教身再健，鶴背入維揚。

方回：謂閑居自奉，且有祠禄，樂矣。若更不病，即揚州鶴也。甚佳。元題十二首，示藻姪可率昆季賡和。今取六首。

馮班：甚不佳。

紀昀：次句鄙，三、四俗格，竟不似後山之筆。

日暖衣猶襲，宵長被有稜。朝晡三楪飯，昏曉一釭燈。伴坐跧如几，扶行瘦比藤。生緣堪入畫，寂寞憩松僧。

紀昀：三句太率易，近香山。

軟熟羞盤饌，芳辛實枕幃。候晴先曬席，占濕預烘衣。易粟雞皮皺，難培鶴骨肥。頭顱雖若此，虛白日生輝。

馮班：第二句似謂以芳辛之物實枕耳，「幃」字不貫。

紀昀：此首又近武功。

歎息憎晨清，伸眉愜晚晴。隙虛浮日影，窗穴嘯風聲。捫蝨天機動，驅蚊我相生。偶然成一笑，栩栩暫身輕。

馮班：落句如何變了蝶？

紀昀：五、六極作意而不佳。

目眚浮珠珮，聲塵籟玉簫。晚秋潘鬢禿，午夢楚魂消。注水瓶花醒，吹薪藥鼎潮。南柯何處是，斜日上廊腰。

馮舒：只一「潮」字未足。

紀昀：前四句忽近「崑體」。

靜裏秋先到，閒中晝自長。閉門宜泄柳，尸祝謾庚桑。腹已枵經笥，身猶試藥方。强名今日愈，勃窣負東牆。

方回：六詩，每首有一、二聯工而雅，正其病也。非貧者之病，蓋猶有貴人之風焉。

紀昀：此評不甚了了，大意怪其不作酸澀語耳。

查慎行：以身試藥，冒險甚矣，語却有致。易云：「無妄之藥，不可試也。」「試」字從此出。

紀昀：此較清穩。三、四亦小巧。○六首皆非後山佳處。

李光垣：六首中凡用衣、身、藥、日、風、秋，字面複。

無名氏（乙）：首尾二首細静。

## 病中作

陸放翁

破裘縫更暖，糲食美無餘。摩詰病説法，虞卿窮著書。身羸支枕久，足蹇下堂疎。今日晴窗好，幽懷得細攄。

方回：三、四渾成。

紀昀：三、四點綴好耳，虛谷以爲渾成則非。

馮班：末句湊。

## 卧病雜題 五首取二

終日常辭客，經年半在牀。愛窮留作伴，諳病與相忘。竈婢工烹粥，園丁習寫方。今朝有奇事，久雨得窗光。

方回：元注：「久病家人作粥遂佳，蓋朝夕常爲之也。又有山僕本不識字，因久合藥遂能寫藥方，類大編。」予謂白樂天「婢能尋藥草，犬不吠醫人」，放翁此聯亦近之。「久雨得窗光」，尤爲佳句。「經年」，亦作「經秋」。

馮班：亦不及白。

紀昀：二詩皆無好無惡。

人間跛男子，物外病維摩。元注：「病中遂牽病右足。」可但妨趨拜，何因廢嘯歌。菜羹醯醬薄，村巷棘茨多。舉手謝隣父，非君誰肯過？

方回：五、六古淡有味。此放翁八十六歲時詩。

紀昀：一涉窮苦酸楚，便云「古淡」，純是習氣。

## 病中示兒輩

去去生方遠，冥冥死即休。狂思攘鬼手，危至服丹頭。有劍知誰與，無香可得留。惟應勤孝謹，事事鑑恬侯。

方回：此放翁易簀前倒數第三詩也。其臨終之詩曰：「死去元知萬事空，但悲不見九州同。王師北定中原日，家祭無忘告乃翁。」嘉定二年己巳冬也。先是臘月五日脱去左車第二牙，亦有詩。其卒之日候攷。蓋年八十有六，生於宣和七年乙巳。後生讀此選詩，不可以病爲忌、死爲諱。書之洪範曰：「考終命。」禮之善頌曰：「哭於斯。」乃人生之終事也。得如放翁八十有六者，世有幾人哉？

紀昀：三、四不甚了了，與上下文不貫，句亦不佳。

# 七言 二十八首

## 春盡日宴罷感事獨吟 元注云：「開成五年三月三十日作。」 白樂天

五年三月今朝盡，客散筵空獨掩扉。病與樂天相伴住，春同樊子一時歸。閒聽

鶯語移時立，思逐楊花觸處飛。金帶縋腰衫委地，年年衰瘦不勝衣。

方回：「櫻桃樊素口，楊柳小蠻腰。」長慶集中無此詩。別柳枝詩云：「兩枝楊柳小樓中，嫋娜多年伴醉翁。明日放歸歸去後，世間應不要春風。」爲病風痺遣二妾，故有是作。「觴詠罷來賓閣閉，笙歌散後妓房空。」亦病中所賦。又明年有詩云：「去歲樓中別柳枝。」自注云：「樊、蠻也。」二妓者，皆以柳枝目之云。

查慎行：「思逐楊花觸處飛」，此公終不服老。

紀昀：潦倒太甚。

## 改業

先生老去飲無興，居士病來閒有餘。猶覺醉吟多放逸，不如禪坐更清虛。柘枝紅袖教丸藥，羯鼓蒼頭遣種蔬。却被山僧相戲問：一時改業意何如？

方回：第三句元注：「予先有醉吟先生傳，故云。」尾句此亦戲笑近人情。

紀昀：題便不大方。〇亦潦倒語。

## 眼病二首

散亂空中千片雪，蒙籠物上一重紗。縱逢晴景如看霧，不是春天亦見花。僧說客塵來眼界，醫言風眩在肝家。兩頭治療何曾差，藥力微茫佛力賒。

馮舒：自然圓脱如面語。

紀昀：淺率之詞，加以粗俚。此種皆宜懸諸戒律，勿以香山而爲之辭。

眼藏損傷來已久，病根牢固去應難。醫師盡勸先停酒，道侶多教早罷官。案上謾鋪龍樹論，合中虚撚决明丸。人間方藥應無益，争得金篦試刮看。

方回：白體詩，不可以陳簡齋目疾詩律律之。然此亦善形容，不取其格，而取其味。

馮班：惡識。○如何要把簡齋律人？

紀昀：味亦無可取，此猶壓於盛名，曲爲周旋之語。

查慎行：龍樹論，專治目疾之書。

## 病眼花

頭風目眩乘衰老，祇有增加豈有瘳。花發眼中猶足怪，柳生肘上亦須休。大窠羅綺看終辨，小字文書見便愁。必若不能分黑白，却應無悔復無尤。

方回：詩律圓熟。山谷云「閲人矇瞶自有味，看字昏澀尤宜懶」是也。

紀昀：此淺鄙，非圓熟也。

## 答竇拾遺卧病見寄

包佶

今春扶病移滄海，幾度承恩對白花。送客屢聞簷外鵲，消愁已辨酒中蛇。瓶收枸杞懸泉水，鼎鍊芙蓉伏火砂。誤入塵埃牽吏役，羞將簿領到君家。

方回：詩欲新而不陳。「已辨酒中蛇」，則無疑矣。「已辨」二字佳。事故而意新。「枸杞懸泉水」、「芙蓉伏火砂」，亦新。

紀昀：欲新固是，然不可於小處求新。

查慎行：硃砂有芙蓉箭鏃。

## 秋居病中

幽居悄悄何人到，落日清涼滿樹梢。新句有時愁裏得，古方無效病來拋。荒簷數蝶懸蛛網，空屋孤螢入燕巢。獨卧南窗秋色晚，一庭紅葉掩衡茅。

紀昀：薄而稍新。

## 病中書事　李後主

病身堅固道情深，宴室清香思自任。月照静居惟搗藥，門扃幽院只來禽。庸醫懶聽詞何取，小婢將行力未禁。賴問空門知氣味，不然煩惱萬塗侵。

方回：此詩八句俱有味。然不似人主之作，只似貧士大夫詩也。

馮舒：第三聯上句不亮，下句不解，將謂「書事」耶？

馮班：「庸醫」句未穩。

紀昀：意格俱卑。五代之詩類然，不止重光也。

## 移病還臺凡閱半歲乃愈始到家園視園夫治畦植花因成自歎　宋景文

卧治無功賜告回，驟叨鳴履上中臺。病中改八座。壺丘天壤非真死，蒙叟軒裳是儻來。經灌旱蔬扶隴出，失刊園蘂犯簷開。此身踈拙真丘壑，不是當年王佐才。

紀昀：三句不佳。五、六寓意。

# 病起思歸

王元之

年來多病轉思山，終日呻吟簿籍間。叔夜養生休著論，陶潛雖死只應閒。又移郡印三年調，才報君恩兩鬢斑。安得便歸田里去，松篁泉石掩柴關。

四十爲郎非不偶，況曾題筆直瀛洲。明時遇主誰甘退，白髮侵人自合休。夢得蹉跎因出郡，劉夢得貶謫爲郎四十餘年。薛能詩什恥監州。薛許昌詩云：「監州是戲儒。」春來病起思歸甚，未敢飛章達冕旒。

方回：元之謫商州團練副使時詩，蓋白樂天體也。

紀昀：元之詩學白。此二詩和平清穩，乃勝樂天。虛谷以爲樂天體，胸中先有元之樂天後進句耳。

紀昀：三、四深穩，詩人之華。

無名氏（乙）：次聯心坎流出温厚。

## 卧病月餘呈子由二首

張宛丘

蔀室悠悠昏復朝，强披莊子説逍遥。四禪未到風猶梗，九轉無功火不燒。學道若爲調鹿馬，是身不實似芭蕉。丹砂赤箭功何有，卧聽清言意自消。

馮舒：「火不燒」，亦呆直。

紀昀：語亦圓潤，調嫌太平。○七句複四句。

風葉鳴窗已復朝，唤回歸夢故人遥。酒壺暗淡浮塵集，藥鼎青熒敗葉燒。閉户獨依寒蟋蟀，移牀更就雨芭蕉。雪深更請安心術，長日如年未易消。

方回：「四禪」「九轉」句佳。次篇兩「更」字，刊本如此，恐原稿必不然。

紀昀：偶然不檢，亦時有之。以原稿爲必不然，則又曲護之見。

馮班：「雪深」「安心」俱二祖故事，非景也。詩雖不佳，已蒼此等批反爲後人所笑。

## 病肺對雪

擁庭晴雪照高堂，卧病悠悠廢舉觴。肺疾僅同園令渴，齒傷不爲幼輿狂。交飛翠斝知誰醉，獨嗅烏巾認舊香。元注：「漉酒，淵明名也。」唯有烹茶心未厭，故知淡薄味能長。

方回：三、四絶佳。「不爲幼輿狂」，尤新異。五、六應二句，謂不能飲。「觴」「斝」二字犯重。

紀昀：亦常格。

紀昀：此亦淺近。○注不解，再校右史集。

## 晝卧懷陳三時陳三卧疾

睡如飲蜜入蜂房，懶似游絲百尺長。陋巷誰過居士疾，春風正作國人狂。吟詩得瘦由無性，辟穀身輕合有方。欲餉子桑歸問婦，一瓢過午尚懸牆。

方回：此以問陳後山疾也。後山答：「嘗聞杜氏婦，剪髻事賓客。君婦定不然，三梳奉巾櫛。」是也。

紀昀：第四句不佳，五句「由無性」三字不妥，結却有致。

## 喜七兄疾愈

净名居士本非病，五禽先生能養身。家人但訝少陵觀，鄉里不知顔子貧。身内故知閒是藥，人間誰有道通神。喜聞漸離烏皮几，花氣晴來欲逼人。

方回：此等詩豈補綴鬪合者能之，只如信口説話，而他人不能如此信口説也。

紀昀：此亦似老而實頹唐，勿爲古人所紿。

馮班：讀此詩題，不勝泫然。○「五禽」之戲不可直名「先生」。

## 和黄預病起

陳後山

似聞藥病已投機，牛鬭蛇妖頓覺非。李賀固知當得疾，沈侯可更不勝衣。驚逢白璧山千仞，會見黄金帶十圍。只信詩書端作祟，孰知糠籺亦能肥。

方回：後山詩句句有關鎖，字有眼，意有脈，當細觀之。

馮舒：第三句難解。

馮班：第三句不可解，末句不切。○用得不好，「江西」詩用事拙。

紀昀：次句不雅。○「作祟」二字亦不雅。

## 眼疾

陳簡齋

天公嗔我眼常白，故着昏花阿堵中。不怪參軍騎瞎馬，但妨中散送飛鴻。著籬令惡誰能對，損讀方奇定有功。九惱從來是佛種，會知那律證圓通。

方回：此詩八句而用七事，謂詩不在用事者，殆胸中無書耳。盲人騎瞎馬，夜半臨深池，此世說殷仲堪參軍所作危語。仲堪眇一目，適忤之。只見門外著籬，未見眼中安障，此方干令以嘲李主簿范。甯武子患目痛，求方於張湛，湛戲謂此方用損讀書一，減思慮二，專内視三，簡外觀四，早晚起五，夜早眠六，凡六物熬以神灰，下以氣簁。今刊本多誤作「損續」，非也。白眼、阿堵、送飛鴻，三事非僻。那律事出楞嚴經，無目可以證道。其要妙在用虛字以斡實事，不可不細味也。

馮舒：「只見門外著籬，未見眼中安障。」又杜撰一聯。○未見嘴唇開褲，已對過矣。○都是「江西」惡派亂談。

馮班：方君不解用事，此言却有會。

紀昀：「其要妙在用虛字以斡實事，不可不細味也。」此二句精當。

馮舒：參軍危語如此，未嘗云參軍自騎也。

馮班：太填砌，如此何得薄「崑體」耶？○盲人騎瞎馬，夜半臨深池，不得直云參軍騎瞎馬也。「江西派」承「崑體」之後，用事多假借狃合，往往不可通。「西崑」學三十六體用事，出没皆本古法。黄、陳多杜撰，所以不及。

紀昀：純是宋調，又自一種，然不甚傷雅，格韻較宋人高故也。

## 次韻王元勃問予齒脱　曾茶山

齒危但以粥充虚，辜負公家夏屋渠。元注：「舊説，夏屋，大具。渠，勤也。言説大具，其意勤勤然。」政恐麴生真作祟，可憐髯簿頓成疏。元注：「炙轂子謂羊爲髯鬚主簿。」動摇不減韓吏部，蹴踏非勤焦校書。落勢今年殊未已，衹應從此併無餘。

方回：此當與陳簡齋目疾、范石湖耳鳴詩參綜以觀，格律相似，善用事亦相似，但貯胸無奇書，落筆無活法，則不能耳。誰謂「江西」詩可輕視乎？

馮舒：用書如此，必不如「西崑」。

馮班：劣甚。第六句不通。

查慎行：後半跳不出韓吏部圈子。

紀昀：此便傖氣。虚谷以擬簡齋，門户之論耳。三句「作祟」二字不雅。

## 次韻朱德裕見贈予病初起　周信道

蓋世功名黍一炊，驚心歲月轂雙馳。五漿先饋那須爾，二豎相陵少避之。種種鬢毛吾欲老，翩翩書劄子能奇。黄花無語秋將暮，莫惜玄談與解頤。

方回：周孚字信道，濟南人，乾道二年進士，爲儀真教官卒〔八〕。詩本黄太史。辛稼軒刊其集曰蠹齋集。丘詳之惜其年不老，蓋尚進而未艾。

馮班：不解捉筆。

紀昀：三、四「江西」野調。

## 耳鳴

范石湖

東極空歌下始青，西方寶網奏韶英。不須路入兜元國，自有音聞空筏城。牛蟻誰知牀下鬬，雞蠅任向夢中鳴。如今却笑難陀種，無耳何勞强聽聲。

方回：二首選一。前篇有云：「夢中鼓響生千偈，覺後春聲失百非。」又云：「寄語爵陰吞賊道，玉牀安穩坐朱衣。」皆奇博已甚。謂能詩者不必讀書，不在用事，可乎？

紀昀：此亦微知生平持論之偏，以此語補滲漏也。蓋「江西」詩惟取生硬，易爲白撰者所僞託，當時必有議及者矣。

馮舒：兜元國事出幽怪録。用事至此，宋人每有此等。○如此用事亦是惡道，所以惡者，直是宋氣惱人。

馮班：太堆砌，然雅切可愛。○「東極空」、「西方寶」、「空筏城」俱不解，何獨拈「兜元」？○宋人直是不通耳，非但氣息不好。

查慎行：前半用事，未詳所出。

紀昀：此亦堆砌。

## 病足累日不能出掩門折花自娱

陸放翁

頻報園花照眼明，蹣跚正廢下堂行。擁衾又聽五更雨，屈指都無三日晴。不奈病何抛酒盞，粗知春在賴鶯聲。一枝自浸銅瓶水，喜與年光未隔生。

方回：此慶元四年戊午詩，放翁年七十四。第六句絶妙。

查慎行：第六一語叫醒一篇。

張載華：此詩已見「春日類」，重出。

紀昀：重出。

許印芳：末句「生」字是語助詞，古人詩中太瘦生、太憨生、可憐生之類，皆作此解。

## 病愈

倦榻呻吟每自哀，占著來吉出餘災。自能洗硯拂書几，時亦折花尋酒杯。久類寒蛟潛岫穴，忽如老馬噴風埃。霜晴爛熳東窗日，一笑山坡訪早梅。

方回：此亦慶元四年戊午時詩。

馮舒：末句犯「折花」。

紀昀：此首淺滑。○次句笨。

## 五月初病體覺愈輕偶書

世事紛紛了不知，又逢乳燕麥秋時。經年謝客常因醉，三日無詩自怪衰。乘雨旋移西崦藥，留燈自覆北窗棋。但將生死俱拈起，造物從來是小兒。

方回：此慶元五年己未詩，放翁時年七十五。

馮班：重出。

查慎行：重見「夏日類」。

紀昀：重出。

## 小疾兩日而愈

病骨羸然山澤臞，故應行路笑形模。記書身大似椰子，忍事癭生如瓠壺。美酒得錢猶可致，高人折簡孰能呼。不如浄掃茅齋地，臨看微香起瓦爐。

方回：不着「行路笑形模」一句，則引「椰子」、「瓠壺」兩句不來，此足見詩家手段。放翁是年八十二，開禧二年丙寅也。明年而侂胄敗，放翁猶健也。

馮舒：此章法也。唐人無不如此，高者且不必如此。詫爲詩家手段，殊不然。

紀昀：此評是。

紀昀：格調太平，放翁習逕。三句「身」字不妥。

## 病起

趙紫芝

身如瘦鶴已伶俜，一卧兼旬更有零。朝客偶知親送藥，野僧相保密持經。力微尚覺衣裳重，才退難徵筆硯靈。惟有巖花心未已，遍分黄菊插空瓶。

方回：此詩三、四，先云「朝士偶知來送藥，野僧相保爲持經」，後乃改下「親」字、「密」字，亦詩法所當然也；但「更有零」三字不佳。「四靈」學姚合、賈島詩而不至，七言律大率皆弱格，不高致也。

紀昀：改此三字，便不率易。

馮班：第六句稍劣。

紀昀：中四句小樣。

## 髮脱

劉後村

髮脱紛紛不待爬，天將醜怪變妍華。論爲城旦寧非怒〔九〕，度作沙彌亦自佳。稚子笑翁簪柏葉，侍人諱老匣菱花。霜寒尤要泥丸暖，慚愧烏巾着意遮。

方回：白樂天、陳簡齋之目，張文潛、曾茶山之齒，范石湖之耳，加以後村髮秃詩，可發一笑。然後村詩不及諸公。

馮班：惡道。○腹聯亦可。

紀昀：三、四只似惡謔，豈可入之詩集？

## 問友人病

病來清瘦欲通仙，深炷篝香拂地眠。野客勸尋廉藥買，外人偷出近詩傳。術庸難靠醫求效，俗陋多依鬼乞憐。鷗鷺如欺行跡少，分明溪上占漁船〔一〇〕。

方回：詩意自足，但是格卑。

紀昀：此論是。

馮班：除第一句都不問友人，只是自詠。

查慎行：五、六雖近俚，頗近情。

**校勘記**

〔一〕歎世　查慎行：「歎」一作「玩」。　〔二〕愈已　紀昀：「愈」字衍。　〔三〕又闌　紀昀：「又」字再校。　〔四〕頗未易　按：「頗」字原作墨丁，據康熙五十二年本、紀昀刊誤本校補。　〔五〕禪客　馮班：一作「賢者」。　〔六〕擣雞　馮班：一作「烹雀」。

〔七〕已五年　按：「已」字原作墨丁，據康熙五十二年本、紀昀刊誤本校補。　〔八〕教官卒　按：「官」字原作墨丁，據康熙五十二年本、紀昀刊誤本校補。　〔九〕寧非恕　紀昀：「恕」字不甚解，校本集是「恕」字。　〔一〇〕占漁船　按：元至元本、紀昀刊誤本「占」作「古」。

# 瀛奎律髓彙評卷之四十五　感舊類

欠五言併題序。

## 七言

七首〔一〕

陳阜卿先生爲兩浙轉運司考試官時秦丞相之孫以右文殿修撰來就試直欲首選阜卿得予文卷擢置第一秦氏大怒予明年既顯黜先生亦幾陷危機偶秦公薨遂已予晚歲料理故書得先生手帖追感平昔作長句以識其事不知衰涕之集也

陸放翁

冀北當年浩莫分，斯人一顧每空羣。國家科第與風漢，天下英雄唯使君。後進何人知大老，横流無地寄斯文。自憐衰鈍辜真賞，猶竊虚名海内聞。

方回：此謂秦塤也。選此詩以見老檜之無識，放翁下第以此。

馮舒：如何説他無識？

紀昀：選詩非記事。檜之無識，不待此詩始見。安可不問工拙，但以題目取之？

馮舒：第三句只是宋。

馮班：「江西派」。○次聯「江西」法也。

何義門：雖見宋派，却能以古人語爲己用者，不愧坡公。

紀昀：三句用劉蕡事切而不雅。凡用事不切，不如不用；切而不雅，亦不如不用。第五句亦率易，六句又太激。

## 雪夜感舊

江月亭前樺燭香，龍門閣上馱聲長。亂山古驛經三折，小市孤城宿兩當。晚歲猶思事鞍馬，當時那信老耕桑。緑沉金鎖俱塵委，雪灑寒燈淚數行。

陸貽典：兩當，縣名，屬秦鳳路。

紀昀：後四句沉着慷慨。六句逆挽有力，「那信」二字尤佳，若作「誰料」便不及。○「兩當」，地名，借對「三折」。

無名氏（乙）：頗昂藏崊屼。

許印芳：第六句逆挽，筆法固佳。第五句横插，筆法尤佳。蓋前四句追敍舊事，筆勢平衍。五句横空插入，寫眼前心事，便覺陡峭。拘窘呆鈍者不解如此用筆，亦不敢如此用筆也。六句挽到舊事一邊，兜得最緊。曉嵐謂「那信」若作「誰料」便不及，此論微妙。蓋「料」字虚，「信」字實，「料」是事前揣度，「信」是經事之後追憶事前，較「料」字深而有力。「誰」字嫩而輕，「那」字老而重，亦較「誰」字有力。凡詩中字眼，有講義大概相似而用來頓分優劣者，此類是也。用之而優者，又有天然合拍之妙，其所以合拍之故，可以意會，可以神悟，而不可以言傳。非於古人章句涵泳純熟，於古人門徑經歷甘苦，亦不能意會神悟，此詩之所以難言也。七句「緑沈」、「金鎖」，是言舊物。「俱塵委」，是言眼前光景。八句點題，收拾通篇。此等結法神力絶大，勿以尋常視之。〇緑沈槍、金鎖甲，語本杜詩。〇「當」字複。

## 憶昔

憶昔從戎出渭濱，壺漿馬首泣遺民。夜棲高冢占星象，晝上巢車望虜塵。共道功名方迫逐，豈知老病只逡巡。燈前撫卷空流涕，何限人間失意人。

紀昀：「憶昔」順起，唐人多有之。然此調入手易率，賴五、六一宕一折，方不萎弱。三、四平鈍。○結句偶用後山。

## 感　昔

三着朝冠入上都，黄封頻醉渴相如。馬慵立仗寧辭斥，蘭偶當門敢怨鋤。富貴尚思還此笏，衰殘故合愛吾廬。燈前目力依然在，且盡山房萬卷書。

紀昀：三、四亦感慨豪宕。此種題易於着語，但筆力足以運之，即能出色。

無名氏（甲）：劉先主殺異己者，謂如蘭芝當門，不得不鋤。

許印芳：首句借對。

五丈原頭秋色新，當時許國欲忘身。長安之西過萬里，北斗以南惟一人。往事已如遼海鶴，餘年空羨葛天民。腰間白羽凋零盡，却照青溪整角巾。

紀昀：結得不盡。

無名氏（乙）：腹聯和平竦聽。

許印芳：前詩和平，不愧詩人之筆。後章三、四老横，上句古調，下句拗調。凡平調中參拗調一聯，乃是常格。此則拗調以古調作對，爲變格也。○「過」，去聲。

## 夢蜀

夢飲成都好事家，新粧執樂雁行斜。赭肩〔二〕郫縣千筒酒，照眼彭州百馱花。醉帽傾欹歌未闋，罰觥瀲灩笑方譁。霜鐘喚覺晨窗白，自怪無端一念差。

方回：體熟語麗。

紀昀：夢起覺收，布格太平，遂令豪語俱爲減色。

無名氏（甲）：郫縣出名酒，謂「郫筒酒」。蓋以大竹筒貯之，更置於甕。

## 伏讀二劉公瑞巖留題感事興懷至於隕涕追次元韻偶成一篇

朱文公

誰將健筆寫崖陰，想見當年抱膝吟。緩帶輕裘成昨夢，遺風餘烈到如今。西山爽氣看猶在，北闕精誠直自深。故壘近聞新破竹，起公無路祇傷心。

方回：元注：「右懷寶忠李公作。近聞西兵進取關、陝，其帥即公舊部曲也。」

紀昀：雖乏深警，亦有氣格。○此卷詩皆有可觀。

**校勘記**

〔一〕七言七首　按：「七首」二字原缺，據元至元本校補。〔二〕赭肩　查慎行：「赭」當作「赬」，韓詩「刈熟擔肩赬」。

# 瀛奎律髓彙評卷之四十六　俠少類

紀昀：闕序。

## 五言

八首〔一〕

### 雜詩　盧象

君家御溝上，垂柳夾朱門。列鼎會中貴，鳴珂朝至尊。死生在片議，窮達獨一言。須識苦寒士，莫矜狐白温。

方回：此詩有古樂府之意，格調甚高。前四句敍其富貴，五、六言其權勢之盛，末句使之憐寒士也。

紀昀：解却不錯。

馮舒：此是權豪，非關俠少。

馮班：此非俠少，乃貴人也。

紀昀：中四句雖對偶，然終是俳偶之古體，非律格也。語淺局促，以爲高格尤非。

## 贈張建

韓翃

結客平陵下，當年倚俠游。傳看轆轤劍，醉脱驌驦〔二〕裘。翠羽雙鬟妾，珠簾百尺樓。春風坐相待，晚日莫淹留。

方回：「雙鬟妾」「百尺樓」本無足道，亦見世間有此驕佚之人也。以入「俠少」，亦在平時而已。

馮舒：鈍機。

紀昀：後四句乃戲之之詞，虚谷誤以爲誇詞，故其論如是。

馮舒：無奇特，却穩貼清麗。

馮班：君平天姿華贍，只下語平平耳，自覺富貴之氣逼人。今人必不解用「鷫鸘裘」。用事是律詩要緊處，解者愈遠愈工，不解者一借用便拙。

紀昀：三、四得神，在「傳看」「醉脱」四字。

## 長安路

長安九城路，戚里五侯家。結束趨平樂，聯翩互狹斜。高樓臨積水，複道出繁花。惟有相如宅，蓬門度歲華。

方回：詩法當如此。前六句總説繁華，結句却合歸之寂寞。前一段全説書生氣味，結句却合説豪貴不如，此詩乃爲佳也。

馮舒：瞎批。

紀昀：此種議論似高而謬，詩亦相題，豈必以歸到寂寞爲高乎？固哉高叟！

紀昀：通體不見俠少之意，入此類殊爲無理。○此即盧昇之長安古意之意，縮爲八句，然大意已盡。

## 關山月

霍　總

珠籠翡翠牀，白皙侍中郎。五日來花下，雙童問道傍。到門車馬狹，連夜管絃長。每笑東家子，窺他宋玉墻。

馮班：此題似有誤。元和御覽集此處似有脱誤。○第七句新峭。

紀昀：純用相逢狹路間一篇語意。○結言以富貴自矜，而笑交文士者之非也。即前君平詩結句之意，而措語較曲折不逼。

無名氏（乙）：腹聯極寫豪華。

## 邯鄲俠少年

鄭　錟

夜渡濁河津，衣中劍滿身。兵符刼晉鄙，匕首刺秦人。報士非無膽，高堂念有親。昨緣秦苦趙，來往大梁頻。

方回：第六句有味。

馮班：高甚。

紀昀：次句不佳。

## 少年行

劉長卿

射飛誇侍獵，行樂愛聯鑣。薦枕青蛾豔，鳴鞭白馬驕。曲房珠翠合，深院管絃調。日晚春風裏，衣香滿路飄。

方回：此詩似非長卿所作。中四句太艷而淺，末句頗可採。此題於其後不無少貶，乃佳。

紀昀：少年行自是樂府，文人隨時轉變，以五言律作之耳。其體本摹寫俠少，安能以腐語參之？

馮班：末句妥。

紀昀：一、二句，四句，七、八句，説遊冶。三句，五句，六句，説聲色。詞參差無緒，於法爲疏。

## 少年行

林寬

柳煙侵御道，門映夾城開。白日莫空過，青春不再來。報仇衝雪去，乘醉臂鷹迴。看取歌鐘地，殘陽滿壞臺。

方回：三、四本形容俠少汲汲皇皇爲游樂之事，不肯虛度時光。幼時見人書此句以戒學堂兒曹。其承上句，即無正當之論，不足采也。不知乃爲唐人林寬詩也。

## 少年

張宛丘

朱繩縛天狗，白羽射旄頭。新佩將軍印，初成甲第樓。絲羅〔三〕諸院夜，鞍馬五陵秋。惟有如霜鬢，令君覽鏡愁。

方回：格近古，似陳、宋。

馮舒：萬不及。
馮班：如隔萬里。
紀昀：前六句果有古意，然似齊、梁，以爲陳、宋則不然。
馮班：不當行，少意味。○首聯二句非此題破也，此雖老將亦可矣。○次聯是。○知此篇非唐人，可以談用古之妙矣。○此不成詩，萬里不解也，其病在起處徒作壯語而無少年意。○起二句大言無當。
紀昀：結殊傖氣。
無名氏（乙）：駿爽。

# 七言 九首

## 贈王樞密 一作「中貴王樞密」，守澄宗姪也。

王　建

三朝〔四〕行坐鎮相隨，今日春官見小時〔五〕。脱下御衣先試〔六〕着，進來龍馬每教〔七〕騎。長承密旨歸家少，獨奏邊機〔八〕出殿遲。自是姓同親〔九〕向説，九重争得〔一〇〕

外人知。

馮舒：此作何關「俠少」？此詩有爲而作，人所共知，列之「俠少」，真全不讀書者。

馮班：此是内官，非俠少也。○原刻一字不通，不知虚谷何來此惡本？「同姓」，謂之當家人。宋人不知此語，往往妄改。虚谷不學，遇唐人古語不解，往往改却，可笑。

紀昀：此乃王建忤王守澄，守澄以所作宫詞挾持之，建作此以自解。入「俠少類」誤甚。

## 閒説

桃花百葉不成春，鶴筭千年也未神。秦隴洲緣鸚鵡貴，王侯家爲牡丹貧。歌頭舞面迴迴别〔一〕，鬢樣眉心日日新。鼓動六街騎馬出，相逢總是學狂人。

方回：歎時世衰薄，不務本。長安富貴之家，所知惟此，而不知生熟好惡也。

馮舒：亦不應入「俠少」。

馮班：首句不可解。

紀昀：亦淺亦俗。

無名氏（乙）：第四句可警憨頑。

## 寄丹陽劉太真　韓翃

長安道上落花朝，羨爾當年賞事饒。下筯已憐鵝炙美，開籠不少鴨疑當作「雉」。媒嬌。春衣曉入青陽巷，細馬初過皂角橋。相訪不辭千里遠，西風好借木蘭橈。

馮舒：唐人每鬬鴨。自晉時已爲此戲，事見世説，方君全不知古今。

馮班：風華。○君平綺縟過於大曆諸子。

紀昀：此追敍舊遊之作，入之「俠少」無理。○馮引鬬鴨事譏虚谷不學，虚谷誠荒陋，然此注不錯。「雉媒」吾聞之矣，「鴨媒」出何典故？

無名氏（乙）：次句尤俊。不用「雉媒」，而用「鴨媒」，求生新也。今江南更有「雁媒」。

## 富平少侯　李商隱

七國三邊未到憂，十三身襲富平侯。不收金彈抛林外，却惜銀牀在井頭。綵樹轉燈珠錯落，繡檀迴枕玉雕鎪。當關不報侵晨客，新得佳人字莫愁。

馮舒：次聯即俗諺所云當著不著也。

馮班：自然，非楊、劉輩可及。知此可以言「崑體」矣。

紀昀：此義山集中之下乘。

## 丁年

王荆公

丁年結客盛游從，宛洛氈車處處逢。吟盡物華愁筆老，醉消春色愛醅濃。壚間寂寞相如病，鍛處荒涼叔夜慵。早晚青雲須自致，立談平取徹侯封。

馮班：何如玉溪生？然勝楊、劉。

紀昀：此亦追敍舊遊，入「俠少」無理。

無名氏（甲）：嵇叔夜好鍛。

## 公子

楊文公

夾道青樓拂綵霓，月軒宫袖按前溪。錦鱗河伯供烹鯉，金距隣翁逐鬭雞。細雨墊巾過柳市，輕風側帽上銅鞮。珊瑚擊碎牛心熟，香草蘭芳客自迷。

馮舒：第三聯寒儉。〇若説「江西」勝「西崑」，我永不論詩。

馮班：次聯欠切。腹聯好。

紀昀：「河伯」、「隣翁」，俱涉裝點，與義山之「湖燕雨」、「海鵬風」同一病痛。「巾」、「帽」複。

無名氏(甲): 晉人甚貴牛心炙,有王濟故事。

無名氏(乙): 第六俊句。

## 公子 劉子儀

油壁香車隔渭橋,黄山路遠苦相邀。行庖爨蠟雕胡熟,永埒鋪金汗血驕。别館橫陳張勝婉〔三〕,期門長揖霍嫖姚。注鈎握槊曾無憚,緑柱膏濃曉未銷。

紀昀: 楊、錢、劉三詩皆有義山風味,勝「西崑」他詩之堆砌。

## 公子 錢思公

蓮勺交衢接荻園,來時十里一開筵。歌翻南國桃根曲,馬過章臺杏葉韉。别殿對迴雙綬貴,後門歸夜九枝然。閒隨翠幰欹烏帽,紫陌三條入柳煙。

馮班: 此首好。

無名氏(甲): 宣帝困蓮勺鹵中。

## 公子

胡文恭

北第當衢戟有衣，巾帷鮮媚僕如犀。萬錢供飭鳴鐘沸，三組垂腰佩玉𢇁。座上賦鸚窮處士，樓前盤馬小征西。去天尺五城南路，此去青雲別有梯。

方回：胡武平筆端高爽，似陸農師。

馮班：腹聯好。○後四句「崑體」佳境。

紀昀：此效「崑體」而不成。○次句鄙。

### 校勘記

〔一〕五言八首　按：「八首」二字原缺，據元至元本校補。〔二〕驌驦　馮班：「鷫鸘」從「鳥」不從「馬」。〔三〕絲羅　馮班：「絲」字疑是「綺」字。〔四〕三朝　馮班：「三」當作「先」。〔五〕今日春官見小時　馮班、沈巘：當作「今上春宮見長時」。〔六〕先試馮班：當作「偏得」。〔七〕每教　何義門：「教」當作「交」。〔八〕邊機　馮班：「機」當作「情」。〔九〕自是姓同親　馮班、沈巘：當作「不是當家頻」。〔一〇〕争得　馮班：「得」當作「遣」。〔一一〕迴迴別　馮班：本作「遍迴別」，改字處真不通。〔一二〕張勝婉　馮班、李光垣：「勝」當作「静」。陸貽典：六朝采蓮曲有張静婉，乃羊侃妾。此疑誤。

# 瀛奎律髓彙評卷之四十七　釋梵類

「經來白馬寺，僧到赤烏年」，釋氏之熾於中國久矣。士大夫靡然從之，適其居，友其徒，或樂其説，且深好之而研其所謂學，此一流也。詩家者流，又能精述其趣味之奥，使人玩之而不能釋，亦豈可謂無補於身心者哉？凡寺、院、菴、寮題詠皆附此。

## 五言 二百五首

### 酬暉上人獨坐山亭有贈

陳子昂

鐘梵經行處，香牀坐入禪。巖亭交雜樹，石瀨瀉鳴泉。水月心方寂，雲霞思獨玄。寧知人代裏，疲病得攀援。

方回：盛唐人詩，多以起句十字爲題目，中二聯寫景詠物，結句十字撇開，却説别意。此一大機括也。

馮班：何必盛唐？

查慎行：此評屢見。

紀昀：大概如此，亦有不盡然者。

馮舒：首二句出題，千古常規也。大曆後結句必緊收，已前則不必，而自妙貼，自開創。

馮班：律詩起句謂之破題，方君何以不知？

紀昀：初諧聲律，明而未融。以存詩體之源流則可，以爲定式則不可。

無名氏（乙）：一般景物入初唐之手，便爾高迴，此時代之别也。

## 靈隱寺

駱賓王

鷲嶺鬱岧嶢，龍宮隱寂寥。樓觀滄海日，門聽〔一〕浙江潮。桂子月中落，天香雲外飄。捫蘿登塔遠，刳木引泉遥。霜薄花更發，冰輕葉互彫。夙齡尚遐異，搜對〔二〕滌煩囂。會入天台裏〔三〕，看予渡石橋。

方回：唐史言宋之問詩比於沈、庾〔四〕精密，又加靡麗，蓋律體之祖也。或者謂此詩之問首吟二句，而禪榻老僧遽續數聯，實駱賓王逃難削髮在寺爲之。予著名僧詩話已詳著其説，兩存之可也。

馮班：賓王豈不識宋五耶？小説妄也。

紀昀：義烏敗逃之日，宋不得爲少年。延清吟詩之時，駱亦不得爲老僧。其爲僞託，可不辨而明。惟末二句確是僧語，而非貴官之語。其爲僧所續成，殊無疑義。隋、唐龍戰，天下初平。武后臨朝，人情危駭。冥冥鴻舉之士，隱於方外者當不乏人。必適有老僧續吟之事，而一時不得其姓名，遂以賓王當之耳。

馮班：次聯真妙！四句「聽」不如「對」，試登韜光庵門樓，便見此聯之妙。

紀昀：純是初體，而風格遒上，非復陳、隋堆垛之詞。

無名氏(乙)：高爽幽迥，果是千秋絶調。起筆亦健舉，結處撇開，亦律法。

許印芳：詩止七韻，聯數用奇不用耦，今不可學。○「更」字、「看」字俱平聲。「天」字複。長律聯數，用耦不用奇。初體未純，有用奇者，此詩亦然。○駱賓王，字未詳，義烏人，官臨海丞，棄官去，後與徐敬業舉兵討武后，兵敗，不知所終。

## 稱心寺

宋之問〔五〕

征帆恣遠尋，逶迤過稱心。凝滯蘅莖岸，沿洄楂柚林。穿溆不厭曲，艤潭惟愛深。爲樂凡幾許，聽取舟中琴。

方回：此猶未盡脱齊、梁、陳、隋體也，庾信詩多如此。

馮班：此是齊、梁體，非近體也，沈、宋詩雖變齊、梁爲近體，尚存齊、梁舊格，「四子」時合新體耳。

紀昀：此評確。

## 登總持寺浮圖〔六〕〔七〕

梵宇出三天，登兹望八川。開襟俯城闕〔八〕，揮手拍雲〔九〕煙。函谷春山外，昆池落日邊。東京楊柳陌，少別遂經年〔一〇〕。

方回：此即自成唐律詩，擺脱陳、隋矣。

馮班：虚谷不讀陳、隋，何以妄言？但見拗字，便謂未脱，可笑。

紀昀：此評亦確。

馮舒：寫景不難奇妙，勝大曆後人只在落句。○末二句不測。

馮班：此亦庾體也。

# 陪潤州薛司空丹徒桂明府遊招隱寺〔二〕

共尋招隱寺，初識戴顒家。還依舊泉壑，應改昔雲霞。緑竹寒天笋，紅蕉臘月花。金繩倘留客，爲繫日光斜。

方回：五、六富艷。

紀昀：妙，不甜熟，此爲唐人骨韻。

馮舒：次聯緊接。〇落句妙在撇開。

許印芳：前半不黏，亦不可爲式。

# 遊法華寺十韻

高岫擬耆闍，真乘引妙車。空中結樓殿，意表出雲霞。後果傳三足，前因感六牙。宴林薰寶樹，水溜滴金沙。寒谷梅猶淺，温庭橘半華。臺香紅藥亂，塔影緑篁遮。果漸輪王族，緣超梵帝家。晨行蹋忍草，夜誦得靈花。江郡將何匹，天都亦未加。朝來泛舟所，應是逐仙槎。

方回：此詩工甚。青鳥「三足」、白象「六牙」，工之至矣。

馮舒：王、楊四子，總之匀匀敍去，自然富麗，自然起結，無構造之煩迹。至沈、宋則富麗爲阿房、建章，銖兩爲淩雲，巧密爲迷樓，門户房櫳，别爲蹊境矣。太白則仙山樓閣，望而難即。少陵則道君之艮嶽，非骨力不辦；然西風忽起，鳥獸哀鳴，不無蕭颯之氣。錢、郎以還，則如知書守禮之搢紳，或束脩自好之雅士，即家爲丘壑，清流括目，碧樹拂衣，觸景瀟灑，無有俗韻，然未可語馬家奉誠，裴公緑野，無論石家金谷也。方君雖著此書，然於大段未十分明白，只曉得「江西」一派惡習，且不知杜，何知沈、宋及「四子」乎？既不知杜之由來，又何論庾、鮑而上至漢、魏乎？獨於今世，不論章法，不知起結，「竟陵」、「空同」諸派，則彼善於此耳。世之言詩者莫謂予輩表章是書，遂謂虞山一派，純講照應起結也。

〇「青鳥三足」，應考。

馮班：工不在此，此宋人四六所謂工也。

紀昀：此詩却不脱堆垛之習，不足言工。

韓弼元：全是門面話。

## 遊少林寺

沈佺期

長歌遊寶地，徙倚對珠林。雁塔風霜古，龍池歲月深。紺園澄夕霽，碧殿下秋陰。歸路烟霞晚，山蟬處處吟。

方回：唐律詩初盛，少變梁、陳，而富麗之中稍加勁健，如此者是也。

馮班：北朝亦不患不勁。

何義門：五、六不但字法之妙，能使「風霜」一聯精神又倍。

紀昀：氣味自厚，故華而不靡。

無名氏（乙）：勁中帶蒼。

## 遊梵宇三覺寺

王勃

杏閣披青磴，琱臺控紫岑。葉齊山路狹，花積野壇深。蘿幌棲禪影，松門聽梵音。遽忻陪妙躅，延賞滌煩襟。

方回：四十字無一字不工，豈減沈佺期、宋之問哉？裴行儉以器識一語少王、楊、盧、駱。彼專以富貴骨相取人，而文之以器識之説，吾未見裴之合於「四子」也。賓王檄武氏：「一抔之土未乾，六尺之孤安在？」氣蓋萬古，雖敗而死何傷？或謂亡命爲僧，亦未必然。○唐律詩之初，前六句敍景物，末後二句以情致繳之，周伯弜四實、四虚之説遂窮焉。

馮舒：王在沈、宋之先。

紀昀：四實四虚之説固拘，必不主四實四虚之説亦拘。詩不能專主一格，亦不能專廢一格。

許印芳：此論名通。

查慎行：次聯每句中兩字着力，創調也。

紀昀：裝點是「四傑」本色。然有骨有韻，故雖沿齊、梁之格，而能自爲唐世之音，第四句尤有神致。

無名氏（乙）：幽深精健，覺盛唐太壯矣。起筆尚沿舊習。

許印芳：王勃字子安，龍門人。官虢州參軍。往交趾省父，渡海溺死，年二十九。是時，楊炯、盧照鄰、駱賓王與勃齊名。後世稱爲「初唐四傑」。

## 酬思玄上人林泉　四首取二　駱賓王

聞君招隱地，髣髴武陵春。緝芰知遠楚〔三〕，披榛似避秦。崩查年祀積，幽草歲時新。一謝滄浪水，安知有逸人。

紀昀：一首尚不脱堆排之習。○三、四字句皆初體。

無名氏（甲）：「查」，即槎。「崩查」，猶壞船也。

芳晨臨上月，幽賞狎中園。有蝶堪成夢，無羊可觸藩。忘懷南澗藻，蠲思北堂萱。坐歎華滋歇，思君誰爲言。

方回：後兩首有云：「客有遷鶯處，人無結駟來。」又云：「芳杜湘君曲，幽蘭楚客詞。山中有春草，長似寄相思。」皆才高思爽。予選此詩，信手看其前後，甚多佳句。北眺云：「既出封泥谷，還過避雨陵。」淮口云：「從帝留餘地，封王表舊城。岸昏函蜃氣，潮滿應雞聲。」守歲云：「夜將寒色去，年共曉光新。」如「荷香銷晚夏，菊氣入新秋。橘氣行應化，蓬心去不安」，皆可書，但情味寥落，多不得志之辭云。

紀昀：際遇不同，悲愉自異。必矯語隱逸之樂，乃爲詩家之正聲，則三百篇愁怨之作皆將黜爲外道乎？

紀昀：三句纖，四句拙。

## 春日上方即事

王右丞

好讀高僧傳，時看辟穀方。鳩形將刻杖，龜殼用支牀。柳色春山映，花明夕鳥藏。北窗桃李下，閒步但焚香。

方回：三、四新異。

紀昀：此非右丞佳處。況皆習用之典，不得以新異目之。

馮班：腹聯明秀。

陸貽典：鳩能止噎，故老人杖刻其形。龜能食氣，故以支牀。

紀昀：後四句「柳」「花」「桃李」，用字頗雜。「明」字不對「色」字。

無名氏（乙）：幽處秀發。

## 登辨覺寺

竹逕連初地〔三〕，蓮峯出化城。窗中三楚盡，林外〔四〕九江平〔五〕。輭草承趺坐，長松響梵聲。空居法雲外，觀世得無生。

方回：此似是廬山僧寺。三、四形容廣大，其語即無雕刻，而「窗中」「林外」四字，一了數千里，佳甚。

馮舒：至王、孟稍澄汰、宋而清之，故極壯語亦只如此。「窗中」十字，足敵洞庭「氣蒸」、「波動」之句。

何義門：題云「登」，則寺在峯之巔，故目窮三楚，坐瞰九江。玩三、四自見。

紀昀：五、六句興象深微，特爲精妙。

許印芳：曉嵐論詩主興象，即此可見。

無名氏（乙）：佳在無雕刻，若專取廣大，便墮明「七子」。

許印芳：王維，字摩詰。太原人。官尚書右丞。詩工衆體，五律有清、雄兩派。才力尤大。後人並稱王、孟，襄陽實非敵手。

## 題融公蘭若

孟浩然

精舍買金開，流泉遶砌迴。芰荷薰講席，松柏映香臺。法雨晴飛去，天花晝下來。談玄殊未已，歸騎夕陽催。

馮班：但見其妙，無可形容矣。

紀昀：語雖平近，尚有初唐意味。

許印芳：「若」音「惹」。釋氏所居，由官造、或官賜題額者爲寺，私造者爲招提、爲蘭若。

## 陪姚使君題惠上人房

帶雪梅初暖，含烟柳尚青。來窺童子偈，得聽法王經。會裏〔一六〕知無我，觀空厭有形。迷心應覺悟，客思未遑寧。

方回：浩然於佛法亦深有所得，此篇五、六語意明白無礙，張丞相經玉泉長韻云：「聞鐘〔一七〕鹿門近，照膽玉泉清。」尤佳。

紀昀：清妥之篇，别無藴味，非孟公之極筆。

## 春日歸山寄孟浩然

李太白

朱紱遺塵境，青山謁梵筵。金繩開覺路，寶筏渡迷川。嶺樹攢飛栱，巖花覆谷泉。塔形標海月，樓勢出江烟。香氣三天下，鐘聲萬壑連。荷秋珠已滴〔一八〕，松密蓋初圓。鳥聚疑聞法，龍參若護禪。愧非流水韻，叨入伯牙絃。

方回：太白負不羈之才，樂府大篇，翕忽變化。而此一律詩，乃工夫縝密如此。杜審言、宋之問相伯仲。别有贈浩然詩曰：「醉月頻中聖，迷花不事君。」雖飄逸不如此詩之端整，以其多禪語也，以入「釋梵類」。

紀昀：縝密非太白所長。

馮舒：足敵沈、宋。

馮班：所謂「往往似陰鏗」也。

何義門：題必有誤。

紀昀：純沿初體，太白集中平近之作。

無名氏(乙)：生動得未曾有，此是游琳宮金庭得手處。襲彼語則便堪唾矣，故金繩寶筏亦弗貴。

## 宿贊公房

杜工部

杖錫何來此，秋風已颯然。雨荒深院菊，霜倒半池蓮。放逐寧違性，虛空不離禪。相逢成夜宿，隴月向人圓。

方回：贊公謫居秦州，即在長安賊中時。大雲寺長老也。嘗有四詩。宿其房，今又於隴郡相逢也。乾元二年己亥，年四十八矣。

錢湘靈：首句起下謫置之案。

查慎行：贊公世外人，乃復攖世網，故詩中多感歎意。

何義門：末句應「來此」。

紀昀：結得輕妙。

無名氏(乙)：蒼涼矯健，是公獨步。

## 謁真諦寺禪師

蘭若山高處，煙霞障幾重。凍泉依細石，晴雪落長松。問法看詩妄，觀身向酒慵。未能割妻子，卜宅近前峯。

方回：凡詩只如此作自伶俐。前四句景，而起句爲題目；後四句情，而結句有合殺。

紀昀：亦不必如此説定。

紀昀：第四句生動，勝出句。五、六二句已逗晚唐。結用周顒事無迹。

無名氏（乙）：次句以禪譬之，可謂入佛。

## 和裴迪登新澤寺寄王侍郎 王時牧蜀

何限〔九〕倚山木，吟詩秋葉黄。蟬聲集古寺，鳥影度寒塘。風物悲游子，登臨憶侍郎。老夫貪佛日，隨意宿僧房。

方回：老杜詩警句，無不以爲着題詩矣。其不甚緊切之句，如「有客傳河尹」，如「他鄉推表弟」，如「君王問長卿」，如「登臨憶侍郎」，亦人所膾炙。復引用之，即自典雅，何也？學詩者而不熟老杜可乎？

紀昀：「無不以爲」句，未詳。詩自當以杜爲宗，然學杜不在此等處。
紀昀：三、四不減王、孟，杜故無所不有。六句究竟太質，七句「貪佛日」三字未能免俗。
無名氏（乙）：風致獨絶。

## 題玄武師屋壁

何年顧虎頭，滿壁畫瀛洲〔三〇〕。赤日石林氣，青天江水流。錫飛常近鶴，杯渡不驚鷗。似得廬山路，真隨惠遠游。

方回：此是題詩於所畫之壁，皆指畫而賦之。曰「錫飛」、曰「杯渡」，皆畫中事也。「似得廬山路」，而「真隨惠遠游」，亦言畫也。

紀昀：二句乃分頂上山水，借僧家典故點綴寺壁，非畫中實有二事。

馮舒：若大曆以還，决以畫結。此詩亦同結到畫，却瀟洒擺脱，不可及也。
何義門：落句結到題者。
紀昀：此却平淺。
無名氏（乙）：奇傑，闢風氣。

## 秦州雜詩

秦州山北寺，勝迹〔二〕隗囂宮。苔蘚山門古，丹青野殿空。月明垂葉露，雲逐度溪風。清渭無情極，愁時獨向東。

方回：此詩晚唐人聲調一同。五、六極天下之工，第七句天生此語。

紀昀：晚唐人那得此神骨？

馮班：落句秦州結。

何義門：身不能隨渭水而東，故反怨其無情也。

李光垣：「山」字複。

無名氏（甲）：秦州，今屬甘肅，即隗囂所都也。

## 山寺

野寺殘僧少，山園細路高。麝香眠石竹，鸚鵡啄金桃。亂水通人過，懸崖置屋牢。上方重閣晚，百里見纖毫。

方回：五、六新異，末句開闊。

馮舒：野寺僧少，自然路細。○第三句是襯語，第七句「山寺」。
何義門：六句細寫，結忽宕開。
紀昀：對起而勢極聳拔，仍有單入之勢。三、四稍麗而不縟。五、六勢須作散筆，再一裝點便冗。七、八除却拓開，再無結法。
無名氏（乙）：琢練極工，而出之若無意，所以難到。○勁力透在一「牢」字。

## 上牛頭寺

青山意不盡，衮衮上牛頭。無復能拘礙，真成浪出游。花濃春寺静，竹細野池幽。何處啼鶯切〔三〕，移時獨未休。

方回：後四句工麗清婉。
馮舒：結得變换。
紀昀：三、四二句申足「意不盡」三字。「花濃」句入神，對句不及。
許印芳：結亦回應首句，紀批尚未道及。

## 上兜率寺

兜率知名寺，真如會法堂。江山有巴蜀，棟宇自齊梁。庾信哀雖久，何顒好不忘。白牛車遠近，且欲上慈航。

方回：韓魏公謂人才須入粗入細。老杜詩，不有前詩，何以入細？此一詩三、四忽又如此廣遠，五、六古淡有意。

紀昀：唐代諸公，多各是一家法度。惟杜無所不有，故曰大家。此論是。○五、六非古淡。

馮舒：以「上」字結構，好。

馮班：自闊。

查慎行：三、四用虛字作句中眼。

何義門：三、四知名。

張載華：此詩已見「拗字類」，重出。

無名氏(甲)：何顒，東漢人，但無好佛名，疑周顒之誤，見本注。釋家「三車」謂鹿車、牛車、羊車。

## 遊修覺寺

野寺江天豁，山扉花竹幽。詩應有神助，吾得及春游。徑石相縈帶，川雲自去留。禪枝宿衆鳥，漂轉暮歸愁。

方回：讀老杜詩，首首不同。此又是一格。

馮班：三首一格。

馮舒：以「游」字結構。

何義門：落句仍映帶「花竹」。

紀昀：三句刻意而不自然。

無名氏（乙）：「及」字下得有神。

## 巳上人茅齋

巳公茅屋下，可以賦新詩。枕簟入林僻，茶瓜留客遲。江蓮摇白羽，天棘蔓青絲。空忝許詢輩，難酬支遁辭。

方回：「天棘」或云麥門冬也。「蔓」或作「夢」，非。此乃老杜中年前詩。

馮舒：六朝結法。

馮班、查慎行：亦見「拗字類」。

紀昀：淺薄少味。少陵隨筆應酬之作。

## 題遠公經臺

祖　詠

蘭若無人到，真僧出復稀。苔侵行道席，雲濕坐禪衣。澗鼠緣香案，山蟬噪竹扉。世間長不見，寧止暫忘歸。

方回：第四句「濕」字好。「澗」一作「溪」。

查慎行：第六句支湊。

紀昀：詩格亦亞於摩詰。○七句稍晦。

## 晚過磐石寺禮鄭和尚

岑　參

暫詣高僧話，來尋野寺孤。岸花藏水碓，溪竹映風爐。頂上巢新鶴，衣中得舊珠。談禪未得去，輟棹且踟躕。

方回：「水碓」「風爐」，自然成對。

紀昀：三句寺外之景，四句禪房之景。○前四句有致。五、六敷衍，遂減全篇之色。

無名氏（乙）：次聯正是藏映得妙。

## 同崔三十侍御灌口夜宿報恩寺

同君尋野寺，夜一作「便」。宿支公房。溪月冷深殿，江雲擁迴廊。燃燈松林静，煮茗柴門香。勝事不可接，相思幽興長。

方回：律詩中之拗字者。庾信詩愛如此。五、六眼前事，但安排得雅净。

馮舒：庾子山尚無律體，非愛拗字也。

馮班：齊、梁體不避拗字，何獨庾信？

紀昀：子山時未有律詩，所作即齊、梁之格，何得謂庾愛如此？

馮班：齊、梁格詩。

查慎行：五律中全首俱拗者絶少。

紀昀：此種究是對偶古詩，不得入之近體。

無名氏(乙)：穆然幽深。

## 題少室山寺

褚朝陽

飛閣青霞裏，先秋獨早涼。天花映窗近，月桂拂簷香。華嶽三峯小，黄河一帶長。空間指歸路，煙際有垂楊。

方回：第二句好，第四句亦佳。

紀昀：此裝點語，不得云佳。

紀昀：頗嫌平熟。

無名氏（甲）：少室山寺在河南嵩山。

## 經廢寺

顧況

不知何世界，有似處南朝。石路無人掃，松門被火燒。斷幡猶挂刹，故板尚撍橋。數卷殘經在，多年字欲銷。

方回：五、六「猶」字、「尚」字稍相犯。

馮舒：「猶」「尚」似不妨，但亦覺板。

馮班：「猶」「尚」字正不害。

紀昀：此論甚是。但似此者多矣，何以祖護者又不爲拈出耶？

紀昀：二句笨而無理，四句粗鄙。○已逗晚唐劣調。

無名氏（乙）：極自然，却不滑爛。

## 起度律師同居東齋院

韋蘇州

釋子喜相偶，幽林俱避喧。安居同僧夏，清夜諷道言。對閤景恒宴，步庭陰始繁。逍遥無一事，松風入南軒。

方回：淡而有味。

查慎行：此首似是古體。

## 秋日過鴻舉法師寺院

劉賓客

看畫長廊遍，尋僧一逕幽。小池兼鶴浄，古木帶蟬秋。客至茶煙起，禽歸講席收。浮杯明日去，相望水悠悠。

馮班：句句妙。

紀昀：四句好，自然，勝出句。

無名氏（乙）：脱口無迹，不知其精研得此。

## 題招隱寺

隱士遺塵在，高僧精舍開。地形臨渚斷，江勢觸山迴。楚野花多思，南禽聲例哀。慇懃最高頂，閒即望鄉來。

方回：劉夢得詩老辣，不可以妝點並觀。

馮舒：「例」字新。

紀昀：後半首好在自説自話，不規規於「寺」字，而七句又不脱「寺」，運意絶佳。○五、六沉着，只「例」字墨痕太重。

許印芳：「例」字小疵，而能摘出，足見心細。又按：三、四是常語，宋子京再遊海雲寺詩云：「天形攲野盡，江勢讓山回。」襲用其語，而「攲」字、「讓」字鍊得好，有青出於藍之妙。可見作詩貴加錘鍊功，決不可草草混過。○「高」字複。

無名氏（甲）：招隱寺在鎮江。

無名氏（乙）：「例」字構思深。

## 宿誠禪師山房題贈

不出孤峯上，人間四十秋。視身如傳舍，閲世甚東流。法爲因緣立，心從次第修。中宵問真偈，有住是吾憂。

方回：第四句「甚」字下得妙。

馮舒：末聯緊結。

紀昀：此種究是淺語，不得曰淡、曰高。

## 送文暢上人東游

得道即無著，隨緣西復東。貌依年臘老，心到夜禪空。山宿馴溪虎，江行濾水蟲。悠悠塵客思，春滿碧雲中。

馮舒：末聯送結。

查慎行：五、六開浪仙法門。

紀昀：三、四言形與人同，心則獨悟耳。然三句終嫌其笨，五、六亦板拙少味。

## 旅次景空寺宿幽上人院

不與人境接，寺門開向山。暮鐘鳴鳥聚，秋雨病僧閒。月隱〔三〕雲樹外，螢飛廊宇間。幸投花界宿，暫得静心顔〔二四〕。

馮舒：末聯旅次宿結。

紀昀：四句自佳。

## 晚春登天雲寺〔二五〕南樓贈常禪師〔二六〕

花盡頭新白，登樓意若何。歲時春日少，世界苦人多。愁醉非因酒，悲吟不是歌。求師治此病，唯聽〔二七〕讀楞伽。

馮班：讀「世界」一句，訝不是夢得詩，尋悟白公詩。此書多脱名字，可恨，何由别見佳本耶？

查慎行：三、四至理名言。〇亦見香山集。

紀昀：起得峭拔，收得清楚，題中字字俱到，第四句近俚，不可效。

## 龍化寺主家小尼

郭代公愛姬薛氏幼嘗爲尼，小名仙人子〔二八〕。

頭青眉眼細，十四女沙彌。夜静雙林怕，春深一食飢。步慵行道困，起晚誦經遲。應似仙人子，花宫未嫁時。

馮班：「仙人子」即陳拾遺爲作誌文者。〇結天然緊凑，讀者解否？妙在只估她要嫁人，换别句便不及也。他人不孩氣，便板重矣。

紀昀：凡猥太甚。

無名氏（甲）：郭代公，元振。

## 題報恩寺

好是清涼地，都無繫絆身。晚晴宜野寺，秋景屬閒人。浄石堪敷坐，寒泉可濯巾。自慚衰鬢上，猶帶郡庭塵。

方回：三、四雅淡。

無名氏（乙）：可人意。

## 武丘寺路

元注：「去年重開寺路，桃、李、蓮、荷，約種數千株。」

自開山寺路，水陸往來頻。銀勒牽驕馬，花船載麗人。芰荷生欲遍，桃李種仍新。好在湖堤上，長留一道春。

方回：第四句詩興俱麗。

馮班：句句是路。○次聯真虎丘圖也。○末聯「路」。

陸貽典：唐祖李虎，故改名武丘。

紀昀：淺近之筆，三、四尤俗。

## 春日與劉評事過故證一作「澄」。上人院　楊巨源

曾共劉諮議，同時事道林。與君方掩淚，來客是知心。堦雪淩春積，鐘煙向夕深。依然舊童子，相送出花陰。

方回：五、六細潤。

馮舒：春雪尚積，僧之故可知矣。○末聯「故」。

紀昀：後四句不說盡好，六句尤佳。

## 送僧歸太白山　賈浪仙

堅冰連夏處，太白接青天。雲塞石房路，峯明雨外巔。夜禪臨虎穴，寒漱撇龍泉。後會不期日，相逢應信緣。

紀昀：刻意求奇，而字多未穩。

無名氏（甲）：太白、終南二山相接。

## 宿山寺

衆岫聳寒色，精廬向此分。流星透疏木，走月送行雲。絶頂人來少，高松鶴不羣。一僧年八十，世事未曾聞。

馮班：次聯奇句。

紀昀：「流星」、「走月」字不佳。○後四句忽作平語，然一氣流走，有蕭散之致。

許印芳：全詩有奇氣，三、四乃即景佳句。曉嵐以「流」、「走」字面刺目而斥之，蓋以試帖禁忌之例繩律詩，苛且謬矣。後四句亦從洗鍊而出，「高松」五字甚警策，曉嵐亦斥爲平語，皆非公論。

無名氏（乙）：嘗見此景，詫君拾之。

## 贈無懷禪師

身從劫劫修，果以此生周。禪定石牀暖，月移山樹秋。捧盂觀宿飯，敲磬過清流。不掩玄關路，教人問到頭。

方回：第五句何其窮之極也？三、四佳。

紀昀：三、四亦俗。

## 送去華法師

在越居何寺，東南水路歸。秋江〔二九〕洗一鉢，寒日曬三衣。默聽鴻聲盡，行看蝶影〔三〇〕飛。囊中無寶貨，船户夜扃稀。

方回：後六句皆好。

馮舒：次句送。

紀昀：僧歸豈必有「寶貨」？此句烘托不起。

## 送無可上人

圭峯霽色新，送此草堂人。麈尾同離寺，蛩鳴暫別親。獨行潭底影，數息樹邊身。終有煙霞約，天台作近隣。

方回：五、六絶唱。

馮舒：腹聯奇句。

馮班：長江用思極苦，然出語自遠。李洞、曹松之流，雖有新警，詞多露骨，爲不及矣。

紀昀：第四句太費解。○浪仙於五、六句下自誌一絶曰：「二句三年得，一吟雙淚流。知音如不賞，歸卧故山秋。」蓋生平得意之語。初讀似率易，細玩之，果有幽致。

許印芳：紀批云第四句太費解，故爲易作「蛩鳴亦愴神」。

## 送賀蘭上人

野僧來别我，略坐傍泉沙。遠道擎空鉢，深山踏落花。無師禪自解，有格句堪誇。此去非緣事，孤雲不定家。

馮班：次聯好。

紀昀：三、四天然清遠，惜六句太鄙淺。

許印芳：三、四極佳。○原本前後有病，愚爲易之。原本起句太率，下句太湊，易作「野僧心在野，行脚是生涯」。原本六句，紀批云太鄙淺，易作「得句俗争誇」。原本七句意與八句不貫，皆疵纇也，易作「此去終何適」。

## 靈準上人院

掩扉當太白，臘數等松椿。禁漏來遥夜，山泉落近隣。經聲終卷曉，草色幾芽春。海内知名士，交游準上人。

方回：末句直道其事，亦是一法。

紀昀：淺俗無味，豈可爲法？

## 題青龍寺鏡公房

一夕曾留宿，終南摇落時。孤燈岡舍掩，殘磬雪風吹。樹老因寒折，泉深出井遲。疏慵豈有事，多失上方期。

方回：中四句已佳。尾句謂疏慵之人，有何事乎？而多失上方之約。亦奇也。

許印芳：句句洗鍊，而出以自然。曉嵐全取之，但無批語耳。

## 就可公宿

十里尋幽寺，寒流數派分。僧同雪夜坐，雁向草堂聞。静語終燈焰，餘生許嶠雲。猶來多抱疾，聲不達明君。

紀昀：末二句鄙甚。

## 哭宗密禪師

鳥道雪岑巔，師亡誰去禪。几塵增滅後，樹色改生前。層塔當松吹，殘蹤傍野泉。唯嗟聽經虎，時到壞菴邊。

紀昀：亦是哭僧套語。

## 哭柏巖禪師

苔覆石牀新，師曾占幾春。寫留行道影，焚却坐禪身。塔院關松雪，經房鎖隙塵。自嫌雙淚下，不是解空人。

方回：歐公謂第四句似燒殺活和尚，誠亦可議。然詩格自好。

馮舒：長江奇句錯落，然門面亦一例如此。○末聯「哭」。

查慎行：末聯，哭僧詩必如此方切題，又是現身説法。

紀昀：結得有意。

## 律僧

張司業

苦行長不出，清羸最少年。持齋唯一食，講律豈曾眠。避草每移徑，濾蟲還入泉。從來天竺法，到此幾人傳？

馮舒：唐至此後，覺蹊徑可尋。

馮班：匀而切。○第五句，「律」。

紀昀：中四句刻意「律」字，然語皆凡近。

## 山中贈日南僧

獨向雙峯老，松門閉兩涯。翻經上蕉葉，挂衲落藤花。甃石新開井，穿林自種茶。時逢海南客，蠻語問誰家？

馮班：平平寫自好，末句則極力求新矣。○「蠻語」字好，是有出處。

陸貽典：日南在交阯，今名安南。

## 游襄陽山寺

秋色江邊路，煙霞若有期。寺貧無施利，僧老足慈悲。薜荔侵禪窟，蝦蟆占浴池。閒游殊未遍，即是下山時。

方回：司業三詩皆平易，惟「蝦蟆占浴池」一句怪異。

紀昀：五、六極寫荒閒，不爲怪異。

馮舒：游起游結。○如此起、結，是定法。然篇篇一例，亦可少變換。

紀昀：三、四真語，然不佳。

## 貽小尼師

王　建

新剃青頭髮，生來未掃眉。身輕禮拜穩，心慢記經遲。喚起猶侵曉，催齋已過時。春晴堦下立，私地弄花枝。

方回：褻侮已甚。人家好兒女，何爲落於尼寺？

馮舒：愚評。

馮班：不及白公落句矣，解否？

## 過無可〔三〕上人院　姚合

寥寥聽不盡，孤磬與疎鐘。煩惱師長別，清涼我暫逢。蟻行經古蘚，鶴毳落深松。自想歸時路，塵埃復幾重。

方回：五、六參入賈浪仙也。

馮舒：以下諸篇爲贈、爲寄、爲過，各各自別。若謂天下有不顧題面之詩，吾不信也。○首句「上人院」起。末聯「過」結。如此結法，刊定板榜矣。

紀昀：「武功派」内之雅音。

## 寄紫閣無名頭陀　自新羅來

峭行得如如，誰分聖與愚。不眠知夢妄，無號免人呼。山海禪一作「法」。皆遍，華夷佛豈殊。何因接師話，清淨在斯須。

方回：佛本生於西夷，而染於中華。今曰「華夷佛豈殊」，是妄生分別相也。第新羅之人，亦有佛性，以此推之即通。

紀昀：此語本無葛籐，此評自生妄見。

馮舒：末聯「寄」結。
紀昀：中四句極力刻畫，而斧鑿之痕未化。

## 寄無可上人

十二門中寺，詩僧寺獨幽。多年松色別，後夜磬聲秋。見世慮皆盡，來生事更修。終須執瓶鉢，相逐入牛頭。

方回：「見世慮皆盡」，固人之所難。「來生事更修」，此理恐不然也。此詩却自可觀。
馮舒：批又愚。
紀昀：寄僧詩與論儒理！唐人詩與論宋人理，豈復可與言詩？
馮班：起好。末聯「寄」結。
紀昀：五、六平近而不佳，武功轉不直作平近語。

## 寄石橋僧

項　斯

逢師入山日，道在石橋邊。別後何一作「無」。人見，秋來幾處蟬〔三〕。溪中雲隔寺，夜半雪一作「雨」。添泉。生有天台約，知無却出緣。

方回：五、六佳。

紀昀：不及三、四。

何義門：次聯淡遠。

紀昀：前六句極灑脱，惟結二句拙而淺。○秋不應「雪」，「雨」字爲是。

無名氏（甲）：石橋，在台州天台山。

## 寄坐夏僧

坐夏日偏長，知師在律堂。多因束帶熱，更憶剃頭涼。苔色侵經架，松陰到簟牀。還應煉詩句，借卧石池傍。

何義門：第三插入自己，落句以夏課襯結，不是無根。

紀昀：通體粗淺，三、四尤鄙。

## 送僧歸南嶽

心知衡嶽路，不怕去人稀。船裏誰鳴磬，沙頭自曝衣。有家從小別，是寺即言歸。料得逢春住，當禪雲滿扉。

方回：五、六瘦淡。
紀昀：篇幅頗狹，而不失清整。
無名氏（甲）：南嶽，衡山。

## 贈海明上人

耿湋

來自西天竺，持經奉紫微。年深梵語變，行苦俗流歸。月上安禪久，苔生出院稀。梁間有馴鴿，不去爲忘一作「無」。機。

方回：中兩聯皆下句勝上句〔三〕。
紀昀：三、四究竟上句勝下句。
馮班：第四好。
何義門：落句自比。
許印芳：「行」，去聲。

## 寄太白無能禪師

顧非熊

太白山中寺，師居最上方。獵人偷佛火，櫟鼠戲禪牀。定久衣塵積，行稀徑草長。有誰來問法，林杪過殘陽。

方回：中四句俱工。

紀昀：三、四究竟小樣，是「武功派」所謂工耳。

無名氏（甲）：太白山，在長安西南。

## 歲莫自廣江至新興往復中題峽山寺

許渾

夜醉晨方醒，孤吟恐失羣。海鰌潮上見，江鵠霧中聞。未臘梅先實，經一作「終」。冬草自薰。樹隨山崦合，泉到石稜分。虎跡空林雨，猨聲絶嶺雲。蕭蕭異鄉鬢，明日共絲棼。

方回：許丁卯此四首詩題峽山寺，其實廣東風土也。詩句句工，但太工則形勝於神耳。

紀昀：此乃紀程之詩，題之峽山寺中耳，非題峽山寺也。虚谷明知之，而仍列「釋梵類」中，殊爲無理。其云形勝於神，則誠爲確論。

馮班：丁卯詩句句清新，大略少蕭散之致。

查慎行：以下四章俱應入「風土類」。

無名氏（甲）：此詩言廣東風土甚備，可存典故。至於鋪陳排比，未能血脈貫串，眼目玲瓏；自工部而外，希風者鮮，未可獨苛丁卯也。

薄暮緣西峽，停橈一訪僧。鷺巢横卧柳，猿飲倒垂藤。水曲巖千叠，雲重樹百層。山風寒殿磬，溪雨夜船燈。灘漲危槎没，泉衝怪石崩。中臺一襟淚，歲杪别良朋。

密樹分蒼壁，長溪抱碧岑。海風聞鶴遠，潭日見魚深。松蓋環清韻，榕根架緑陰。南方大葉榕樹，枝危者輒生根垂入地，如柱大。洞丁多斵石，蠻女半淘金。端州斵石，塗涯縣淘金爲業。南浦驚春至，西樓送月沉。江流不過嶺，何處寄歸心。

查慎行：「塗涯」二字疑誤。

月在行人起，千峯復萬峯。海虚争翡翠，溪邏鬭芙蓉。南方呼市爲虚，呼戍爲邏，新州有「翡翠虚」、「芙蓉邏」也。古木高生斛，陰池滿種松。木斛花生於他樹槎枿，池沼多松，謂之水松也。火探深洞燕，香送遠潭龍。南方持火於乳洞中取燕而食。廣州悦城縣有温媪龍，即蛇也。隨水往〔三四〕舟船至人家，或千里外，皆以香酒果送之。藍塢寒先燒，禾堂晚併春。種藍多有〔三五〕塢中，先燒其地，人以木槽爲春禾〔三六〕，謂之春堂。更投何處宿，西峽隔雲鐘。

李光垣：四首中凡用雲、月、風、雨、樹、石、山、溪等字，俱複。

## 下第寓居崇聖寺感事

懷玉泣京華，舊山歸路賒。静依禪客院，幽學野人家。林晚鳥争樹，園春蜂護〔三七〕花。東門有閒地，惟種邵平瓜。

馮班：次聯合看方好。

紀昀：平直少味。

## 洛東蘭若夜歸

一衲老禪床，吾生半異鄉。管絃愁裏老〔三八〕，書劍夢中忙。鳥急山初暝，蟬稀樹正涼。又歸何處去，塵路月蒼蒼。

方回：丁卯詩格頗卑，句太偶。此二詩各有一聯佳，亦不可廢。

何義門：以蘭若爲歸，無可歸也。「何處」二字好。

紀昀：結二句好。

## 孤山寺

張祜

樓臺聳碧岑，一徑入湖心。不雨山常潤，無雲水自陰。斷橋荒蘚合，空院落花深。猶憶西窗夜，鐘聲出北林。

方回：此詩可謂細潤，然太工、太偶。「合」一本作「澀」。

紀昀：太工太偶，自是病。然選中此類極多，不應獨斥此一首。而此一首亦尚未至太工、太偶。

許印芳：孤山寺在杭州。

何義門：三、四清切。

## 惠山寺

舊宅人何在，空門客自過。泉聲到池盡，山色上樓多。小洞穿斜竹，重階〔三九〕夾細莎。殷勤望城市，雲水暮鐘和。

方回：此詩同前，三、四尤工，五、六則工而窘於冗矣。以前聯不可廢也，故取之。

馮舒：窘則不冗，冗則不窘，二字如何合？

紀昀：五、六單窘則有之，非工亦非冗。

查慎行：寺本湛長史故居，故起句云。

何義門：起句謂「寺」，即宋湛茂之歷山草堂。

無名氏（甲）：惠山寺，在梁溪城外。

## 題虎丘東寺

雲樹擁崔嵬，深行異俗埃。寺門山外入，石壁地中開。俯砌池光動，登樓海氣來。傷心萬年意，金玉葬寒灰。

方回：杜牧謂「誰人得似張公子，千首詩輕萬户侯」，今傳者五言律三卷，絶句二卷，無七言律與古詩也，所逸多矣。僧寺詩二十四首，金山寺詩第一，亦當爲集中第一；孤山寺、惠山寺詩次之；此詩非親到虎丘寺，不知第四句之工。高堂之後，俯視石澗，兩壁相去數尺，而深乃數十丈，其長蜿蜒曼衍而坼裂到底，泉滴滴然，真是奇觀。故其詩曰「石壁地中開」，非虚也，故選此詩以廣見聞。「登樓海氣來」，此一句亦佳。他如「地僻泉長冷，亭香草不凡」，題道光上人院，亦佳。至如「上坡松徑澀，深坐石池清」之類，則非人可到矣。

馮舒：次聯切。

馮班：真虎丘。○結好。

紀昀：格力遒上，末亦切合不泛。惟次句拙，極不佳。

許印芳：紀批云次句極拙不佳。愚謂首句亦是通套語。今并易之：「虎阜歸龍象，禪居亦壯哉！」此詩格意近盛唐人。承吉僧寺詩此爲第一。金山寺詩起結皆劣，虛谷以爲第一，謬矣。外有登廣武原詩云：「廣武原西北，華夷此浩然。地盤山入海，河繞國連天。遠樹千門色，高牆萬里船。鄉心日暮切，猶在楚城邊。」氣魄筆力，亦近盛唐。且通體完善，而虛谷不選，其無識類如此。○虎丘東寺在蘇州，即闔閭墓，有東、西二寺，後合爲一，山在寺中，故此詩有「寺門山外入」句。○張祜，字承吉，清河人，隱居丹陽之曲阿。

## 題金山寺　　許棠

四面波濤匝，中流日月隣。上窮如出世，下瞰忽驚神。刹一作「嗒」。礙長空鳥，船通外國人。房房皆叠石，風掃永無塵。

方回：五、六亦奇絶。「誰言張處士，詩後更無人。」亦可着此語也。

馮班：何必？不可移。○此首可去。

紀昀：張處士金山詩殊不佳，而以此十字擬之，處士尚未必首肯。
馮舒：五止狀其高，然塔在山上俱可用。六更泛。
馮班：甚切金山。
紀昀：三、四拙極，結尤拙。

## 長安逢江南僧

崔塗

孤雲無定蹤，忽到又相逢。説盡天涯事，聽殘上國鐘。問人尋寺僻，乞食過街慵。憶到曾棲處，開門對數峯。

方回：本色當行詩。
紀昀：語亦清妥，而格力未遒。

## 贈休糧僧

聞鐘獨不齋，何事更關懷。静少人過院，閒從草上堦。生臺無鳥下，石路有雲埋。爲隱〔四〇〕禪中舊，時猶夢百崖。

方回：第四句絶妙。

馮班：第四句可，亦未爲妙絶。

紀昀：亦常語。

紀昀：首句笨而突，五句亦拙，意謂人不食則無餘以及鳥，故鳥不下耳。七句不解，再校。

## 寄貫休

吴　融

休公何處在，知我宦情無。已似馮唐老，方知武子愚。一身仍更病，雙闕又須趨。若得重相見，冥心學半銖。

方回：向承阮梅峯秀實惠書，言詩不可多用古人名，謂之「點鬼簿」。晚唐人皆不敢下，惟老杜最多。吴融、韓偓在晚唐之晚，乃頗參老杜，如此一聯豈不佳？

馮班：古人名多下則可厭，用亦無妨。若以此爲老杜，一發可笑。

紀昀：乃不可多用，非竟禁不用。阮論本是，虚谷此説乃拘。

## 寄尚顔師

僧中難得静，静得是吾師。到闕不求紫，歸山祇愛詩。臨風翹雪足，向日剃霜髭。自歎眠漳久，雙林動所思。

紀昀：此殊不免酸餡氣，三句笨甚。

## 題破山寺(四一)

常　建

清晨入古寺，初日照高林。竹徑通幽處，禪房花木深。山光悅鳥性，潭影空人心。萬籟此俱寂，惟聞鐘磬音。

方回：歐公喜此詩。三、四不必偶，乃自是一體。蓋亦古詩、律詩之間。全篇自然。

馮舒：古、律之分在聲病，且不論平仄，何有於對與不對？萬里全然不曉。

紀昀：通體諧律，何得云古詩、律詩之間？然前八句不對之律詩，皆謂之古詩矣。

許印芳：此五律中拗體。「空」字平聲。前半不用對偶，乃五律中散行格。又有通首不對者，孟襄陽、李青蓮集中皆有之，李集尤多，五律格調之最高者也。虚谷不知五律原有此格，故凡八句不對之律詩皆不選取，學問之陋如此！

馮班：字字入神。

紀昀：興象深微，筆筆超妙，此爲神來之候。「自然」二字尚不足以盡之。

許印芳：常建，字里未詳，官盱眙尉。

## 經廢寶慶寺

司空曙文明

黄葉前朝寺，無僧寒殿開。池晴龜出曝，松暝鶴飛回。古砌碑横草，陰廊畫雜苔。禪宫亦銷歇，塵世轉堪哀。

方回：此必武宗廢寺之後有此詩。句句工，尾句尤不露。

馮舒：首聯「經廢」。

何義門：此假廢寺以寓天寶亂後，兩都禾黍，百姓蟲沙。落句即仲宣之七哀也。文明，大曆才子，當論其世。

紀昀：六句如畫。結拓開，好。

## 冬日題邵公院

劉得仁

無事關多掩，陰階竹拂苔。勁風吹雪聚，渴鳥啄冰開。樹向寒山得，人從瀑布來。終期天目老，擎錫逐雲迴。

方回：三、四用工至矣。唐人作詩，不緊要處模寫得直是精神。

紀昀：「武功派」所以不佳，正坐着力都在没緊要處。若盛唐大家却在緊要處用力，其象外傳神，空中烘托之筆，亦必與本位祕響潛通，神光離合，必不是抛落正意，另自刻畫小景。

馮舒：只鍊得三、四，下四句喫力而散緩。

## 秋夜宿僧院

禪寂無塵地，焚香話所歸。樹摇幽鳥夢，螢入定僧衣。破月斜天半，高河下露微。翻令嫌白日，動即與心違。

方回：「螢入定僧衣」，此一句古今無之。他有「坐學白塔骨」、「坐石鳥疑死」，刻苦太甚，不如此之閒雅。尾句尤高。

紀昀：三句亦深微。尾句是晚唐習逕，不足言高。

馮舒：真賈島。

紀昀：五、六對偶未工，又非十四字句法，嫌太草草。

## 題薦福寺衡嶽禪師房

韓　翃

春城乞食還，高論此中閒。僧臘階前樹，禪心江上山。疏簾看雪捲，深户映花關。晚送門人去，鐘聲杳靄間。

方回：第三句最佳，五、六近套，尾句乃有味也。

紀昀：尚不得謂之套。

馮舒：如此結尚是開、寶。

馮班：三勝四，人多不解。第三聯亦未爲工。

紀昀：三、四微有俗韻，不及五、六。

## 題龍興寺澹師房

雙林彼上人，詩興轉相親。竹裏經聲晚，門南山色春。卷簾苔色浄，下筯藥苗新。記取無生理，歸來問此身。

方回：五、六眼前事耳，但一味此句，便不可捨。

紀昀：亦近「武功派」耳。

馮舒：「彼上人」是用維摩經。

紀昀：起句拙笨，次句「轉」字無着。

## 喜鮑禪師自龍山至　劉長卿

故居何日下，春草欲芊芊。猶對山中月，誰聽石上泉。猿聲知後夜，花發見流年。杖錫閒來往，無心到處禪。

方回：五、六佳。

紀昀：五、六即「老僧忘歲月」之意，無甚佳處。

## 寄靈一上人

高僧本姓竺，開士舊名林。一去春山裏，千峯不可尋。新年芳草遍，終日白雲深。欲徇微官去，懸知訝此心。

方回：劉長卿號「五言長城」，細味其詩，思致幽緩，不及賈島之深峭，又不似張籍之明白。蓋頗欠骨力而有委曲之意耳。○郎士元集亦有此詩，題云赴無錫別雲一上人，「終」作「度」，「徇」作「問」。

馮班：元和、大曆，豈可同論？

紀昀：隨州五言骨韻天然，非浪仙、文昌所可望。至云頗欠骨力，尤爲妄誕。蓋虛谷所謂骨力者，在「江西」楂牙生硬語耳。

紀昀：只起二句不佳，餘六句皆翛然自遠。

## 酬普選二上人

嚴維

本意宿東林，因聽子賤琴。遥知大小朗，已斷去來心。夜静溪聲近，庭寒月色深。寧知塵外意，定後更成吟。

方回：五、六似淺近，細味之亦不可棄。

馮舒：五、六乃宋人常語。

紀昀：五、六細微，豈可目以淺近？

馮舒：次聯切而無痕。

紀昀：此當是在縣尹坐間相會。

## 別至弘上人

最稱弘偃少，早歲草茅居。年老從師律，生知解佛書。衲衣求壞帛，野飯拾春蔬。章句無求斷，詩中學有餘。

方回：五、六可觀，三、四亦不草草。

紀昀：總非佳處。

馮班：如何不出「别」字？

紀昀：結二句笨。

## 華下送文涓　司空圖

郊居謝名利，何事最相親。漸與論詩久，皆知得句新。川明虹照雨，樹密鳥銜人。應念從今去，還來嶽下頻。

方回：一鳴集嘗自誇數聯，五、六其一也，其實工密。三、四亦自然，近中有遠。

紀昀：「皆」字不甚穩。○此詩只鍊此五、六兩句，餘皆草草。後來「九僧」一派，自此濫觴。

## 游歙州興唐寺　張喬

山橋通絶境，到此憶天台。竹裏尋幽徑，雲邊上古臺。鳥歸殘照出，鐘斷細泉來。爲愛澄溪月，因成隔宿迴。

方回：此吾州水西太平寺也，在唐時謂之興唐寺。五、六佳。末句謂溪清而月可愛，因留至隔宿，亦善於立論，以歙溪極天下之清者。

馮舒：第六句牽强。

紀昀：「殘照」在「鳥歸」之時，「泉來」却不在「鐘斷」之後，此句欠妥。

無名氏（甲）：歙州，今徽州。

## 甘露寺東軒　　周　繇

每日憐晴眺，閒吟只自娱。山從平地有，水到遠天無。老樹多封楚，輕煙暗染吴。雖居此廊下，入户亦踟躕。

方回：京口甘露寺俯瞰大江，遠眺溟海，委的是此山從平地突起，水與天接，其言無一字虚也。

何義門：次聯佳。○「封」字奇。

紀昀：三句「有」字滯相，第四句自然，五、六不妥，結二句尤晦而無味。

無名氏（甲）：寺在鎮江北固山。

## 宿山寺　　張　蠙

中峯半夜起，忽覺在青冥。下界自生雨，上方猶有星。樓高鐘獨遠，殿古像多靈。好是潺湲水，房房伴誦經。

方回：三、四已佳，五、六尤佳，第六句無人曾道。末句亦可佳〔四二〕也。

紀昀：末句自佳。

馮班：第六句太險，末句可愛。

紀昀：三、四真景而語不工，六句鄙極。

無名氏（乙）：嘗見此景，詫君拾之。

## 逢播公〔四三〕　周賀

帶病稀相見，西城早晚來。山衣〔四四〕風壞帛，香印雨沾灰。坐久鐘聲遠〔四五〕，禪餘〔四六〕嶽影回。却思同宿夜，高枕説天台。

方回：第六句絶好。賀乃清塞上人還俗，故於僧詩尤熟。

紀昀：此句太澀。

紀昀：三、四太纖瑣。

許印芳：周賀，字南卿。初爲僧，名清塞。後還俗。

## 宿杼山晝公禪堂

從作西河客，别離經半年。却來峯頂宿，知廢井南禪。積靄沉斜月，孤燈照落泉。何當閒事盡，相伴老溪邊。

方回：試於山寺夜宿，崖有落泉，壁有孤燈，而思此句，則見其有味矣。

紀昀：一氣涌出，殊有高韻。虚谷惟取第六句，陋甚。

許印芳：六句果佳，但舍氣格而專求字句，則淺陋矣，此虚谷一生病根也。

## 贈胡僧

瘦形無血色，草屨著行穿。閒話似持呪，不眠同坐禪。背經來漢地，袒膊過冬天。情性人難會，游方應信緣。

方回：此詩似覺麄率，然今西域僧有此輩，乃相率爲丐之徒。「閒話似持呪」，本是戲言其語言之不可通。至如「袒膊過冬天」，蓋所啖有麻藥，一食之不飢，亦不寒，亦能耐大暑，愚俗不悟耳。至解藥殞肉酒，不可以數計云。

馮舒：可笑。

紀昀：直是粗率，豈但似「覺」！○忽論梵僧一段。如因論詩而及僧，則詩先無可取。如因論僧而存詩，則此乃詩選，非雜記小説也。

紀昀：句句粗鄙。

## 休糧僧

一齋難過日，況是更休糧。養力時行道，聞鐘不上堂。唯留温藥火，未寫化金方。舊有山厨在，從僧請作房。

方回：怪人也，不食而私於食者。「温藥」、「化金」，又似是道流事。

馮舒：只詠休糧僧，玩其詩可矣，怪不怪何與詩道？

紀昀：亦是因論僧以存詩，豈别裁之道耶？

紀昀：亦粗俚。

## 柏巖禪師

野寺絶依念，靈山曾遍行。老來披衲重，病後讀經生。乞食嫌村遠，尋溪愛路平。多年柏巖住，不記〔四七〕柏巖名。

方回：即賈島所哭者。三、四及尾句俱佳。
何義門：第四只可説俗士耳，出自僧口似爲背謬。
紀昀：三、四纖而俚，尾句自可。

## 入静隱寺途中作

亂雲迷遠寺，入路認青松。鳥道緣巢影，僧鞋印雪蹤。草煙連野燒，溪霧隔霜鐘。更遇樵人問，猶言過數峯。

方回：賀與賈島本皆僧也，故於僧寺詩爲善能着題。鳥道之行，不曰緣樹影，而曰「緣巢影」，所以爲佳。五、六微冗，尾句則又妙矣。他如送禪僧云：「坐禪山店暝，補衲夜燈微。」又如「夏高移坐次」、「齋身疾色濃」、「講次樹生枝」，皆是僧家滋味，俗人所難道者，故書之。

馮舒：方君云「鳥道之行，不曰緣樹影，而曰緣巢影」，未解。

紀昀：虚谷曰：「不曰緣樹影，而曰緣巢影。」亦是故爲澀語，佳不在此。

## 哭閒宵上人

林逕西風急，松枝講鈔餘。凍髭亡夜剃，遺偈病時書。地燥焚身後，堂空着影初。弔來頻落淚，曾憶到吾廬。

方回：哭僧詩，賈島於柏巖、宗密二人至矣。此詩三、四亦可佳〔四八〕，第五句頗險，夫然後知詩之難也。

紀昀：賈島二詩未得云至。此詩五句是鄙，非險。

查慎行：「講鈔」，不詳。

紀昀：第五句景真而句不佳。

無名氏（甲）：次句言諸經疏鈔，可捉松枝而讀。

## 空寂寺悼元上人

錢　起

凄然雙樹下，垂淚遠公房。燈續生前火，爐添歿後香。陰階明片雪，寒竹響空廊。寂滅應爲樂，塵心徒自傷。

方回：尾句，即賈島「不是解空」人。

紀昀：畢竟清穩。

## 西郊蘭若

羊士諤

雲天宜北户，塔廟似西方。林下僧無事，江清日正長。石泉盈掬冷，山實滿枝香。寂寞傳心印，無言亦已忘。

方回：五、六有夏間山居之景。眼前事，只他人自難道也。

紀昀：此尚非人不能道語。

紀昀：三、四自然，綽有遠致。

## 遊東林寺

黄滔

平生愛山水，下馬虎溪時。已到終嫌晚，重遊預作期。寺寒三伏雨，松偃數朝枝。翻譯如曾見，白蓮開滿池。

方回：黄滔何人？此詩三、四，舉唐人無此淡而有味之作。五、六佳。

馮舒：黄文江何至不知爲何人？

陸貽典：方公何至不知黄文江？

查慎行：滔，南唐御史，字文江。

紀昀：虚谷云：「舉唐人無此淡而有味之作。」談何容易！

查慎行：三、四兩句似一串，却有轉折。

何義門：次聯頓挫曲折，極饒情味。○落句以謝公山水自負，就東林故實收足前四句意，真躍出拘攣外也。落句呼應，神味俱遠。靈運在東林繙經、植蓮。

紀昀：結少力。

無名氏（甲）：寺在南康廬山，即白蓮社處。

許印芳：三、四固佳，五、六用皮襲美「三伏」、「六朝」語，换一數字，亦不佳。結句語太無味，故紀批云少力，今爲易作：「築室思靈運，蓮花又滿池。」○黄滔，字文江，莆田人。○東林寺在廬山。

## 瀑布寺真上人院

鄭　巢

林疏多暮蟬，師去宿山煙。古壁燈熏畫，秋琴雨慢絃。竹間窺遠鶴，巖上取寒泉。西嶽莎房在，歸期更幾年。

方回：司空圖有「山雨慢琴弦」之句，此亦暗合，其聯甚佳。

紀昀：亦是小樣範。

紀昀：此上人出而巢題其所居，故有首尾四句。

## 題任處士創資福寺

魚玄機

幽人創奇境，游客駐行程。粉壁空留寺，蓮宫未有名。鑿池泉自出，開徑草重生。百尺金輪閣，當川豁眼明。

方回：魚乃女道士之類，題初創寺，故云「蓮宫未有名」。五、六雖淺近，亦不爲無味。

紀昀：玄機初爲李億之妾，後爲女道士。本有明文，「之類」二字謬。

馮班：五、六不苦澀，却有新致。

紀昀：唐女道士詩當以李治爲第一，玄機不能及也。

## 甘露寺

孫　魴

寒暄皆有景，孤絶畫難形。地拱千尋險，天垂四面青。晝燈籠雁塔，夜磬徹漁汀。更愛僧房好〔四九〕，波光滿户庭。

方回：魴有金山詩，「鷩濤濺佛身」之句有病，不如「過櫓妨僧定」。上句佳。如「天多剩得月，地少不生塵」，亦不逮張祜。而云「誰言張處士，詩後更無人」，涉乎誇誕。此詩第四句最好，尾句亦佳，五、六則套話也。

紀昀：五句是套，六句非套。

## 題雲際寺上方

盧　綸

松高蘿蔓輕，中有石牀平。下界水長急，上方燈自明。空門不易啓，初地本無程。迴步忽山盡，萬緣從此生。

方回：五、六善於言禪，用「啓」字、「程」字貼「門」與「地」，而不見其迹。

紀昀：不好處正在言禪。詩欲有禪味，不欲着禪語。

## 同徐城李明府遊重光寺題晃師房

劉　商

野寺僧房遠，陶潛引客來。鳥喧殘果落，蘭敗幾花開。真性知無住，微言欲望迴。竹風清磬晚，歸策步蒼苔。

方回：蘭敗之後有幾種花開！此意甚深。

紀昀：第六句不甚可解。

## 月中宿雲巖寺上方

温飛卿

虚閣披衣坐，寒階踏葉行。衆星中夜少，圓月上方明。靄盡無林色，喧餘有澗聲。衹應愁恨事，還逐曉光生。

方回：衆星至中夜而少，以圓月之明在上方也。乃一句法。五、六尤得月夜清寂之味。

查慎行：第三句翻從第四句倒映。

何義門：本緣愁恨不能成眠，得此清境暫焉豁爾。落句使上六句皆有言外味，然此豈容以起承轉合忖量耶？○三、四倒裝。

紀昀：三、四只是「月明星稀」之意，衍爲十字，殊少味。五句笨，六句自可。

## 題中南〔五〇〕佛塔院

鳴泉隔翠微，千里到柴扉。地勝人無慾，林昏虎有威。澗苔侵客履，山雪入禪衣。桂樹芳陰在，還期歲晏歸。

方回：三、四新異。

紀昀：三、四粗淺。

## 登蔣山開善寺

崔峒

山殿秋雲裏，香煙出翠微。客尋朝磬食，一作「室」。僧背夕陽歸。下界千門見，前朝萬事非。看心兼送目，葭菼暮依依。

方回：三、四已佳，五、六尤佳，以第六句出於不測也。

紀昀：此評好。

陸貽典：蔣山即鍾山，在金陵。

許印芳：崔峒，字里未詳，官右補闕。

## 題宇文裔山寺讀書院

于　鵠

讀書林下寺，不出動經年。草閣連僧院，山廚共石泉。雪庭無履跡，龕壁有燈烟。年少今頭白，删詩到幾篇。

紀昀：清而太薄。

## 游雲際寺

喻　鳧

澗壑吼風雷，香門集作「禪關」。絶頂開。閣寒僧不下，鐘定虎常一作「長」。來。鳥啄林梢果，鼯跳竹裏苔。心源暫無一作「無一」。事，塵界擬休回。

方回：三、四佳。

紀昀：五、六單弱。○「常」、「長」一意，「暫無」切「游」字。

## 題維摩暢上人房杇栟 集作「寒櫟」。〔五一〕

李洞

諸方游幾臘，五夏五峯銷。越講迎騎象，一作「馬」。蕃齋懺射雕。冷筇書雪〔五二〕倚，寒櫟〔五三〕話雲〔五四〕燒。從此棲林老，瞥然三萬朝。

方回：李洞學賈浪仙詩，至鑄其像而事之。此詩工甚。三、四怪異，五、六亦佳。

查慎行：三、四太生澀。

何義門：第五將游方陡然截斷，直趕到末句，筆力孤峭，真長江嫡嗣也。

紀昀：三、四純取别趣而不傷大雅，故不礙格。五、六亦尚不至瑣屑。

許印芳：李洞，字才江，唐諸王孫。

## 宿鳳翔天柱寺窮易玄上人房

天柱暮相逢，吟思天柱峯。墨研清露月，茶吸白雲鐘。卧語身黏蘚，行禪頂拂松。探一作「深」。玄爲一訣，一作「决」。明日去臨邛。

方回：五、六眼前事，但善於措置，則工拙在絲髮之間耳。

紀昀：終是小様，五句尤不佳。

## 游西霞寺〔五五〕

皮日休

不見明居士，空山但寂寥。白蓮吟次缺，青靄坐來銷。泉冷無三伏，松枯〔五六〕有六朝。何時石上月，相對論逍遥。

方回：三、四細看有味，五、六忽然出奇。

馮班：三、四好。

何義門：三、四生動有情，五、六是尋常板對。

紀昀：三句翻用蓮社事，殊不自然。末句用支道林事，見劉孝標世説注。

許印芳：皮日休，字襲美。竟陵人。官刺史。爲巢賊所害。

## 宿澄泉蘭若

鄭谷

山半古招提，空林雪月迷。亂流分石上，斜漢在松西。雲集寒菴宿，猿先曉磬啼。此心如了了，袛此是曹溪。

方回：末句好。谷詩多用僧字，凡四十餘處。

紀昀：末句不甚好。詩可參禪味，不可作禪語。

紀昀：三、四自然。五、六刻意爲之，而亦不傷僻澀。惟「集」字滯相耳。

許印芳：五句紀批云「集」字滯相，因爲易作「傍」字。○鄭谷，字若愚，官都官郎中。

## 題江島〔五七〕僧居 在江之心

杜荀鶴

師愛無塵地，江心島上居。接船求化慣，登陸赴齋疎。載土春栽樹，抛生日飫〔五八〕魚。入雲蕭帝寺，畢竟欲何如。

方回：以所居在江水中，故五、六佳。

紀昀：亦是小巧。

紀昀：三句太鄙，結太淺直。

## 封禪寺居

羅隱

盛禮何由覩，嘉名偶寄居。周南太史淚，蠻徼長卿書。砌竹摇風直，庭花泣露疎。誰能賦秋興，千里隔吾廬。

方回：題是封禪寺。昭諫身居亂世，故起句曰「盛禮何由覩」，奇哉句也。三、四好，豈可全不用事？善用事者不冗。

馮班：律詩成於沈、宋。對偶之文必工於用事，方是當行。

紀昀：此爲通論。

何義門：子美、義山之間。

紀昀：因封禪而思及長卿，因長卿而思及諭巴蜀，而能通巴蜀又是能封禪之根。紆紆曲曲，總是居衰世而思太平之盛。

## 題岳州僧舍

裴　説

喜到重湖地，孤洲横晚煙。鷺銜魚入寺，鵶接飯隨船。松檜君山迥，菰蒲夢澤連。與師吟論處，秋水浸遥天。「洲」一作「舟」。

方回：三、四極其新異，五、六亦狀岳州僧舍，可謂切題。予嘗登岳陽樓，乃知此詩之佳。

馮班：腹聯佳。

紀昀：三句刻意求新而不免造作，四句自然。〇「洲」字是，以下有「船」字也。

無名氏（甲）：洞庭、青草相連，故曰「重湖」。

## 静林寺

僧靈一

静林溪路遠，蕭帝有遺蹤。水擊羅浮磬，山鳴于闐鐘。燈傳三世火，樹老五株松。無數煙霞色，空聞昔卧龍。

方回：第五句最奇，下句亦稱。

紀昀：五句事出晉書，殊無奇處。

紀昀：中四句句調一同，三、四亦太裝點。

無名氏（甲）：羅浮，在廣東。

## 懷舊

僧皎然

一坐西林寺，從來未下山。不因尋長者，無事〔五九〕到人間。宿雨愁爲客，寒花笑未還。空懷舊山月，童子念經閒。

方回：杼山皎然詩意句律平淡。及識顔真卿，交韋應物。天寶、大曆間人。皎然字清晝，謝靈運十世孫。居杼山，湖州人。真卿爲湖州刺史，皎然爲其著論。

紀昀：吐屬清穩，不失雅音。

許印芳：「未」字、「山」字俱犯複。○皎然，姓謝。吴興人。靈運十世孫。居杼山。

## 宿吴匡山破寺

雙峯百戰後，真界滿塵埃。蔓草緣空壁，悲風起故臺。野花寒更發，山月暝還來。何事池中水，東流獨不回。

方回：廢寺詩司空曙爲冠，此亦可觀。

馮班：後半首一直四句。

紀昀：通體圓浄，而微近空腔。

## 宿西嶽白石院

僧無可

白石上嵌崆〔六〇〕，寒雲西復東。瀑流懸住處，雛鶴失禪中。嶽壁松多古，壇基雪不通。未能親近去，擁褐愧相同。

方回：第四句奇。

馮班：然恨太苦。

紀昀：澀而無味。

## 廢山寺

千峯盤磴盡〔六一〕，林寺昔年名〔六二〕。步步入山影，房房聞水聲。多年人跡絶，殘日石陰清。便可求居止，安閒過此生。

方回：無可稱賈島爲從兄。詩遠不及之，而世人多稱爲島，可何耶？可之詩惟「高杉殘子落，深井凍痕生」及「聽雨寒更盡，開門落葉深」爲最，已別收矣。

紀昀：六句尚可，餘皆平淺。

## 送僧

四海無拘繫，行心興自濃。百年三事衲，萬里一枝笻。夜減當晴影，春消過雪蹤。白雲深處去，知宿在何峯。

方回：第五句最高絶。日晴有影爲伴，至夜則又減去，言其孤之極也。爲僧不孤，又惡乎可？

紀昀：以爲高絶，謬甚。如虚谷所解，此句直謂之迂拙可也。

紀昀：次句不佳。

## 送贊律師歸嵩山

禪意歸心急，山深定易安。清貧修道苦，孝友別家難。雪路尋溪轉，花宮映嶽看。到時孤塔暮，松月向人寒。

方回：爲僧以清苦爲事，是也。然孝友之天猶在，則別家亦難。所謂出家者，何其忍然棄骨肉耶？存此詩以見予志。

紀昀：欲戒人之爲僧，以自附於道學也。然著書立説，何所不可，而必存詩以見志耶？

馮班：次聯妙。

紀昀：「禪意歸心」四字連用不妥。

## 駕幸天長寺應制

僧廣宣

天界宜春賞，禪門不掩關。宸游雙闕外，僧引百花間。車馬喧長路，煙雲淨遠山。觀空復觀俗，皇鑒此中閒。

方回：唐中貴人多引僧爲內供奉，寫字吟詩，俾之應制。廣宣者，憲宗以來居紅樓院，其詩曰紅樓集。昌黎集有廣宣上人頻見訪詩，豈惡其數耶？紅樓院處所，酉陽雜俎可閱。此詩只「僧引百花間」一句好，「觀空復觀俗」亦頗通。別有七言詩一首佳。

## 懷智體道人

僧貫休

把筆懷吾友，庭鶯百囀時。惟應一處住，方得不相思。雪水淹門閫，春雷折樹枝〔六三〕。平生無限事，不獨白雲知。

方回：貫休詩無奈忽有一兩句粗俗，然其奇亦天出。三、四近乎俗而理到。五、六所謂奇也，人所罕道而新。

馮班：休公粗而不俗。

紀昀：此評甚確。○五、六與「懷智體」何涉？奇不入題，則奇亦何難？況此聯上句俚，下句野，尤不足以言奇。

馮班：氣味自別。

## 休糧僧

不食更何求，自由終自由〔六四〕。身輕嫌衲重，天旱爲民愁。應器誰將去，生臺蟻不游。會須傳此術，歸共老林丘。

方回：第二句好，但近粗俗。第三句工。第四句忽然不測，所謂奇也。「術」字有妙理。

馮班：但可云率耳。

紀昀：既粗俗，如何云好？三、四乃對面烘托之法，非不測也。然如此烘托，究是笨筆。

## 夏日草堂作

僧齊己

沙泉帶草堂，紙帳捲空牀。静是真消息，吟非俗肺腸。園林坐清影，梅杏嚼紅香。誰住原西寺，鐘聲送夕陽。

方回：此齊己自賦草堂中事也。洪覺範取此八句賦爲八詩，以其句句有味故耶？此詩爲僧徒所重，其來久矣。實亦清麗。

紀昀：未見清麗。

馮班：次聯妙，不看風騷旨格定應不解。

## 題真州精舍

波心精舍好，那岸是繁華。礙目無高樹，當門即遠沙。晨齋來海客，夜磬到漁家。石鼎秋濤静，禪回有嶽茶。

方回：第二句「那岸」二字有深意，五、六精神而凈潔。

馮舒：「那岸」，粗。

查慎行：第二句有何深意？但覺其俗。

紀昀：「那岸」即彼岸之意，用字俚甚，其用意亦不過如處默勝果寺詩「下方城郭近」句，別無深處。評五、六是。

紀昀：三句拙。

無名氏（甲）：真州，儀真。

## 宿岳陽開元寺

僧修睦

竟日凭虛檻，何當興歎頻。往來人自老，今古月長新。風逆沉漁唱，松疎露鶴身。無眠鐘又動，幾客在迷津。

方回：第六句亦眼前事，但下得着，自然好。

紀昀：此評是，出句亦好。

## 老僧

僧景雲

日照西山雪，老僧門始開。凍瓶黏柱礎，宿火陷爐灰。童子病歸去，鹿麇〔六五〕寒入來。齋鐘知漸近，枝鳥下生臺。

方回：三、四已新，五、六亦新。童子以病而歸其家，故曰「歸去」。麛以寒而入其室，故曰「入來」。紀昀：此何用注？良佳。

馮舒：張司業詩：「酒盡卧空瓶。」此詩「陷」字足敵。

馮班：此詩之妙古人已言之矣。

紀昀：總是「武功」一派。○結得無味，似有朵頤之意矣。

## 華巖寺望樊川

僧子蘭

萬木葉初紅，人家樹色中。疎鐘搖雨脚，積水浸雲容。雪磧迴寒雁，村燈促夜舂。舊山歸未得，生計欲何從？

方回：子蘭飲馬長城窟一詩傳世。此詩五、六通，亦可取。

紀昀：詩亦清潤，但無深味。中四句調同，亦一病。○僧不應慮及「生計」。

無名氏（甲）：寺在長安城外。

## 夷陵即事

僧尚顔

不難饒白髮，相續是灘波。避世嫌身晚，思家乞夢多。暑衣經雪着，凍硯向陽呵。豈欲（六六）臨歧路，還聞聖主過。

方回：尚顔詩，唐之季也。此恐是僖宗幸蜀時詩。第五句其窮已甚，然今之窮者，何但此事？尚顔又有句云：「合國諸卿相，皆曾着布衣。」

紀昀：此乃「旅況」詩，不應入之「釋梵」。如僧詩即入「釋梵」，他處又不應兼收僧詩。○首句言路險頭易白耳。三句言自恨生晚，不見太平。出語皆笨，結亦笨。

無名氏（甲）：夷陵，古峽州，今宜昌府。

## 贈棲禪上人

僧虛中

巖房高且静，住此幾寒暄。鹿嗅安禪石，猿啼乞食村。朝陽生樹罅，古路透雲根。獨步閒相覓，凄涼碧洞門。

方回：僧家寂静，欲得如羚羊挂角，更無氣息。蓋此物閉氣而眠，虎狼不能知其爲羊也。此以譬心，而入定之迹乃餘事耳。禪於石上，而鹿來嗅，不知石之上有僧，此乃佳句。餘亦稱。

查慎行：解得可笑，此言巖房高且静耳，不涉上人。

馮班：此只是「四靈」語耳。

紀昀：刻意求新，而尚不傷雅。

## 贈樊川長老

僧清尚

瘦顔諸骨現，滿面雪毫垂。坐石鳥疑死，出門人謂癡。照身潭入楚，浸影〔六七〕檜生隋。太白曾經夏，清風涼四肢。

方回：「坐石鳥疑死」，即與「鹿嗅安禪石」同意，皆不如劉得仁「螢入定僧衣」爲妙。然用工刻苦，不可不選，以備旁考。

紀昀：如此刻苦，愈刻苦愈入魔趣，排之惟恐不及，何得云不可不選？

馮舒：刻酷鍊奇。

馮班：句句用力。

紀昀：句句拙鄙，三、四尤甚。

## 題山寺

寇萊公

寺在猿啼外，門開古澗涯。山深微有徑，樹老半無枝。望遠雲長瞑，談空日易移。恐朝金馬去，還失白蓮期。

方回：寇公學晚唐詩，尾句忽又似老杜。

馮班：何必老杜？

紀昀：意以對結似杜耳，其實學杜不在此種處。

紀昀：老當之筆，不必有何奇處。「寺在猿啼外」五字有致，作起句尤妙。

## 游湖上昭慶寺

陳文惠堯佐

湖邊山影裏，静景與僧分。一榻坐臨水，片心閒對雲。樹寒時落葉，鷗散忽成羣。莫問紅塵事，林間肯暫聞。

方回：此錢唐門外昭慶寺。今猶無恙，而南渡事業又已澌盡，讀此寧無感乎！第五句最幽美。

紀昀：觀此則書成於宋亡之後，卷端題「宋」字殊誤。

馮舒：句句雅正。

查慎行：北宋號菩提院，南渡始改昭慶。西湖志及咸淳臨安志皆云。然今觀此題，可見北宋已名昭慶寺，兩志俱譌。

紀昀：三、四自然，五、六亦蕭散有致，惟結恨淺直。

許印芳：「湖」、「山」總起，中間分承，結句拓開，章法極老成。紀批云「結恨淺直」，愚謂病在「莫問」、「肯暫」四字，「林間」太泛，亦未能收到「寺」字，因爲易作「幾許紅塵事，安禪耳不聞」。

○陳堯佐，字希元，謚文惠。

# 再遊海雲寺作

宋景文

十里雲邊寺，重驅千騎來。天形欹野盡，江勢釀山回〔六八〕。園柰濃成幄，樓鐘近殷雷。斜陽歸鞅促，飛蓋冒輕埃。

方回：三、四唐人詩所必有，宋人詩罕有，然作家亦必有之。宋公不甚喜僧。此成都詩。

馮舒：此不應入「釋梵」。

紀昀：三、四語壯，然亦通套之語。後四句亦無味。

# 懷寄披雲峯誠上人

曹汝弼

院高窮木〔六九〕盛，野極靜無言。險路通巖頂，香泉出石根。微風飄磬韻，幽鳥啄苔痕。常記相留夜，秋堂共聽猿。

方回：景德、祥符間詩人有晚唐之風。曹以處士與种放、魏野、林逋相往來，故其詩亦似之。第六句幽而有味。披雲峯者，古歙水西太平寺之別峯，下瞰郡城，北望黄山，至今有菴宇存焉。

紀昀：僻而無味。

馮舒：亦近唐人。
紀昀：次句笨。
許印芳：曹汝弼，字夢得。

## 再寄

江城從別後，聞説在松間。度日長扃户，終年不下山。静爲詩所役，閒免事相關。應喜雲邊客，冥搜鬢未斑。

方回：第五句「静爲詩所役」，能言吟者之狀，凡吾曹能詩者皆然。
紀昀：末句不甚了了。

## 贈披雲峯岳長老

禪外掩松扃，閒眠度歲陰。雨侵香篆澀，苔長屐痕深。水在銅瓶冷，雲歸玉磬沉。前山有靈藥，時策杖藜尋。

方回：此詩亦有唐味。
紀昀：然是晚唐。

馮舒：攜杖則可，「策杖」則相犯。
紀昀：三、四頗入「武功」，五句太質，六句佳。

## 贈僧

一從叨命服，乘興入天台。院接石橋住，門臨瀑布開。松間應獨坐，雪裏更誰來。時復攜藜杖，看雲上古臺。

方回：宋詩之有唐味者，皆在真廟以前三朝，此其一也。五、六淡而有味。
紀昀：清灑無刻畫之習。

## 贈水墨巒上人

趙叔靈

講餘題小筆，深院竹修修。試墨應磨歲，思山忽寫秋。静曾窮鶴趣，高亦近詩流。更擬緣清思，和雲狀沃州〔洲〕。

方回：趙湘字叔靈，清獻公抃之祖也。淳化三年孫何榜進士。清獻漕益路時，宋景文序叔靈集，歐陽公跋亦稱之。
馮舒：第三句太費力。○趣不如性。

馮班：次聯不成句。

紀昀：三句拙晦不佳，四句及五、六小有思致。

## 照上人山房庭樹

惹雲非手植，自與薜蘿交。雨過苔侵影，秋來月照巢。錫寒枝上掛，偈好葉中抄。誰見僧行遶，溪涼夜磬敲。

方回：僧庭樹，着題詩也。中四句俱工細，趙清獻之杜審言也。

紀昀：起句拙，中四句俱瑣屑，第四句尤拙。

## 與正仲屯田遊廣教寺

梅聖俞

春灘尚可涉，不惜濺衣裾。古寺入深樹，野泉鳴暗渠。酒杯參茗具，山蕨間盤蔬。落日還城郭，人方帶月鋤。

方回：五、六錯綜自相爲對，此一體。

紀昀：仍是就句對，但間一字耳。

## 題松林院

靜邃無塵地，青熒續焰燈。木魚傳飯鼓，山衲見歸僧。野色寒多霧，溪痕夜閣冰。吾非謝康樂，獨往亦何能。

方回：三、四眼前事，自然覺好。五、六亦佳。
馮舒：僧披山衲，一件事。以木魚當飯鼓，兩件事。○「閣」字太生。
紀昀：三、四微覺其冗。五、六小有思致，亦非高格。

## 過永慶院

荒涼舊蘭若，古屋〔七〇〕兩三重。林下已無柏，澗邊唯有松。石階生薜荔，香座缺芙蓉。化俗似禪衲，破來縫不縫。

方回：前四句平常。五、六忽能以故爲新，緣下一句出於不測，併上一句可觀。尾句「縫不縫」之説怪而有味。
紀昀：怪而無味。
馮舒：「化俗」二字無着落。

紀昀：三、四淺拙。

## 過山陽水陸院智洪上人房 有蘇子美墨蹟

十載七來此，每嗟多異今。池灰休辨劫，川月解明心。遺墨悲蘇倩，高情想道林。能閒常似舊，翹立水邊禽。

馮舒：何以悲蘇倩？

無名氏（甲）：想子美得罪因丈人杜公起見，然題中無着，不可用也。

紀昀：結二句好。

## 夏日宿西禪 潘逍遥

此地絶炎蒸，深疑到不能。夜涼如有雨，院静若無僧。枕潤連雲石，窗明照佛燈。浮生多賤骨，時日恐難勝。

方回：東坡少年見傳舍壁間題此句而喜之，則知逍遥之詩行於世已久。東坡眼高，亦所謂異世而知心者也。

馮舒：結不稱。

查慎行：此詩選入宋文鑑，第三句「如」作「疑」。

## 秋日題瑯琊寺

巖下多幽景，且無塵事喧。鐘聲晴徹郭，山色曉當門。深洞通泉脈，懸崖露樹根。更期來此宿，絶頂聽寒猿。

馮舒：宋初人有逼唐者。

紀昀：重出。

## 送皎師歸越

林和靖

林間久離索，忽忽〔七二〕望西陵。静户初聞叩，歸舟又説登。野烟含樹色，春浪叠沙稜。幸謝雲門路，同尋苦未能。

紀昀：三、四淺拙。

## 送思齊上人之宣城

林嶺藹春輝，程程入翠微。泉聲落坐石，花氣上行衣。詩正情懷澹，禪高語論稀。蕭閒水西寺，駐錫莫忘歸。

方回：和靖於僧徒交游良多，如送機素云：「錫潤飛晴靄，羅寒濾曉澌。」下一句新奇。寄清曉云：「樹叢歸夕鳥，湖影浸寒城。」尤妙不可言。宜其隱於湖山，而名聞天下，徹九重垂百世也。胸次筆端，兩相扶竪如此。

紀昀：虚谷云「名聞天下，徹九重」，見地殊陋。

紀昀：情韻亦佳。○「正」字意是而字不穩。

## 次韻定慧欽長老見寄

蘇東坡

左角看破楚，南柯聞長滕。鈎簾歸乳燕，穴紙出癡蠅。爲鼠常留飯，憐蛾不點燈。崎嶇真可笑，我是小乘僧。

方回：左角以言争，故以破楚繫之。南柯以言榮，故言長滕繫之。此本山谷句法，亦老杜句法。「厲階董狐筆，禍首燧人氏」是也。至山谷演而爲「管城子無食肉相，孔方兄有絶交書」，則其工極矣。此只論句法。○中四句「燕」「蠅」「鼠」「蛾」，皆憫世之迷，爲作方便之意。然區區如此，亦小乘所爲，非上乘也。守欽自蘇州遣其徒卓契順如惠州，寄擬寒山八詩，坡公和之。第一首似律，故取諸此。坡材大，於小詩餘事耳。

馮舒：說到山谷，便如蛆之戀糞，蜣之轉丸，嗜病逐臭，不足道也。○方批云：「此本山谷句法。」山谷不通類此。方批云：「亦老杜句法。」大不然。方批引「厲堦董狐筆，禍首燧人氏」二句，文理直甚。方批云：「至山谷演而爲『管城子無食肉相，孔方兄有絶交書』，則其工極矣。」醜甚。

馮班：妄談。○方批云：「左角以言争，故以破楚繫之。南柯以言榮，故言長滕繫之。」只言藤蟻鬬耳，何曾如此？

紀昀：所引杜、黄兩聯，與此句法俱不同，殊爲附會。

馮班：首句是坡格，然畫斷我所不解。○自然大樣。

陸貽典：小乘禪，大乘禪，最上乘禪，見傳燈録。

紀昀：起二句究竟捏湊，爲韻所拘耳。

## 贈惠洪　　黄山谷

數面欣羊胛，論詩喜雉膏。眼横湘水暮，雲獻楚山高。隳我玉麈尾，乞君宮錦袍。月晴放舟舫，萬里渺雲濤。

方回：山谷謫宜州，洪覺範在長沙嶽麓寺曾見山谷，於是僞作山谷七言贈詩，所謂氣爽絶類徐師川者。予於名僧詩話已詳辨其事。此詩亦恐非山谷作。山谷乙酉年死於宜州，覺範始年三十五歲，撰此詩以惑衆，而山谷甥洪氏誤信爲然，故收之云。五、六雖壯麗，恐非山谷語，意淺。

查慎行：「羊胛」出唐書回紇傳。骨利幹部晝長夜短，日入烹羊胛，熟，東方已明，蓋近日出處也。「雉膏」出易鼎卦，臆乘云：「雉膏不食，云美也。」説文云：「未戴角曰膏。」用事如此，終覺艱澀少味。

紀昀：却似山谷筆墨。虛谷所云，恐不免愛憎之見。

無名氏(甲)：羊背、雉油，自喻其美，但造句未善。

許印芳：「雲」字複。「乞」去聲，與也。

## 别寶講主

陳後山

此處相逢晚，他鄉有勝緣。呪功先服猛，戒力得扶顛。暫息三支論，重參二祖禪。元注：趙州、臨濟，皆曹人也。夜牀鞋脚别，何日着行纏。

方回：讀後山詩，語簡而意博。「呪功」、「戒力」四字已深入於細。「服猛」、「扶顛」，一出禮記，一出論語。抉剔爲用，愈細而奇，與晚唐人專泥景物而求工者不同也。天下博知，無過三支。今後山欲其捨博而就約，棄講而悟禪，故曰「暫息三支論，重參二老〔七二〕禪」也。「夜牀鞋脚别」，此本俗語。脚不可以無鞋，而夜寐之際，脚亦無用於鞋。此又以其膠戀執著爲戒也。故後山詩愈玩愈有味。

馮舒：方批：「愈細而奇。」不細不奇。○一話到「江西派」，便令人欲嘔欲殺，真詩厄也。○直用上牀與鞋履相别，如此講便不通。

紀昀：此皆有意推求，不爲公論。

馮舒：「服猛」、「扶顛」，全無來歷，何處説起？强似行纏牽合，衹見其不通而已。○末句接不上。

馮班：六句皆近唐人。

## 遊鵲山寺

積石横成嶺，行楊密映門。人聲隱林杪，僧舍遶雲根。頓攝塵緣盡，方知象教尊。只應羊叔子，名字與山存。

方回：羊叔子謂南豐。

馮班：評不解。

紀昀：後四句自不相貫。

## 題子瞻揚州借山寺

劉景文

給事風流在，虚亭景越閒。全臨故宫水，盡致别州山。峯勢晴相向，嵐光夜不還。無時供勝賞，歷歷白雲間。

方回：劉季孫最爲東坡所知，卒於隰州。三、四佳，第五句亦好。

查慎行：三、四刻畫「借山」二字，無斧鑿痕。

紀昀：六句趁韻欠妥。

## 題江心寺

徐道暉

兩寺今爲一，僧多外國人。流來天際水，截斷世間塵。鴉宿腥林徑，龍歸損塔輪。却宜成片石，曾坐謝心身。

方回：予甲寅、乙卯間至永嘉，游江心寺，見此詩刊楣間，良佳，今三十年矣。

紀昀：通體粗野，絶無佳處。

## 登橫碧軒繼趙昌甫作

徐致中

步陟高高寺，徐行不用扶。青天晴又雨，山色有還無。句向閒中覓，茶因醉後呼。所懷論未足，何乃又征途。

方回：第四句佳，但亦本於歐公。

查慎行：摩詰云「山色有無中」，非本於歐也。

紀昀：歐公平山堂詞乃全用右丞句也。

馮舒：腹聯二句寬懶。

紀昀：既有末句，則「閒」字未妥。

## 雁蕩寶冠寺

趙師秀

行向石欄立，清寒不可云。流來橋下水，疑是洞中雲。欲住逢年盡，因吟過夜分。蕩陰當絶頂，一雁未曾聞。

方回：杜荀鶴：「祇應松上鶴，便是洞中人。」此三、四亦相犯，五、六有味。

馮班：捉得贓者。

紀昀：疑人化鶴有理，疑水爲雲却無理。此落套而又不善套，其病不止相犯也。

馮舒：結欠緊健。

## 巖居僧

開扉坐石層，盡日少人登。一鳥過寒木，數花摇翠藤。茗煎冰下水，香炷佛前燈。吾亦逃名者，何因似此僧。

紀昀：三、四有致，後半太易。

## 桃花寺

舊有桃花樹，人呼寺故云。石幽秋鷺上，灘遠夜僧聞。汲井連黄葉，登臺散白雲。燒丹勾漏令，無處不逢君。

方回：「四靈」詩趙紫芝爲冠。大抵中四句鍛煉磨瑩爲工。以題考之，首尾略如題意，而中四句者亦可他入，不必切於題也。

紀昀：此語切中「四靈」「九僧」之病，併切中晚唐人之病。

紀昀：起二句太率易，五句自佳。

## 寄從善上人

翁靈舒

數載不相見，師應長掩關。香烟前代寺，秋色五峯山。棋進僧誰敵，琴餘鶴共閒。幾時重過我，吟話此林間。

馮舒：四靈：趙師秀、翁靈舒、徐致中靈困、徐道暉。

紀昀：起四句大雅，五、六乃全露本質。

許印芳：前半固佳，後半亦不惡。凡看晚季人詩，不宜十分淘汰也。○翁卷，字靈舒，一字續古。

## 同孫季蕃遊浄居諸菴

劉後村

滿院静沉沉，微聞有梵音。不來陪客語，應恐壞禪心。母處歸全少，師邊悟已深。戒衣皆自衲，因講始停針。

方回：爲人之女，離其母不顧，而屈從老尼，果何所悟耶？不來陪客，恐壞禪心，如此則見所欲而此心亂耶？讀此詩爲婦人出家者之戒。後村殆弄筆頭，學晚唐詩，詩似唐人，而語意鑿脱，予故備論之。

馮舒：又來鶻聲鶩氣。

紀昀：起句自好，後六句愈細切愈猥雜，此種不可云詩。

## 書惠崇師房

僧希晝

詩名在四方，獨此寄閒房。故域寒濤闊，春城夜夢長。禽聲沉遠木，花影動回廊。幾爲分題客，殷勤掃石牀。

方回：希晝，九僧之一。於僧詩類選五首，每首必有一聯佳。不特希晝，九僧皆然。

查慎行：僧詩大概多蔬筍氣。

馮舒：九僧：希晝、保暹、文兆、行肇、簡長、惟鳳（赤城人）、惠崇、宇昭、懷古。○此諸大德，大抵以清緊爲主，而益以佳句，神韻孤遠，斤兩略輕，必勝「江西」也。○「江西」之體，大略如農夫之指掌、驢夫之脚跟，本臭硬可憎也，而曰强健。老僧嫠婦之牀席，奇臭惱人，而曰孤高守節。老嫗之絮新婦，塾師之訓弟子，語言面貌，無不可厭，而曰吾正經也。山谷再起，吾必遠避。不則別尋生活，永不作有韻語耳。

馮班：自希晝至懷古，所謂「九僧」也，亦勝「四靈」。○「西崑」之流弊使人厭讀麗詞。「江西」以粗勁反之，流弊至不成文章矣。「四靈」以清苦唐詩，一洗黃、陳之惡氣味、獰面目，然間架太狹，學問太淺，更不如黄、陳有力也。

紀昀：中四句却煉得好。

許印芳：九僧者，希晝、保暹、文兆、行肇、簡長、惟鳳、惠崇、宇昭、懷古也，皆宋初人。其詩專工寫景，又專工磨鍊中四句，於起結不大留意，純是晚唐習徑，而根柢淺薄，門户狹小，未能追逐温、李、馬、杜諸家，只近姚合一派，卻無瑣碎之習，故不失雅則。虚谷謂學賈、周固非，曉嵐謂是「十子」餘響，亦過情之譽。惟謂少變化，切中其病。此等詩病皆起於晚唐小家，而「九僧」承之，「四靈」又承之。讀其詩者，煉句之工猶可取法。至其先煉腹聯後裝頭尾之惡習，不可效尤也。

## 寄懷古

見説鵰陰僻，人烟半雜羌。秋深邊日短，風動曉笳長。樹勢分孤壘，河流出遠荒。遥知林下客，吟苦〔七〕夜禪忘。

## 送嗣端東歸

遠念生泉石，人中事欲銷。卷衣城木落，尋寺海山遥。帆影迷寒雁，經聲隱暮潮。後期俱未定，況我鬢先凋。

紀昀：「九僧」詩大段相似，少變化耳。其氣韻實出晚唐之上，不但「四靈」偶摘一兩首觀之不能不謂之佳，如希晝此數詩，皆不失雅則者也。

## 送可倫赴廣南轉運凌使君見招

别語畏殘漏，心懸瘴海邊。回期無定日，去路極遥天。苦霧沉山郭，寒沙漲隰田。幾宵尋使府，清話廢閒眠。

## 早春闕下寄觀公

客心長念隱，早晚得書招。看月前期阻，論山静會遥。微陽生遠道，殘雪下中宵。坐看青門柳，依依又結條。

紀昀：此首亦不減隨州，非武功輩所可並論。

許印芳：「看」字複。

## 宿宇昭師房

僧保暹

與我難忘舊，多期宿此房。卧雲歸未得，静夜話空長。草際沉螢影，杉西露月光。天明共無寐，南去水茫茫。

方回：保暹，九僧之二。第六句於工之中，不弱而新。

紀昀：五、六自是刻意做出，而妙極自然。上接「静夜」，下接「天明」亦極細致。異乎先得兩句，而首尾生嵌。

## 送簡長上人之洛陽

閒身無所滯，獨去背春城。望越鄉心斷，迎嵩隱思生。野禪依樹遠，中飯傍泉清。相府如投刺，分題有竺卿。

紀昀：第四句結字未堅，結二句鄙。

## 早秋閒寄宇昭

窗虚枕簟明，微覺早涼生。深院無人語，長松滴雨聲。詩來禪外得，愁入静中平。遠念西林下〔七四〕，相思合慰情。

紀昀：三、四不減王、孟，六句佳。

## 宿西山精舍

僧文兆

西山乘興宿，静稱寂寥心。一徑杉松老，三更雨雪深。草堂僧語息，雲閣磬聲沉。未遂長棲此，雙峯曉待尋。

方回：文兆，九僧之三。有宋國初，未遠唐也。凡此九人詩，皆學賈島、周賀，清苦工密。所謂景聯，人人着意，但不及賈之高，周之富耳。

馮班：周賀亦不爲富。

紀昀：「九僧」詩源出中唐，乃「十子」之餘響，與賈、周南轅北轍。虚谷引之以重賈、周，因以自重其派耳，紕繆殊甚。

紀昀：三、四已佳。五、六從三、四生出，更爲幽致。通體亦氣韻翛然，無刻畫齷齪之習。

許印芳：「興」「稱」俱去聲。

## 送簡長師之洛

動静非常態，超然西去心。水期經洛聽，雲約到嵩吟。齋訪烟村遠，禪依竹寺深。祇應風雅道，相府是知音。

紀昀：起句太做作，三、四亦無深致，五、六自好，結鄙甚。

## 郊居吟

僧行肇

静室簾孤捲，幽光墜露多。徑寒杉影轉，窗晚雪聲過。茗味沙泉合，鑪香竹靄和。遥懷起深一作「風雨」。夕，舊寺隔滄波。

方回：行肇，九僧之四。此首中四句工，不但一聯。

馮舒：第七句，「郊居」。

紀昀：細玩「過」字，恐「雪聲」是「雁聲」之訛，「露」、「雪」雜用不合。五、六亦「武功」一派。

## 酬贈夢真上人

禪舍因吟往，晴來坐徹宵。春通三徑晚，家别九江遥。巢重禽初宿，窗明葉旋飄。住期應未定，謝守有詩招。青社凌使君以詩見招。

方回：五、六何以圈？見静極之味也。

馮舒：第五是奇句。

紀昀：五、六亦是澀體，而妙不瑣屑。

## 送文光上人西游

高木墜殘霖，關河入遠心。嵩遊忘楚夢，華近識秦音。塔古懸圖認，碑荒背燒尋。幾思興替事，獨上灞陵吟。

方回：五、六工。三、四裝四箇地名，似賈島、姚合之弊。

馮班：何弊？

紀昀：裝四地名亦不礙，看運用如何耳。

紀昀：「殘霖」二字不佳，猶以「葩」字代「花」字。〇三句、五句皆不自然。

## 送僧南歸

僧簡長

漸老念鄉國，先歸獨羨君。吳山全接漢，江樹半藏雲。振錫林煙斷，添瓶澗月分。重棲上方定，孤狖雪中聞。

方回：簡長，九僧之五。第六句絶妙。

紀昀：妙在巧而不纖。

馮舒：首句送歸。

紀昀：中四句雖琱琢而成，而一氣流出，不見湊合之迹。

許印芳：「狖」音又。

## 送行禪師

南國山重疊，歸心向石門。寄禪依鳥道，絶食過漁邨。楚雪黏瓶凍，江沙濺衲昏。白雲深隱處，枕上海濤翻。

紀昀：六句費解。

## 與行肇師宿廬山棲賢寺

僧惟鳳

冰瀑寒侵室，圍爐静話長。詩心全大雅，祖意會諸方。磬斷危杉月，燈殘古塔霜。無眠向遥夕，又約去衡陽。

方回：惟鳳，九僧之六。所選每首必有一聯工，又多在景聯，晚唐之定例也。盛唐則不然，大手筆又皆不然。

紀昀：此自正論，然亦過於主持。當日盛唐不盡然，大手筆亦不盡然。

紀昀：五、六佳句。

## 寄希晝

閒中吟鬢改，多事與心違。客路逢人少，家書入闕稀。秋聲落晚木，夜魄透寒衣。幾想林間社，他年許共歸。

紀昀：亦殊清逸。

## 弔長禪師

霜鐘侵漏急，相弔晚悲濃。海客傳遺偈，林僧寫病容。漱泉流落葉，定石集鳴蛩。回首雲門望，殘陽下遠峯。

方回：此詩中四句皆工，一字不苟，金銀秤上分定盤星也。

紀昀：次句不妥，三、四自可，五、六着力而不自然。

## 訪楊雲卿淮上别墅　　僧惠崇

地近得頻到，相携向野亭。河分岡勢斷，春入燒痕青。望久人收釣，吟餘鶴振翎。不愁歸路晚，明月上前汀。

方回：九僧之七惠崇，最爲高者。三、四雖取前人二句合成此聯，爲人所詆。然善詩者能合二人之句爲一聯，亦可也。但不可全盜二句一聯者耳。

紀昀：放翁七律集杜聯句，蓋準此例。

許印芳：放翁之前，陳簡齋已沿此例，如傷春詩云：「孤臣霜髮三千丈，每歲煙花一萬重。」上用太白句，下用少陵句是也。惠崇始創此例，大家如簡齋、放翁，皆承用之。簡齋傷春一聯紀批云：「配得恰好。」亦不以盜句爲嫌也。

許印芳：三句用司空曙語，四句用劉長卿語。「燒」，去聲。

## 贈文兆

偶依京寺住，誰復得相尋。獨鶴窺朝講，鄰僧聽夜琴。注瓶沙井遠，鳴磬雪房深。久與松蘿别，空懸王屋心。

方回：惠崇有佳句爲圖，詩殊不止此，容續添入。

紀昀：已成書矣，「容續」之語何爲？

紀昀：中四句幽而不僻，故勝武功。

## 寄保暹師

僧宇昭

吟會失秋期，荒山寄病時。客髭生白早，叢木落青遲。渴狖窺莎井，陰蟲占菊籬。歸心何以見，霜月下天涯。

方回：宇昭，九僧之八。

紀昀：五、六着意刻畫，然上下文不貫。如曰託以自比，則「九僧」詩格又不如是。

## 幽居即事

掃苔人迹外，漸老喜深藏。路僻閒行遠，春晴晝睡長。餘花留暮蝶，幽草戀殘陽。盡日空林下，孤禪念石霜。

馮舒：苔必生於人迹所不到，掃苔更於人迹之外又深一層。

紀昀：五、六殊有幽味。

許印芳：石霜，唐代禪師。

## 寺居寄簡長

僧懷古

雪苑東山寺，山深少往還。紅塵無夢想，白日自安閒。杖屨苔痕上，香燈樹影間。何須更飛錫，歸隱沃洲山。

方回：懷古，九僧之九。人見「九僧」詩或易之，不知其幾鍛煉、幾敲推乃成，一句一聯不可忽也。此惟「釋梵」一類選此，他類尚多佳作。宋之盛時，文風日熾，乃有梅聖俞之醖藉閒雅，陳後山之苦硬瘦勁，一專主韻，一專主律，梅寬陳嚴，並高一世，而古人之詩半或可廢。則其高於「九僧」，亦人才涵養之積然也。

馮舒：方批「陳後山之苦硬瘦勁」，何所用之？

紀昀：方批「人見九僧詩或易之，不知其幾鍛煉、幾敲推乃成，一句一聯不可忽也」，此是公論。○方批「古人之詩半或可廢」，此則過情。

馮舒：詩主性情，而性情或因其時，或因其人，不可一例。三牲鼎烹，必曰不如葵筍杞菊，謬矣。無論黄、陳，即梅之五律，亦不必勝「九僧」。若必以苦硬瘦勁爲美，則并葵筍杞菊之味亦失之矣。

紀昀：此太平熟，便成窠臼。

無名氏（甲）：沃洲、天姥，俱在浙東。

## 居天柱山

僧贊寧

四野豁家庭，柴門夜不扃。水邊成半偈，月下了殘經。雖逐諸塵轉，終歸一念〔七五〕醒。未知斯旨者，萬役盡勞形。

方回：僧家一偈四句，謂之「伽陁」；長篇六句而上，謂之「祇夜」。此云「半偈」，乃是吟成一聯詩也。工而妙。

紀昀：起句不妥，三、四自可，後半粗淺而滑。

## 贈聞聰師

僧知圓

瀟然塵慮絶，禪外苦風騷。性覺眠雲僻，名因背俗高。水煙蒸紙帳，寒髮澀銅刀。幾宿秋江寺，閒吟聽夜濤。

方回：李洞云：「日閃剃刀明。」意新語工而險。此又云：「寒髮澀銅刀。」恐是浄髮刀不磨耳，可笑。

馮舒：「澀」字著「髮」不著「刀」，注謬。

紀昀：忽入諢語，豈論詩之道？

查慎行：五、六有何意趣？

紀昀：次句欠妥。六句何所取義？只趁「刀」字韻耳！

## 酬伉上人

僧遵式

鳥卧清閒極，誰能更似君。山光晴後見，瀑響夜深聞。拾句書幽石，收茶踏亂雲。江頭待無事，終學棄人羣。

方回：中四句俱工雅。

紀昀：三、四常語，五句僻澀，六句乃佳，七句未詳。

## 贈智倫弟

溪竹擁疎簾，溪雲冷不厭。千巖唯虎伴，一講許詩兼。煮茗敲冰柱，看經就雪簷。有時開静户，寒日下峯尖。

紀昀：此誤以「厭足」之厭爲「厭惡」之厭。

## 寄月禪師

僧契嵩

聞道安禪處，深蘿住隔溪。清猿定中發，幽鳥座邊棲。雲影朝晡別，山峯遠近齊。不知誰問法，雪夜立江西。

方回：嵩公藤州人，文似韓昌黎，歐公薦之於朝。詩佳者尚多。與楊公濟倡和，及晤、翆二師者亦與。甚有清瘦奇古之句，容續入。

紀昀：語殊平平。

無名氏（甲）：立雪起於慧可侍達摩於少林寺，雪積至膝不動。

## 再遊鶴林寺

僧道潛

招隱山南寺，重來歲已寒。風林驚墜雪，雨澗咽飛湍。壁暗詩千首，霜清竹萬竿。東軒謫仙句，洗眼共君看。

方回：此參寥子。三、四清爽。

查慎行：結句殆指東坡。

紀昀：末二句對第五句言，意殊兀傲。

## 山中

僧秘演

結茅臨水石，澹寂益閒吟。久雨寒蟬少，空山落葉深。危樓乘月上，遠寺聽鐘尋。昨日江僧信，期來息此心。

方回：此山東繪，石曼卿方外友，歐公序其詩者。

許印芳：虛谷此説抉出隱病，學者慎勿效尤。

馮舒：末句山中結。

紀昀、無名氏（乙）：重出，已見「秋日類」。

許印芳：三、四曉嵐密圈，六句亦加密點。

## 書景舒菴壁

僧清順

大布君能衣，始知釐口非。塚間容一榻，身外但三衣。護戒避生草，浄心觀落暉。寂寥能自守，今世固應稀。

方回：東坡所交順，怡然北山垂雲庵，所謂「閒來石上眠，落葉不知數」，及十竹軒詩知名者也。

陳後山游浙，亦與之詩。此篇首句謂景舒着布不着絹帛，以下句句皆佳，有滋味。

紀昀：格意殊爲卑弱。

## 贈尼昧上人

僧惠洪

不着包頭絹，能披壞衲衣。愧無灌溪辨，敢對末山機。未肯題紅葉，終期老翠微。余今倦行役，投杖夢煙霏。一本作「扉」。

方回：大愚法嗣端州末山尼了然禪師，有灌溪閑和尚者來，山問：「今日離何處？」曰：「路口。」曰：「何不蓋却？」閑乃禮拜，問：「如何是末山？」山曰：「非男女相。」閑乃喝曰：「何不變去？」山曰：「不是神，不是鬼，變箇甚麽？」閑於是伏應，作園頭三載。覺範用此事。然「紅葉」之句又似侮之，末句有欲炙之色。女人出家，終何益哉？

馮舒：論詩説不到此，方君真鈍漢。

馮班：腹聯句俗，下賤。

紀昀：鄙惡之極，不以詩論。

## 寄致虚兄

僧善權

避寇經重險，懷君屢陟岡。空餘接淅飯，無復宿舂糧。衣袂饒霜露，柴荆足虎狼。春來何所恨，棣萼政含芳。

方回：「江西派」中三僧，倚松老人饒德操，僧號如璧，詩最高，足與呂居仁對壘。祖可正平，善權巽中，二人齊名，世稱瘦權癩可。然瀑泉集無一首律詩可取，五言古詩間有自然閒淡者，七言長句得山谷變體而不得其正格，雖矯古，語無韻味，殊使人厭。真隱集律詩僅三、二首，如此詩亦出老杜，而避寇寄兄，題目甚易，無一唱三歎之風。謂晚唐雕蟲小技不及此之大片粗抹，亦恐過矣。老杜之細潤工密，不可不參，無徒曰喝咄以爲豪也。觀者幸勿謂僭。

馮舒：亦見及此耶！

紀昀：此評雖依託老杜以陰祖涩體，然所言殊有見解。略其心而取其論，於學者不爲無益。

紀昀：「屢陟岡」三字太腐，結亦俗。

## 虎　丘

僧元肇

滄海何年湧，秦傳虎踞丘。池空劍光冷，墳闕鬼吟愁。石礙樓臺側，烟深草木浮。吴人貪勝概，春盡亦來游。

方回：第五句好，尾句有風味。

紀昀：次句欠妥，四句亦未佳，五句刻畫而無味。

## 徑山

東西兩徑幽，歲晚得同遊。壑雪陰猶在，溪雲凍不浮。鳥驚樵斧重，猿掛樹枝柔。怕有梅花發，因行到水頭。

方回：此近世詩僧淮海肇聖徒也。通州人。及見葉水心，曩印應雷爲淮閫，以同里嘗招致之，肇猶無恙。蓋端平、淳祐以來，方外以吟知名者，肇之後有珍藏叟云。○「重」字下得好，若下「響」字便是小兒。

紀昀：此論是。

查慎行：徑山有大、小，謂之「雙徑」。

紀昀：「浮」字不如「流」字，恐是「流」字之誤。

## 山行晚歸

僧善珍

藥徑入雲林，晚晴扶杖吟。照泥星復雨，經朔月猶陰。樹折憐巢覆，泉清見葉沉。愛閒自如此，不是學灰心。

方回：珍藏叟，泉州人，繼淮海肇有聲迹，近年方化去。俗諺謂星月照濕土爲再雨之象，詩人所未用而用之，故新。第六句亦見静者之趣。落葉沉水底，非極閒不能察也。第五句恐有所感。

紀昀：方批：「第五句恐有所感。」曲爲之詞。

紀昀：五句凑。

## 春寒

松間燈夕過，顧影在天涯。雪暝迷歸鶴，春寒誤早花。艱難知世味，貧病厭年華。故國風塵外，無人可問家。「松」一作「林」〔七六〕。

方回：「春寒誤早花」，此句極佳。詩中無此等新句，而欲名世可乎？

紀昀：專以此等句名世，終不到風雅本原。虚谷一生歧誤在此。

查慎行：後半全不似僧家氣象。

紀昀：五、六亦真語。

## 廣潤寺新寮

僧自南

客不赴齋招，冥心坐寂寥。青山若厭看，白日也難消。鷺起銜荷葉，蟲行蝕菊苗。何年稱老宿，來住此間寮。

方回：此近年僧詩。凡出家人，知講律而不知禪，已爲下矣，況應供庸流，爲人饒唄〔七七〕而赴供取資，曾爲奴僕之不若也，故第一句可取。若有一毫厭山之心，則長日不可度矣，此迂説之句也，雖俗而通。五、六亦工。

查慎行：三、四語淡如雲。

紀昀：起句太突，三、四野調。

## 贈浩律師

僧簡長

浩也毘尼學，精於玉帳嚴。蟻酣停掃砌，燕乳記鈎簾。茶鼎敲冰煮，花壺漉水添。夢回池草緑，忍踐緑纖纖。

方回：蜀僧北磵簡，讀其集，及見葉水心，與之絶句，且令其除去集中生日詩。此説是也。予此選所以不取生日詩，蓋有所見。嘗讀周少隱集，有秦檜生日詩，甚爲可惡。近世李雁湖集、魏鶴山集，皆不去生日詩。一例刊之，亦一快也。簡之集終於送吴尚書之温州。蓋吴詠嘉熙中人也，出蜀之浙，自嘉熙約三十餘年。住大刹，交貴人，古詩頗瘦，而詩題多俗士往來，惟此一律詩，工之又工，似乎過於工者。第三句最好，餘亦近套。

查慎行：北磵曾爲菊磵公集序。

紀昀：既曰工之又工，又曰過工，又曰近套，持論騎墻。平心論之，近套之説爲是。

馮班：全不成章。

查慎行：此另是一人，不入「九僧」之數，乃作秀州報本院三過堂記者，所著名北磵集。○「蟻酣」，謂蟻鬭也。

紀昀：此又一簡長耶？再考。○次句不可解。

無名氏（甲）：維摩經：「佛在毗耶庵。」故學佛者稱「毗尼」。○次句劣。

## 七言　四十六首

### 涪城縣香積寺官閣　杜工部

寺下春江深不流，山腰官閣迥添愁。含風翠壁孤雲細，背日丹楓萬木稠。小院迴廊春寂寂〔七八〕，浴鳧飛鷺晚悠悠。諸天合在藤蘿外，昏黑應須到上頭。

方回：老杜七言律，晚唐人無之。凡學詩，五言律可晚唐；只如七言律，不可不老杜也。

查慎行：予謂五律亦宜學杜。

紀昀：盛唐、晚唐各有佳處，各有其不佳處。必謂五律當學某，七律當學某，説定板法，便是英雄欺人。

許印芳：此論明通。

何義門：先説寺下涪江，次聯説寺上石壁，結出山腰意。「小院」句正敍官閣，又敍下之梟鷺，上之藤蘿，蓋無一句不切山腰也。

紀昀：「壁」與「雲」是兩物，「楓」與「木」却是一物，此二句銖兩不稱，語亦近於冗塞。○五、六就句作對，故爲慢調，又自一種。然不及「落花遊絲白日靜，鳴鳩乳燕青春深」也。

許印芳：「春」字複。

## 留别公安太易沙門

隱居欲就廬山遠，麗藻初逢休上人。數問舟航留製作，長開篋笥擬心神。沙村白雪猶含凍，江縣紅梅欲放春〔七九〕。先踏爐峯置蘭若，徐飛錫杖出風塵。

方回：「擬」字合考，「欲放」一作「已破」。

何義門：此「沙門」是易師，故以惠遠比之。

紀昀：此種似老而實頹唐。○「擬」者想象之謂，開篋見其詩而想見其心神耳。此種字終是晦澀，不宜效之。

許印芳：八句皆對，結句少味，亦少力，不可學。

## 因許八奉寄江寧旻上人

不見旻公三十年，封書寄與淚潺湲。舊來好事今能否，老去新詩誰與傳。棋局動隨幽澗〔八〇〕竹，袈裟憶上泛湖船。聞君話我爲官在，頭白昏昏只醉眠。

方回：看前輩詩，不專於景上觀，當於無景言情處觀。老杜此三詩三樣，然骨格則一也。

紀昀：虛谷此評，對晚唐裝點言之，不爲無見。然詩家之妙，情景交融。必欲無景言情，又是一重滯相。

查慎行：律中鬆快之調，亦自老杜創闢。

何義門：三十年相隔，何所不有，只訪死生、問存没耳。一「在」字收轉「淚潺湲」意足。

吴星叟：只寫問訊之語，飛動滿紙，與苦憶荆州作同。後人便以流便短之，非也。

紀昀：一氣單行，清而不弱。此後山諸人之衣鉢，爲少陵嫡派者也。然少陵無所不有，此其一體耳。

許印芳：「與」字複。

## 送靈澈上人還越中

劉長卿

禪客無心杖錫還，沃洲深處草堂閒。身隨敝屨經殘雪，手綻〔八一〕寒衣入舊山。獨向青溪依樹下，空留白月在人間。那堪别後長相憶，雲木蒼蒼但閉關。

方回：三、四佳。簡北磵集嘗有禪流用此韻和而送之。

紀昀：此亦常行之調，然效之易平易滑，亦不可不知。○「身隨敝屨」四字好，所謂信脚行去也。

許印芳：中四句調複，不可學。

## 廣宣上人頻見過

韓昌黎

三百六旬長擾擾，不衝風雨即塵埃。久爲〔八二〕朝士無裨補，空愧高僧數往來。學道窮年何所得，吟詩竟日不能〔八三〕迴。天寒古寺遊人少，紅葉窗前有幾堆。

方回：老杜詩無人敢議。「穿花蛺蝶深深見，點水蜻蜓欵欵飛」，程夫子以爲不然。自齊、梁、陳、隋以來，專於風、花、雪、月，草、木、禽、魚，組織繪畫，無一句雅淡，至唐猶未盡革。而晚唐詩料，於琴、棋、僧、鶴、茶、酒、竹、石等物，無一篇不犯。昌黎大手筆也，此詩中四句却只如此枯槁平易，不用事，不狀景，不泥物，是可以非詩訾之乎？此體惟後山有之，惟趙昌父有之，學者不可不知也。○觀題意似惡此僧往來太頻，即紅樓院應制詩僧也。

紀昀：方批：「自齊、梁、陳、隋以來，……無一句雅淡，至唐猶未盡革。」此種皆謬爲大言。○方批云：「昌黎大手筆也，此詩中四句却只如此枯槁平易，不用事，不狀景，不泥物，是可以非詩訾之乎？」琴棋等物却有之。○末二句是譏其終日不歸，此評甚確。○昌黎不盡如是，大手筆亦不盡如是也。此種議論，似高而謬。循此以往，上者以枯淡文空疎，下者方言俚語，插科打諢，無不入詩；才高者軼爲野調，才弱者流爲空腔。萬弊叢生，皆「江西派」爲之作俑，學者不可不辨之。

何義門：自嘆碌碌費時，不能立功立事，即有一日之閑，徒與諸僧酬倡，究何益乎？言外譏切此僧忘却本來面目，擾擾紅塵，役役聲氣，未知及早回頭，不顧年光之拋擲也。

## 送王十八歸山寄題仙游寺

白樂天

曾於太白峯前住，數到仙游寺裏來。黑水澄時潭底出，白雲破處洞門開。林間煖酒燒紅葉，石上題詩掃緑苔。惆悵舊游那集作「無」。復到，菊花時節羨一作「待」。

君迴。

方回：五、六自然而工。

紀昀：最是小家樣範。

紀昀：四句較有致。

## 讀禪經

須知諸相皆非相，若住無餘却有餘。言下忘言一時了，夢中説夢兩重虚。空花豈得兼求果，陽焰如何更覓魚。攝動是禪禪是動，不禪不動即如如。

方回：游戲三昧，不可以詩律拘。佛語「陽焰」者，謂遠地日光，如見水然。以對「空花」，與夢幻、泡影譬喻一同。

紀昀：此是野調，不得謂之遊戲。

馮班：妙。

紀昀：竟是偈頌，何以爲詩？

無名氏(甲)：佛經云：「如如不動。」又云：「性相如如，常住不遷，名曰道傳。」是本言不動，而白公又翻得巧耳。

## 酬淮南廖參謀秋夕見過之作

劉賓客

揚州從事夜相尋，無限新詩月下吟。初服已驚玄髮長，高情猶向碧雲深。語餘時舉一杯酒，坐久方聞數處砧。不逐繁華訪閒散，知君擺落俗人心。休公昔爲揚州從事參謀，從釋子反初服。

方回：第四句妙甚，謂已還俗，猶不能忘情於僧也。

紀昀：此蓋言其不忘吟詩耳。以爲不忘僧，謬甚。

何義門：五、六句法閑淡。○末聯「見過」作結。

紀昀：起二句并五、六句皆率易。

## 送景玄師東歸

東林寺裏一沙彌，心愛當時才子詩。山下偶隨流水出，秋來却一作「欲」。赴白雲期。灘頭躡屨挑沙菜，路上停舟讀古碑。想到舊房拋錫杖，小松應有過簷枝。

方回：劉夢得詩格高，在元、白之上，長慶以後詩人皆不能及。且是句句分曉，不喫氣力，別無暗昧關鎖。

紀昀：論夢得是，然以論夢得此二詩則未是。二詩乃夢得之不佳者。

紀昀：起二句粗鄙，通體平淺。

## 酬慈恩寺文郁上人

賈浪仙

袈裟影入禁池清，猶憶鄉山近赤城。籬落罅間寒蟹過，莓苔石上晚蛩行。期登野閣閒應甚，阻宿幽房疾未平。聞說又尋南嶽去，無端詩思忽然生。

方回：第三句好。

馮舒：浪仙七言似遜。

馮班：次聯今人所能及也。

紀昀：三句纖瑣特甚。○「無端」即是「忽然」，不應拆用。

## 寄無得頭陀

夏臘今應三十餘，不離樹下冢間居。貌堪良匠抽毫寫，行趁高僧續傳書。落澗水聲來遠遠，當空月色自如如。白衣只在青門裏，心每相親迹且疏。

方回：三、四好，第六句亦好。

紀昀：只是常語，亦無好處。

紀昀：三句鄙俚，四句庸俗。

## 贈圓上人

誦經千卷得爲僧，麈尾持行不拂蠅。古塔月高聞咒水，新壇日午見燒燈。一雙童子澆紅藥，百八真珠貫綵繩。且説近來心裏事，仇讐相對似親朋。

方回：以六句奇異，此聯遂新不可言。

紀昀：亦無甚佳處，尚無酸餡氣耳。

紀昀：次句拙澀。○結句野甚。

## 贈　僧

從來多是游山水，省泊禪舟月下濤。初過石橋年尚少，久辭天柱臘應高。青松帶雪懸銅鏡，白髪如霜落鐵刀。常恐畫工援筆寫，身長七尺有眉毫。

方回：賈浪仙五言詩律高古。平生用力之至者，七言律詩不逮也。

紀昀：此評却是。

紀昀：次句拙。○結不成語。

## 贈神邁上人

周賀

草履蒲團山意存[八四]，坐看庭木長桐孫。行齋罷講仍香氣，布褐離牀[八五]帶雨痕。夏滿尋醫還出寺，晴來曬疏暫開門。道情淡薄閑愁盡，霜色何因入鬢根。

馮舒：「疏」字不煞落。

陸貽典：經疏、募疏，甚有着落，不必苛求。

紀昀：「帶雨痕」湊泊。

## 贈僧

藩府十年爲律業，南朝本寺往來新。辭歸幾別深山客，赴請多從遠處人。松吹入堂資講力，野蔬供飯爽禪身。他年更息登壇計，應與雲泉作四鄰。

方回：二詩皆五、六工。但晚唐人七言律，其格不能甚高。

紀昀：皆無佳處，「松吹」句尤費解。○亦不一概，虚谷總好説定法。

馮舒：「爽」字無可易，却不好。

紀昀：前半平鈍。

## 遊西禪　伍喬

遠岫當軒別翠光，高僧一衲萬緣忘。碧松影裏地長潤，白藕花中水亦香。雲自雨前生浄石，鶴於鐘後宿塵廊。遊人戀此吟終日，盛暑樓臺早有涼。

方回：三、四自然工美，末句尤有味。

紀昀：末句平平。

何義門：一路逼出「涼」字。

紀昀：五、六刻意做出，而不免於笨。

## 宿山寺　項斯

栗葉重重覆翠微，黄昏溪上語人稀。月明古寺〔八六〕客初到，風度閒門僧未歸。山果經霜多自落，水螢穿竹不停飛。中宵能得幾時睡，又被鐘聲催着衣。

紀昀：格意不高，而語尚清脱。

## 登南神光寺塔院

韓致堯〔八七〕

無奈離腸日九迴，强攄離抱〔八八〕立高臺。中華地向城邊盡，外國雲從島上來。四序有花長見雨，一冬無雪却聞雷。日宫紫氣生冠冕，試望扶桑病眼開。

方回：此乃閩中依王審知時詩，謂近海迫南風土如此。

馮舒：非僅述風土也。

馮班：不言風土。

馮舒：平平八句，意態無盡，蓋此中有作詩人性情在。

馮班：頷聯妙，哀而不傷。

紀昀：格弱是晚唐通病，此尚有健氣。

## 還俗尼 本歌妓

吴融

柳眉梅額倩粧新，笑脱袈裟得舊身。三峽却爲行雨客，九天曾是散花人。空門付與悠悠夢，寶帳迎迴暗暗春。寄語江南除一作「徐」。老客，一作「説」。〔八九〕一生長短託清塵。

方回：三、四止是體貼，五、六方有形容，盡其味。

馮班：如頷聯方可言工。

紀昀：此種題目，愈細切愈猥鄙。

紀昀：格意俱卑。○七句不解，再校。

## 夜投豐德寺謁液上人

盧綸

半夜中峯有磬聲，偶尋樵者問山名。上方月晚集作「日曉」。聞僧話，一作「語」。下界林疏見客行。野鶴巢邊松最老，毒龍潛處水偏清。願得遠公知姓字，焚香洗鉢過浮生。

紀昀：清妥。○四句在僧一邊眼中寫出。

## 春日遊〔九〇〕禪智寺

羅隱

遠樹連天水接空，幾年行樂舊隋宮。花開花謝長如此，人去人來自不同。楚鳳調高何處酒，吴牛蹄健滿車風。思量只合騰騰醉，煮海平陳盡夢中。

方回：感慨甚深。
何義門：起句即破盡「獨」字。惟存水樹，則廣陵非復行樂之舊矣。前代荒宮，往時雄鎮，都付諸夢想。五、六則欲罷舉而歸耕也。
紀昀：昭諫風骨自別，三、四未免落套。○「平陳」關照「隋宫」，「煮海」乃劉濞之事，未免添出無根。
無名氏(甲)：禪智寺，在揚州。○漢吴王都揚州，煮海爲鹽。隋煬帝平陳亦在此。

## 榮上人遽欲歸以詩留之

王半山

道人傳業自天台，千里翛然赴感來。梵行毘沙爲外護，法筵靈曜得重開。已能爲我迂神足，便可隨方長聖胎。肯顧北山如慧約，與公西崦斸莓苔。

方回：毘沙門天王，那吒太子護法神也。○靈曜寺，梁武所建。○佛足去地四指，金光明經有「神足」語。○長養聖胎，智封禪師及馬祖並有此語。○慧約，婁法師也。○此詩工密已甚。
馮班：方公不學至此！
紀昀：序致平平，未見工密之處。

## 和平甫招道光法師

鍊師投老演真乘，像却空王瓜〔九二〕與肱。於總持門通一路，以光明藏續千燈。從容發口酬摩詰，邂逅持心一作「將」。契慧能。新句得公還有賴，古人詩字耻無僧。

方回：鄭谷詩四十餘首有「僧」字，故晚唐人有詩云：「詩裏無僧字不清。」又有曰：「鄭谷詩壇愛惹僧。」

馮舒：宋甚。

紀昀：次句拙。三、四文句又是一格，偶見亦可，「江西派」以爲定制則非矣。結處點綴亦好。

無名氏(甲)：佛遺文殊師利問摩詰疾，遂有問答。神秀、慧能，俱弘忍弟子，而能獨契，遂傳衣鉢。

## 游山寺

王岐公

寒日征驂懶復回，經宵仍喜駐巖隈。逕盤幽迹遥知鹿，林逗清香定有梅。曉影瘦猿窺澗溜，夜深肥栗炕爐灰。我心非動亦非静，白足禪僧無妄猜。

方回：此必禹玉少年詩。一入都門，致宰相，坐中書十四年，有「土地不須權」之嘲，即知此非老筆也。「炨」字絶新。

馮舒：「炨」，玉篇：竹亞切，火焱也。焱，弋贍、呼吴二切，火華也。似不可用。

馮班：「炨」字畢竟非律詩所宜。

紀昀：句格俱未蒼堅，以爲少作良是。

無名氏（甲）：言爆栗而焱火亦不妨。「白足」，起於曇始足白於面，涉泥不沾，因名。

## 同器之過金山奉寄兼呈濳道

王安國

憶同支遁宿嶔崟，不負平生壯觀心。北固山隨三楚盡，中泠水入九江深。紛紛落月摇窗影，杳杳歸舟送梵音。東去何時來蠟屐，天邊爽氣夢相尋。

方回：平父金山、甘露諸詩皆好，散見所選。此一首入僧詩類，亦隨手分撥如此。三、四壯絶，合詩格。五、六亦佳。

馮班：平甫非岐公，再考。

紀昀：既可隨手分撥，則所分皆無定軌可知，故此書最猥雜處在分類。

馮班：第五句亦通用。

紀昀：題似有脱誤，再校。雖無深味，而不失風格。○「月」用「紛紛」二字本杜公「凉月白紛紛」句，然杜此二字先不佳。

## 贈僧介然　張宛丘

寒窗寫就碧雲篇，客至研茶手自煎。儒佛故應同是道，詩書本自不妨禪。長松千尺巢雲鶴，寒嶠三更嘯月猿。請以篇章爲佛事，要觀半偈走人天。

方回：此詩僧黎介然，晚年與饒德操、吕居仁、汪信民俱在符離倡和者。

紀昀：語語老健。○虚谷自附道學，而此詩三、四引儒入墨，又置之不議，則門户之見，又不欲顯攻文潛也。故一有私心，即總非公論。

## 西溪無相院　張子野

積水涵虚上下清，幾家門静岸痕平。浮萍破處見山影，小艇歸時聞棹聲。入郭僧尋塵裏去，過橋人似鑑中行。已凴暫雨添秋色，莫放修林礙月生。

方回：此東坡所稱三、四一聯。子野詩集湖州有之，近亡其本。

馮班：不獨三、四好，五、六亦好。

李光垣：應云「此三、四一聯東坡所稱」。

馮舒：此公一生只會用「影」字。
查慎行：三、四小巧而鮮新。
紀昀：三、四有致，宜爲東坡所稱，然氣象未大，頗近詩餘。五句作意而笨。

## 送淳用長老歸邛州

楊元素

曾扣禪扉喜接陪，師將境物諭輪迴。燈籠不滅心中火，香印空殘死後灰。綿邑難留真錫駐，臨邛還慶法堂開。臨邛綿邑何分別，無去無來無去來。

方回：楊繪元素，綿州人，號無爲子。楊傑字次公，無爲人，亦號無爲子。二公皆好佛學。此詩三、四本乎正，五、六且説蹤迹未爲奇，忽被末後一句喚醒一篇精神，妙不可言。葛藤之説若異於吾儒，然其實有此理也。

紀昀：未見喚醒處，亦未見妙處。

馮舒：宋甚。「燈籠」句是南唐僧語。
馮班：體格不好，何如白公？
紀昀：意格淺俗。〇三、四分頂起句字面，沈雲卿、杜工部皆有之。七句總頂五、六字面，却是創格，然亦只是以舊法例轉用耳。〇尾句野調。

## 夏日龍井書事四首

僧道潛

翠樹高蘿結晝陰，驕陽無地迫吾身。石崖細聽紅泉落，林果初嘗碧柰新。揮麈已欣從惠遠，談經終恨少遺民。何時暫着登山屐，來岸烏紗漉酒巾。

方回：原注：「呈辨才法師，兼寄吴興蘇太守并秦少游。少游時在越。」惠遠謂辨才，遺民謂少游。

馮舒：貼貼。

馮班：好。

紀昀：四詩皆音節高爽，無齷齪酸餡之氣。〇次句拙甚，後四句筆力開拓。

雨氣〔九二〕千巖爽氣新，孤懷入夜與誰鄰。風蟬故故頻移樹，山月時時自近人。禮樂汝其攻我短，形骸吾已付天真。露華漸冷飛蚊息，窗裏吟燈亦可親。

馮舒：腹聯宋。〇末句好。

馮班：我却愛腹聯。

紀昀：「我」、「吾」字複。

自憐多病畏炎曦，長夏投蹤此最宜。青石白沙含淺瀨，碧桐蒼竹聒涼飔。雲中雞犬聽難辨，谷口漁樵問不知。斑杖芒鞋隨步遠，歸來煙火認茅茨。

方回：三、四用四箇顔色字，而不艷不冗，大有幽寂之味。末句尤深淡可喜。

却來人外慰棲遲，谷遠山長萬事遺。好鳥未嘗吟俗韻，白雲還解弄奇姿。藤花冉冉青當户，竹色娟娟碧過籬。不羨故人探禹穴，短橈孤榜逐漣漪。

方回：或問：朱文公語録云：「覺範詩如何及得參寥？」此語還可分别其然以誨後學否？曰：此甚易見，參寥詩句句平雅有味，做成山林道人真面目。覺範詩虚驕之氣可掬，因讀山谷詩，欲變格以從之，而力量不及，業已晚矣。「槁項頂螺忘歲年」及「論詩得雉膏」二詩，皆僞爲山谷所作，而人不能察。覺範佳句雖多，却自是士人詩、官員詩，參寥乃真高僧禪客詩也。二人皆不幸毁服，而覺範之禍尤酷。然覺範才高，亦一時人物云。

查慎行：參寥詩却有士氣，故佳。若止高僧禪客詩，亦無取焉。

## 題慈德寺頤堂爲長老宗顥作

鄒道卿

龍隱巖前忽轉頭，翛然瓶錫此淹留。十方法界元無限，一片心田自有秋。草木曲躬歸白足，江山依位拱青眸。我來不問西來意，獨喜茶香啜滿甌。

方回：鄒公名節冠千古，於禪説深熟，詩佳者不止此。

馮班：結未穩。

紀昀：用字多腐，殊乏詩致。

## 寄璧公道友

呂居仁

符離城裏相逢處，酒肉如山放手空。已見神通過鶖子，未應鮮健勝龐公。且尋扇子舊頭角，一任杏花能白紅。破箬笠前江萬里，無人曾識此家風。

方回：「江西」詩，晚唐家甚惡之。然粗則有之，無一點俗也。晚唐家吟不著，卑而又俗，淺而又陋，無「江西」之骨之律。且如此詩五、六，晚唐決不夢見。「扇子」、「杏花」，物對物也。「頭角」、「白紅」，各自爲對。惟陳簡齋妙得此法。

馮舒：此亦何足爲奇？唐人自不爲此，何其獨夫臭也？

馮班：此有何妙？

紀昀：方批：「然粗則有之，無一點俗也。」粗即是俗。○方批：「且如此詩五、六，晚唐決不夢見。扇子、杏花，物對物也。頭角、白紅，各自爲對。」此種故作楂牙，亦是俗處。

紀昀：粗野太甚。

## 次韻答呂居仁

僧如璧

向來相許濟時功，大似頻伽餉遠空。我已定交木上座，君猶求舊管城公。文章不療百年老，世事能排雙頰紅。好貸夜窗三十刻，胡牀趺坐究幡風。

方回：撫州士人饒德操客從曾布，議不合，去而落髮，法名如璧，道號倚松老人。「江西派」中，比瘦權癩可。此三、四老杜句法，晚唐人不肯下。五、六亦出於老杜，決不肯拈花貼葉，如界畫畫，如甃砌牆也。惟韓子蒼不喜用此格，故心不甘於入派，而其詩或謂之太官樣。要之天下有公論，予亦無庸贅也。

馮舒：老杜亦何嘗放此惡氣？韓子蒼詩老到而已，不必佳，亦無此等惡態。

馮班：界畫畫、甃砌牆，大不惡。

紀昀：可謂之山谷句法，不可謂之老杜句法。○「江西」亦有佳處，然自是別派。牽引老杜，依草附木耳。子蒼不肯入派，故是絕有識力人。

馮舒：「江西」惡習。

## 再次前韻

曾將千古較窮通，芥孔能容幾許空。借問折腰辭五斗，何如折臂取三公。四時但覺風雨過，一飯何須刀几紅。要識壞魔三昧力，更培根櫱待春風。

方回：五、六即是居仁首唱五、六格。

馮舒：詩取達意，詠性情期於文理無礙，則五色、五味俱悦口目矣，必曰何派便謬。猶之醫也，甘苦涼熟，期於投病活人而已，必曰此何人之派，定用何藥，定不用何味，則殺人矣。

馮班：次聯二句只是一對子耳。

查慎行：三、四兩「折」字，未妥。〇二章俱勝原唱。

紀昀：次句粗，七句亦鄙。

## 用寄璧上人韻范〔九三〕元實趙才仲及從叔知止　呂居仁

故人瓶錫各西東，吾道從來冀北空。病去漸於文字懶，南來猶覺歲時公。江回夜雨千巖黑，霜着高林萬葉紅。政好還家君未肯，莫教慚愧北窗風。

方回：居仁和此韻凡六首。「酒如震澤三江緑，詩似芙蕖五月紅。」「雙鬢共期他日白，千花猶是去年紅。」「銀杯久持浮大白，桃花且着舒小紅。」皆脱灑圓活。

紀昀：次句費解，四句「公」字究不妥。

## 次韻持上人題延慶寺清玉軒

張雪窗

水芳未動城南路，一一僧簾有竹看。政爾塵埃能自表，故應悠久淡相安。長楊曉獵干戈肅，古棘春朝萬玉寒。碧眼阿師來授記，化龍飛去抑何難。

方回：張武子字良臣，關中人。樓攻媿、尤延之序其詩甚詳。予及識其子諱時字居卿先生，教予以作詩之法尤至，但律詩少耳。此詩句句佳，有骨。

馮班：不好。○「戈」何得比「竹」？

紀昀：三、四用文句，腐甚。

無名氏（甲）：此詩甚劣，而實選家淵源所自，宜其魔障終身也。

## 三山次潘静之升書記韻

朱逢年

客路那知歲月長，掀髯一笑苾蒭房。且傾徐邈聖賢酒，不問陳登上下牀。雲影翻空迷海嶠，秋聲隨夢到江鄉。明朝各聽船窗雨，猶憶枯棋戰寺廊。

方回：朱文公之父曰松，字喬年。季父曰槔，字逢年。嘗夢至玉蘭堂如王平父之靈芝宮，自號其詩曰玉蘭集。尤延之爲作序。詩格高峭，惜乎不多。三、四甚佳，予亦偶嘗記之。

查慎行：予從閩中得鈔本兩先生集，今淮南有新刊本。

紀昀：三、四近「江西」耳，其實六句最佳。

紀昀：三、四亦「江西」句法，然不惡狀。六句佳。

## 羅浮寶積寺

芮國器

木落天寒山氣沉，年華客意共蕭森。偶於佳處發深省，其實宦遊非本心。紅日坐移鐘閣影，白雲閒度石樓陰。還家莫話神仙事，老不寬人雪滿簪。

方回：芮燁字國器，一字仲蒙。吴興人，嘗爲御史、司業、祭酒。吕東萊再娶，乃其女也。詩三、四甚高雅。

馮舒：極不雅。

紀昀：處處牽引大儒，殊是習氣。東萊婦翁何與於詩？

馮舒：此等詩宋人氣息，與唐實遠。胸中一落「江西」惡派，便極道其佳。實則不然，可憎而已。

紀昀：起二句高聳。○此「江西派」中之高雅者，馮氏極詆之，未免已甚。詩家各有門逕，不妨并存。

## 與僧浄璋

陸子静

自從相見白雲間，離别嘗多會聚難。兩度逢迎當汝水，數年隔闊是曹山。客來濯足傍僧怪，病不烹茶侍者閒。不是故人尋舊隱，只應終日閉禪關。

方回：陸復齋雖不以詩名，此詩後四句佳，有唐味。

陸貽典：子静天姿高，譏切晦庵甚真。此詩亦自矜廉，無宋人卑散之氣。

紀昀：詩非象山長技，五、六用意而不工。

## 頃游龍井得一聯王伯齊同兒輩游因足成之

樓攻媿

路入風篁上翠微，老龍蟠井四山圍。水真緑浄不可唾，一作「水從何來不知處」。魚若空行無所依。勝處雖多終莫及，舊遊誰在事皆非。衹今匏繫何由到，徒羨聯鑣帶月歸。

方回：「水真緑浄不可唾，魚若空行無所依。」佳句也。

馮舒：然畢竟宋。

查慎行：第三句出昌黎詩，第四句出柳州記。

紀昀：「緑浄不可唾」，昌黎語；「遊魚若在天際」，酈道元語也。

無名氏（甲）：「水從何來不知處」，此語較醒。

許印芳：三、四直用成句，四句却用書語作對，故佳。○樓鑰，字大防，號攻媿。

## 上龜山寺

潘德久

菜花開處認遺基，荒屋殘僧未忍離。寺付丙丁應有數，岸分南北最堪悲。金鈴塔上如相語，鐵佛風前亦斂眉。野匠不知行客意，競磨濃墨打頑碑。

方回：「丙丁」、「南北」之對巧中有味。

紀昀：此二句好在悲壯。以二字巧對取之，淺矣。

馮班：首聯好，落句不好。

紀昀：三、四好，後半微粗而氣壯。雖異雅吟，終非滑調。

## 贈源長老歸自湘中

趙師秀

白髮半頭寒未剃，形容清瘦異於常。爲人作畫衣添黑，對客圍棋爪甚長。不染世間如菡萏，只留胸次着瀟湘。住山亦自年來懶，竹閣門前借一房。

方回：滑稽之中亦新巧，第六句佳。

紀昀：前四句太粗鄙。

## 送炭與湘山西堂惠然師

僧顯萬

紛紛向火乞兒多，獨有君如擇乳鵝。萬鍛爐中尋粲可，一堆灰裏撥陰何。雪欹敗屋閒犀柄，草卧空庭任雀羅。亟送烏薪相煖熱，恐隨春夢入南柯。

方回：顯萬字致一，浯溪人，嘗參吕居仁。浯溪集洪景盧爲序。此詩借送炭説事理，凡禪機必險絶，然亦不爲不佳也，附僧類中。

紀昀：極爲不佳。○附僧類亦無理。凡涉禪機，何嘗盡入僧類？

馮舒：亦「江西」語耳。

馮班：「江西」體之近雅者。○陰、何却被乃僧火葬！

查慎行：「寒灰影裏撥陰何」，東坡句也。

紀昀：起句太粗直。○此卷最長，中惟數首好耳。

## 校勘記

〔一〕門聽　馮班、許印芳：「聽」一作「對」。〔二〕搜對　李光垣：「披」訛「搜」。〔三〕天台裏　李光垣：「路」訛「裏」。〔四〕沈庚　馮班：「沈」當作「徐」。〔五〕宋之問　按：原缺作者名，據康熙五十二年本、紀昀刊誤本校補。〔六〕馮班：題一作「登總持寺浮圖」。　許印芳：題一作「寺閣」。〔七〕馮班：作者爲宋之問。〔八〕俯城闕　馮班：一作「坐霄漢」。〔九〕拍雲　馮班、李光垣：「拍」當作「拂」。〔一〇〕遂經年　許印芳：「遂」一作「已」。〔一一〕馮班：作者爲駱賓王。〔一二〕遠楚　按：「遠」原作「還」，下注云：「此字疑。」據康熙五十二年本、紀昀刊誤本校改。　無名氏（乙）：「遠」字疑是「遊」字之誤。〔一三〕連初地　許印芳：「連」一作「從」。〔一四〕林外　馮班：「外」一作「上」。　何義門：「上」字妙。〔一五〕九江平　紀昀：「平」一作「明」，「明」字較勝。〔一六〕會裏　馮舒：「裏」一作「理」。〔一七〕聞鐘　馮班：一作「開經」。〔一八〕已滴　馮班：「滴」一作「滿」。〔一九〕何限　查慎行：「限」一作「恨」。〔二〇〕瀛洲　馮班、查慎行：「瀛」一作「滄」。〔二一〕勝迹　馮班：一作「傳是」。〔二二〕啼鶯切　何義門：

「啼鶯」一作「鶯啼」。〔二三〕月隱　許印芳：「隱」一作「落」。〔二四〕靜心顏　許印芳：「静」當作「净」。〔二五〕天雲寺　馮班：「天」一作「大」。〔二六〕馮班：此詩作者爲白樂天。〔二七〕唯聽　馮班：「聽」一作「勸」。〔二八〕紀昀：題下注應移於末行下。〔二九〕秋江　查慎行：「江」一作「池」。〔三〇〕蝶影　馮班：「蝶」一作「葉」。〔三一〕無何　李光垣：「可」訛「何」。〔三二〕幾處蟬　馮班：「蟬」一作「禪」。〔三三〕皆下句勝上句　馮班：一作「皆上一句勝下句」。〔三四〕隨水往　馮班：「水」當作「來」。〔三五〕多有　馮班：「有」當作「在」。〔三六〕爲春禾　馮班：「爲」字衍。〔三七〕蜂護　馮班：「蜂」一作「蝶」。〔三八〕愁裏老　馮班：「老」一作「醉」。〔三九〕重階　馮班：「階」一作「櫩」。〔四〇〕爲隱　馮班：「隱」一作「憶」。〔四一〕題破山寺　許印芳：一本「寺」下有「後禪院」三字。〔四二〕可佳　李光垣：「可」字衍。〔四三〕逢播公　馮班：「播」一作「皤」。〔四四〕山衣　馮班：「山」一作「衲」。〔四五〕聲遠　馮班：「遠」一作「盡」。〔四六〕禪餘　馮班：「禪」一作「談」。〔四七〕不記　馮班：「記」一作「識」。〔四八〕可佳　紀昀：「可」字衍。〔四九〕僧房好　按：康熙五十二年本、紀昀刊誤本「好」作「外」。〔五〇〕中南　查慎行：「中」當作「終」。〔五一〕馮班：題末「朽枿」及注文「集作寒櫟」六字當删。　李光垣：題末二字衍文。〔五二〕書雪　馮班、許印芳：「書」一作「和」。〔五三〕寒櫟　馮班：「寒」一作「朽」。〔五四〕話雲　馮班、許印芳：「話」當作「帶」。

〔五五〕西霞寺　馮班：「西」當作「棲」。　〔五六〕松枯　許印芳：「枯」一作「圍」。　〔五七〕江島　馮班：當作「戰鳥」。　何義門：戰鳥圻在南陵，孤在江中，本名孤圻。桓温泊此，中宵鳥驚，故名。　〔五八〕日飫　馮班：「飫」一作「餧」。　〔五九〕無事　許印芳：「無」一作「何」。　〔六〇〕嵌崆　李光垣：「空」訛「崆」。　〔六一〕磴盡　馮班：「磴」一作「落」。　〔六二〕年名　馮班：「年」一作「何」。　〔六三〕折樹枝　查慎行：「折」疑當作「拆」。　〔六四〕終自由　馮班：「終」一作「中」。　〔六五〕鹿麋　李光垣：「麛」訛「麋」。　〔六六〕豈欲　馮班：「欲」一作「謂」。　〔六七〕浸影　馮班：「浸」一作「侵」。　〔六八〕釀山回　查慎行、李光垣：「釀」當作「讓」。　〔六九〕窮木　馮舒：原本作「本」，「木」字誤。　紀昀：起句不解，再校。　〔七〇〕古屋　按：康熙五十二年本、紀昀刊誤本「屋」作「木」。　〔七一〕忽忽　按：康熙五十二年本、紀昀刊誤本作「忽忽」。　〔七二〕二老　李光垣：「祖」訛「老」。　〔七三〕吟苦　按：「吟」原作「冷」，據康熙五十二年本、紀昀刊誤本校改。　〔七四〕西林下　許印芳：「下」一作「老」。　〔七五〕一念　馮班：「念」一作「夢」。　〔七六〕松一作林　紀昀：「林」字是。　〔七七〕饒唄　李光垣：「鐃」訛「饒」。　〔七八〕春寂寂　馮班：「春」一作「清」。　〔七九〕欲放春　馮班：「欲」一作「已」。　〔八〇〕幽澗　馮班：「幽」一作「尋」。　〔八一〕手綻　馮班：「綻」一作「紉」。　〔八二〕久爲　馮班：「爲」一作「慚」。　〔八三〕不能　馮班：「不」一作「未」。　〔八四〕山意存　按：「存」字原缺，據康熙五十二年本、紀昀刊誤本校補。〔八五〕離牀　按：「牀」字原作墨丁，據康熙五十二年本、紀昀刊誤本校補。

〔八六〕古寺　馮班：「古」一作「半」。〔八七〕韓致堯　紀昀：「堯」原訛作「光」。〔八八〕離抱　馮班：「離」一作「懷」。〔八九〕除一作徐老客一作説　按：原缺「一作徐」、「一作説」六字，據康熙五十二年本、紀昀刊誤本校補。馮班：「除老」當作「徐孝」。「孝客」，沙門返俗，故落句用之爲刺也。陳解元誤作「除老客」。此從吴集舊本。〔九〇〕春日遊　馮班：「日」下當有「獨」字。〔九一〕空王瓜　陸貽典：「瓜」當作「爪」。〔九二〕雨氣　李光垣：「歇」訛「氣」。〔九三〕韻范　李光垣：「韻」下脱一「寄」字。

# 瀛奎律髓彙評卷之四十八　仙逸類

神仙之説，始於燕、齊怪誕，而極於秦皇、漢武方士，不經甚矣。其徒又自附於老子之書，上推至於黄帝，而曰黄、老清浄，是以無爲而治。後世益瀾倒，書符受籙，燒丹辟穀，縮地昇天，治鬼伐病，其説不一。愚而失身，姦而惑衆者多矣。間有隱逸詭異之徒，或毛人木客，出於山谷；或羽衣星冠，巢於林澗，而眩於都市。則世之好奇者悦之，而詩人尤喜談焉。

馮舒：每卷總序，無不足供噴飯。

馮班：虚谷叙語，多儒者之言，非詩人之語。

紀昀：此序無味，所論亦與所選詩不相應。

# 五言 四十二首

## 南山　許宣平

隱居三十載，築室南山巔。静夜玩明月，閒朝飲碧泉。樵人歌隴上，谷鳥戲巖前。樂矣不知老，都忘甲子年。

方回：予里舊歙州唐人許翁，名宣平，隱居歙之城陽山，曰南山，去城數里。賦此詩，有題之長安傳舍者，李太白見之，以爲仙也。至歙訪之，不值。宣平又有詩曰：「負薪朝出賣，沽酒日西歸。借問家何在，穿雲入翠微。」以其辭味之，蓋得道者。或云山中猶嘗見之。

馮班：神仙語也。

紀昀：隱者之言，自有静意。然以詩論之，則前四句有高韻，而後四句弱。太白好奇，故訪之，非以其能詩訪之也。

## 尋洪尊師不遇　劉長卿

古木無人地，來尋羽客家。道書堆玉案，仙帔疊青霞。鶴老難知歲，梅寒未作花。山中不相見，何處化丹砂。

方回：史稱劉長卿自號「五言長城」，秦系以偏師攻之，似以系爲高者。今並刊二人詩于此。

紀昀：豈可以此二詩定高下？

紀昀：此詩殊爲平鈍。

## 題女道士居　不餌芝朮四十餘年

秦隱君系

不餌住雲溪，休丹罷藥畦。杏花虛結子，石髓任成泥。掃地青牛卧，栽松白鶴棲。共知仙女麗，莫是阮郎妻。

方回：尾句有説話在。

馮班：不學古便有此等言語。

馮舒：必遜劉。落句俚淺。

馮班：似勝劉。落句盛唐常語也。

紀昀：不餌者已四十年，計已五、六十矣。此句自以天台仙女比之，别無謔意。病在「麗」字、「妻」字出疑竇耳。

## 陪韓院長韋河南同尋劉師不遇得同字

竇　牟

仙客誠難訪，吾人豈易同。獨游應駐景，相顧且吟風。藥畹瓊枝秀，齋軒粉壁空。不題三五字，何以達壺公。

方回：五竇皆號能詩。五、六秀麗。

紀昀：此俗艷，非秀麗也。

紀昀：次句太稚，結二句鄙俚。

## 同　前

得「尋」字　　韓昌黎

秦客何年駐？仙源此地深。還隨躡鳧騎，來訪馭風襟。院閉青霞入，松高遠鶴尋。猶疑隱形坐，敢起竊桃心。

方回：此詩昌黎集中無之，附見五竇聯珠集。是時昌黎偕竇牟及河南縣令韋執中分韻曰：「同尋師，執中得『師』字。」末句曰：「不知柯爛者，何處看圍棋。」亦佳。

紀昀：韋詩即在此後，何必又附此二句？

馮班：大手。

查慎行：可補入昌黎集。

紀昀：通體平平，四句趁韻，末二句尤鄙猥，此蓋酬應之作棄不存稿者。虚谷搜載以炫博，殊失古人之意。

無名氏（甲）：韓公古體，常鋪敍太冗，不無以文爲詩之病。若律體，則於唐調未嘗稍越。此由沈、宋以來，家法相傳。至宋中葉而始變。

## 同前　得「師」字

韋執中

早尚逍遥境，常懷汗漫期。星郎同訪道，羽客杳何之。物外求仙侣，人間失我師。不知柯爛者，何處看圍棋！

方回：詩見竇氏聯珠集。「汗漫」、「逍遥」、「星郎」、「羽客」，對偶亦佳。惟「何之」、「何處」，頗重複。恐久而無傳，亦不可失也。

馮班：唐人不嫌用重字。

紀昀：「汗漫」、「逍遥」，乃常語。「星郎」、「羽客」，更俗字。

紀昀：通體庸鈍，六句尤拙。〇此詩亦初不選而後補入，而前評則未及删也。

## 玉真張觀主下小女冠阿容　白樂天

綽約小天仙，生來十六年。姑山半峯雪，瑶水一枝蓮。晚院花留立，春窗月伴眠。迴眸雖欲語，阿母在傍邊。

方回：昌黎「白咽紅頰長眉青」一詩，已盡女冠奇邪之態。適人者，理之常也；出家者，俗之衰也。召文人才士之侮，何爲乎？

馮班：「留立」、「春窗」，雙聲。

紀昀：俗猥之至。

## 不食姑　張司業

幾年山裏住，已作緑毛身。護氣常希語，存思自見神。養龜同不食，留藥任生塵。要問西王母，仙中第幾人。

方回：世道衰微，異端作，邪説肆。婦人不食，果何爲乎？殆姦人也。

馮舒：餓！

紀昀：此種議論，著書則可，不宜移以論詩。

紀昀：語語庸俗，三、四尤甚。

## 題辟穀者

學得飱霞法，逢人與小還。身輕曾試鶴，力弱未離山。無食犬猶在，不耕牛自閒。朝朝空漱水，叩齒草堂間。

方回：予未聞有辟穀而仙去者，衰世邪人以此惑衆，實徼利之徒耳。

紀昀：五、六笨甚，結亦俚陋。

## 隱　者

先生已得道，市井亦容身。救病自行藥，得錢多與人。問年長不〔一〕定，傳法又非真。常見〔二〕隣家説，時聞使鬼神。

方回：世豈無有道之士？而異人之所爲，或不皆真，其人則舉動詭怪。此詩句句有所諷，通都大邑時見此曹也。

紀昀：後四句實有所諷，前四句猶是質言。

紀昀：只起二句似詩，餘皆俚陋。

## 寄紫閣隱者

紫閣氣沉沉，先生住處深。有人時得見，無路可相尋。夜鹿伴茅屋〔三〕，秋猿守栗林。唯應掃靈藥，更不別營心〔四〕。

方回：紫閣、白閣，終南山二峯名。張司業詩平易，大率如此。

紀昀：淺直無味。

## 送宫人入道

舊寵昭陽裹，尋仙此最稀。名初出宫籍，身未稱霞衣。已别歌舞貴，長隨鸞鶴飛。中官看入洞，空駕玉輪歸。

方回：宫人入道，唐世多有。此詩，既幽閉之深宫矣，一旦得出，又以道宫終其身，皆非禮也。

紀昀：亦淺直。

## 尋胡道士不遇

韓　翃

到來心自足，不見亦相親。説法思居士，忘機憶丈人。微風吹藥案，晴日照茶巾。幽興殊未盡〔五〕，東城飛暮塵。

紀昀：丘爲尋隱者不遇一首，古詩，斂作十六字〔六〕，筆墨絶高。○後半稍弱。

許印芳：韓翃，字君平，南陽人，官中書舍人。

## 贈張道士

採藥三山罷，乘風五日歸。翦荷成舊屋，剉蘖染新衣。玉粒捐應久，丹砂驗不微。坐看青節引，更與白雲飛。

方回：三、四佳。第五句缺上一字〔七〕，恐當是「穀」「粟」之類。

紀昀：據此則「玉粒」字乃後人所補。○亦未佳。

紀昀：列子御風，旬有五日而後返，删爲「五日」，不合。○「驗不微」三字不妥。

## 送耿山人歸湖南

周賀

南行隨越僧，别業幾池菱。兩鬢已垂白，五湖歸掛罾。夜濤鳴柵鏁，寒葦露船燈。此去已無事，却來知不能。

方回：第二句新，五、六亦新。
紀昀：「菱」字趁韻，別無他意，不得云「新」。
許印芳：此論公平。
紀昀：此山人，非道士，不宜入此類。○邊幅微狹，然亦一種。
許印芳：次句固是趁韻，結句亦嫌意盡，皆不可學。五、六果佳，六句尤好，曉嵐密圈之。

## 送韋逸人歸鍾山

郎士元

逸人歸路遠，弟子出山迎。服藥顏猶駐，耽書癖已成。柴扉多歲月，藜杖見公卿。更作儒林傳，應須載姓名。

方回：五、六高妙清古。
紀昀：通體凡近。

## 訪趙鍊師不遇

魚玄機

何處同仙侶，青衣獨在家。暖爐留煮藥，隣院爲煎茶。畫壁燈光暗，幡竿日影斜。慇懃重回首，墻外數枝花。

方回：尾句頗輕俗，中四句却俱佳。

馮班：欠貴耳，亦未俗。

紀昀：尾句固未見甚佳處，亦未輕俗。

馮班：第四句好。○尾句輕俗，是好議論。然不解事人執之，則大爲詩道之害。第四句極佳。在「江西派」則傷輕。詩不宜以看花爲忌。詩寧傷輕，不可粗厲；寧近俗，不可獰惡。

紀昀：却無佳處。

## 山中道士

賈浪仙

頭髮梳千下，休糧帶瘦容。養雛成大鶴，種子作高松。白石通宵煮，寒泉盡日春。不曾離隱處，那得世人逢。

方回：八句無一句不佳。

馮舒：方君亦以此等爲佳！如何説到黄、陳，便昏昏如夢如魘？

紀昀：起句、三句，俱不成語。

## 送孫逸人

衣屨猶同俗，妻兒亦宛然。不餐能累月，無病已多年。是藥皆諳性，令人漸信仙。杖頭書數卷，荷入翠微烟。

方回：三代之世，恐無此譎觚之民也。唐人喜爲詩，則已喜談而樂道之。

紀昀：屢發此論，實所不必。此何異選録艷歌，而與談男女有别。

查慎行：五、六對句不測。

紀昀：末二句突入送意，太無來路。

## 元日女道士受籙

元日天新夜，齋身稱浄衣。數星連斗出，萬里斷雲飛。霜下磬聲在，月高壇影微。立聽師語了，右肘繫符歸。

方回：世間愚人無知而失身者，莫若尼姑、女冠。立聽師語，右肘繫符，果何所得乎？昌黎獨不信，如謝自然詩及兩街〔八〕講經詩必闢之。

馮舒：昌黎著書立言，自不脱儒家體面。然終以金丹亡，則知其本懷亦不信其無也。選詩只説性情，奈何處處下此閑話！

紀昀：有所不滿而不着一語，結句言外見之。○「在」字不佳。

## 送華陰隱者

項斯

往往到城市，得非徵藥錢？世人空識面，弟子莫知年。自説能醫死，相期更學仙。近來移住處，毛女舊峯前。

方回：世間有此一等怪人，此等詩能道其情狀也。

紀昀：苦於格卑，次句深致不滿。

## 題太白山隱者

高居在幽嶺，人得見時稀。寫籙扃虛白，尋僧到翠微。掃壇星下宿，收藥雨中歸。從服小還後，自疑身解飛。

方回：五、六極佳而瑩浄。

紀昀：亦是常語。

馮班：「虛白」「翠微」，對好。

何義門：腹不如頷。

紀昀：結得無力。

## 華頂道者

仙人掌中住，生有〔九〕上天期。已廢燒丹處，猶多種杏時。養龍於淺水，寄鶴在高枝。得道復無事，相逢盡日棋。

方回：五、六新異，第六句尤奇。

何義門：三、四道已成而兼濟也。

紀昀：五、六真野調。

## 古觀

置觀碑已折，看松年不分。洞中誰識藥，門外日添墳。放去龜隨水，呼來鹿怕薰。壇邊宿灰火，幾燒祭星文。

方回：第四句尤新異。

查慎行：第四句此等境界，到晚唐始説盡。

紀昀：通體惡俚，四句尤甚。

## 贈道者

晏來如養氣，度日語時稀。到處留丹井，經寒不絮衣。病鄉多藥惠，鬼俗有符威。自説身輕健，今年數夢飛。

方回：人火氣上炎而下不實則「夢飛」，非仙之所爲也。

馮舒：「夢飛」豈如此解？

馮班：方君正駁詩語，非誤解也。〇頭巾可厭。

紀昀：「藥惠」「符威」，皆有意。下此冷刻之字，然失大雅。〇「自説」二字亦冷刻，然不傷雅。

## 王居士

許渾

筇杖倚柴關，都城賣卜還。雨中耕白水，雲外斸青山。有藥身長健，無機性自閒。即應生羽翼，華表在人間。

方回：三、四世人所稱。

紀昀：亦無可稱之處。

## 送道士

盧綸

夢别一仙人，霞衣滿鶴身。旌幢天路遠，梅杏海山春。種玉非求稔，燒金不爲貧。自憐頭向白，誰與葛洪親。

方回：唐御覽詩，元和學士令狐楚選進。盧綸墓碑謂三百一十篇，公詩居十之一。今世傳本，綸三十二首與焉。陸放翁嘗跋云。

紀昀：文蔓。

紀昀：起句陋。

## 訪道者不遇

杜荀鶴

寂寂白雲門，尋真不遇真。祇應松上鶴，便是洞中人。藥圃花香異，沙泉鹿跡新。題詩留姓字，他日此相親。

方回：此詩刊碑在問政山白雲亭。三篆字尤古。杜來訪聶師道不遇，留此而去。「門」一作「亭」。今亭圮于兵矣。

紀昀：三、四有思致，妙於不纖。

## 贈廬嶽隱者

見説來居此，未嘗離洞門。結茅遮雨露，採藥給晨昏。古樹藤纏殺，春泉鹿過渾。悠然無一事，不似屬乾坤。

方回：中四句俱佳。

查慎行：五、六老辣語，俗目必以爲不祥。

紀昀：三、四凡鄙，五、六尢俚陋。

## 予昔遊雲臺觀謁希夷先生陳摶祠堂緬想其人今追作此詩

宋景文

仙館三峯下，年華百歲中。夢休孤蝶往，此言〔一〇〕先生善睡，一寢逾一月。蜕在一蟬空。有家〔一一〕在華山下。藥笈微言秘，霄晨浩氣通。丹遺舐後鼎，林遺御餘風。市霧沉荒白，飡霞委暗紅。峨眉有歸約，飛步與誰同。先生化去前三日，語弟子云：「吾游峨眉。」弟子訝不辨裝，至期而終。

方回：此在成都追作。

查慎行：三、四兩句，「崑體」中不可多得。

紀昀：語語板實，毫無生趣。

## 送陳豸處士

僧惟鳳

草長關路微，雜思更依依。家遠知琴在，時清買劍歸。孤城回短角，獨樹隔殘暉。別有隣漁約，相迎掃釣磯。

方回：惟鳳，九僧之六，青城人。三、四佳。

紀昀：此注重出。

紀昀：此亦不是道士，不宜入之此類。〇九僧詩氣韻終高。

許印芳：此詩入「仙逸類」，誤。

## 金華山人

陳述古

幽居倚翠巒，塵事不相干。天地醉來小，琴棋静裏歡。雨苔春徑綠，風竹夜窗寒。若問長生術，金爐有寶丹。

方回：古靈一疏薦賢士大夫三十餘人，元祐所用皆是，真古大丈夫也。豈信此術數學仙者乎？殆游戲耳。

馮舒：俗頭巾。

紀昀：名臣篤信仙釋，如顔魯公之類不少。不必如此周旋。

查慎行：陳述古，名襄，有集號古靈先生集。

紀昀：三句野氣，四句太庸。

## 靈壽同年兄再以杞屑分惠復成小詩以代善謔

曾子開

場屋十年長，鈴齋一笑歡。微言師水鼊，交分託金蘭。腹飽仙人杖，心存姹女丹。他時玉京路，同綴侍宸官。仙官〔二〕有侍帝宸如世之侍中，謂之「侍宸官」。徐庶、殷浩、王嘉、何晏等皆爲之。見真誥。

方回：用薤本水盂以對「金蘭」，誠佳而巧。「仙人杖」、「姹女丹」亦工。「侍宸」之説，博洽者乃通曉。

馮舒：真誥非奇書也。

紀昀：真誥尚非僻書。

紀昀：亦是應酬之筆，了無意致。

## 贈不食姑　徐道暉

衣以青爲色，謂如天骨青。近年全不食，飲水自通靈。心信生狂語，清羸改俗形。半空仙樂奏，曾向静中聽。

方回：第六句好。

紀昀：亦無可取。

紀昀：通體淺俗，五句尤鄙。

## 不食姑　徐致中

惟誦天童咒，飲泉能不飢。只緣多自譽，番以致人疑。賦質全如鶴，謀生却似龜。緑華通籍後，會報女仙知。

方回：「全如」、「却似」四字，下得不甚好。三、四頗有評論。唐張司業有此題，「四靈」皆倣之也。

紀昀：三、四嫌於板實。

紀昀：亦淺俗。

## 一真姑

趙師秀

忽然能不食，飲水度中年。此事知難僞，令人信有仙。形容無血色，衣服有香煙。聽説瑶池路，猶如在目前。

方回：「四靈」學晚唐詩，故題目亦傚之。四人之中，紫芝最熟而有餘味云。

查慎行：「令人漸信仙」，賈長江成語，只换一字耳。

紀昀：尤淺語。

## 桐柏觀

山深地忽平，縹緲見殊庭。瀑近春風濕，松多曉日清。石壇遺鶴羽，粉壁剥龍形。道士王靈寶，輕强滿百齡。

方回：五、六佳。

紀昀：三、四勝五、六。

馮班：起好。

查慎行：起句用意。

紀昀：結二句鄙陋。

## 延禧觀

寂寞古仙宫，松林常有風。鶴毛兼葉下，井氣與雲同〔三〕。背日苔磚紫，多年粉壁紅。相傳陶縣令，曾住此山中。

方回：平熟妥帖。

紀昀：中四句究是澀體。

## 贈九華李丹士

翁靈舒

行遍東南地，曾看江水源。袖藏勾漏藥，身是老君孫。去住雲相似，枯榮事不論。九華峯最碧，相對舊柴門。

紀昀：此稍有格。

## 不食姑

嫁時衣尚着，忽自欲尋仙。終日常持咒，經年只飲泉。瘦形非是病，怪語却如顛。金母還知爾，招邀歸洞天。

方回：「四靈」皆有此詩，亦一時怪人也。不食何所爲乎？

紀昀：四詩淺俗，如出一手。

## 題玉隆宮周道士足軒

貪得無厭者，應難向此居。爐中姹女藥，案上老君書。花竹庭堦潔，風烟户牖虚。道人隨分外，安坐不求餘。

方回：起句好，尾句好。中四句平，亦近套。

馮班：五、六亦好。

紀昀：此評是。

紀昀：起句太笨，尾句自好。

## 書嶽麓宫道房

借問今行處，羣仙第幾家。晴簷鳴雪滴，虚砌影梅花。香爇何年柏，芽煎未社茶。道人三四輩，相對誦南華。

方回：此詩只似宋人詩，不入唐味。尾句好。

馮班：頗近唐。

紀昀：此亦謬爲高論，晚唐此格極多。

紀昀：格不能高，而不失清整，無一切纖俚惡狀。

## 七言 二十二首

### 送賀知章入道〔一四〕

姚 鵠

若非堯運及垂衣，肯許巢由脱俗機〔一五〕。太液始同黄鶴下，仙鄉已駕白雲歸。還披舊褐辭金殿，却捧玄珠向翠微。羈束慚無仙藥分，隨車空有夢魂飛。

方回：第六句忽然出於不測，可取也。

紀昀：亦是常語，無甚不測之處。

馮班：大兄於此一類，殊不見看法。蓋是全書將完，未免草草也。

何義門：落句弱。

紀昀：應酬俗筆。

## 題茅山李尊師山居

秦隱君

天師百歲少如童，不到山中竟不逢。洗藥每臨新瀑水，步虛時上最高峯。籬間五月留殘雪，座右千年蔭老松。此去人寰知遠近，回看雲壑一重重。

方回：張司業亦有云：「下藥遠求新熟酒，看山時上最高樓。」與此暗合。第五句、六句亦稱之。

紀昀：六句不及五句。

紀昀：無不佳處，亦無佳處。

## 送宫人入道

張蕭遠

捨寵求仙畏色衰，辭天素面立天墀。金丹擬駐千年貌，寶鏡休匀八字眉。師主〔一六〕與裴珠翠〔一七〕後，君王看戴角冠時。從來宫女皆相妬，聞向瑶臺總淚垂。

方回：此詩誤刊入韋應物集，非應物詩也。英華以爲張蕭遠詩。且應物集誤以「師主」爲「公主」，當作「師」。

紀昀：唐人此題最多，然大抵凡近，題本難也。○結句有致。

## 送宮人入道　項斯

願隨仙女董雙成，王母前頭作伴行。初戴玉冠多誤拜，欲辭金殿別稱名。將敲碧落新齋磬，却進昭陽舊賜箏。旦暮燒香繞壇上，步虛猶作按歌聲。

方回：項詩亞於張，故以相次。

紀昀：格調殊卑。

## 同白二十二贈王山人　劉賓客

愛名之世忘名客，多事之時無事身。古老相傳見來久，歲年雖變貌長新。飛章上達三清路，受籙平交五嶽神。笑聽鼕鼕朝暮鼓，只能催得市朝人。

方回：劉公詩，才讀即高似他人，渾若天成。

紀昀：此評不錯，而非此詩之謂也。

紀昀：已逗「江西」一派。五、六鄙甚。

## 贈東嶽張煉師

東嶽真人張煉師，高情雅淡世間稀。堪爲烈女〔一八〕書青簡，久事元君住翠微。金縷機中抛錦字，玉清壇上着霓衣。雲衢不要吹簫伴，只擬乘鸞獨自飛。

方回：詩格高律熟。

紀昀：熟則有之，高則未也。

紀昀：出手太率。

## 贈道士

張司業

城裹〔一九〕無人得實年，衣襟常帶臭黄烟。樓中賒酒唯留藥，洞裹争棋不賭錢。聞客語音知貴賤，對花〔二〇〕歌詠似狂顛。尋常行處皆逢見，世上多疑是謫仙。

方回：亦一怪人也。

馮舒：結似率。

紀昀：通體鄙陋。

## 贈閻少保　　王建

髭鬚雖白體輕健，九十三來却少年。問事愛知天寶裏，識人多是武皇前。玉裝劍佩身長帶，絹寫方書子不傳。侍女常時教合藥，亦聞私地學求仙。

方回：此可入「老人〔二〕類」，亦可入「仙逸類」，蓋方士也。

馮班：非方士。

紀昀：此應入「老壽類」，不應入「仙逸類」。觀末二句，決非方士也。

紀昀：格亦卑陋。○「裏」字不妥。四句合掌。

## 贈牛山人　　賈浪仙

二十年中餌茯苓，收書半是老君經。東都舊住商人宅，南國新修道士亭。鑿石養蜂須買蜜，坐山秤藥不爭星。古來隱者多能卜，欲就先生問丙丁。

方回：第六句甚新。

紀昀：六句鄙陋。

## 送胡道士

短褐身披滿磧苔，靈溪深處觀門開。却從城裏携琴去，許到山中寄藥來。臨水古壇秋醮罷，宿杉幽鳥夜飛迴。丹梯願逐真人上，日夕歸心白髮催。

方回：三、四一穿而平易。浪仙詩似此者少。

馮班：詩有「串夷」字，元人不識，喚作「穿」字，方君尚不差也。

查慎行：三、四冲澹，似張文昌，在長江則變格也。

紀昀：平調而不失風格。

## 鄭州獻從叔舍人

李商隱

蓬島煙霞閬苑鐘，三官箋奏附金龍。茅君奕世仙曹貴，許掾全家道氣濃。絳簡尚參黄丹爐猶用紫泥封。不知他日華陽洞，許上經樓第幾重？

方回：三、四善用事。義山體喜如此。

紀昀：此全不解義山門徑語。

馮舒：此是託言，不應入此。

馮班：「託言」不解。舍人入道，有何不可？而云「託言」？大兄未體會落句也。

何義門：「奕世」、「全家」，便爲「他日」、「許上」伏脈，從兄弟敍到叔姪，次第極妙。

紀昀：義山集中之下乘。

## 和韓録事送宫人入道

星使追還不自由，雙童捧上緑瓊輈。九枝燈下朝金殿，三素雲中侍玉樓。鳳女顛狂成久別，月娥孀獨好同遊。當時若愛韓公子，埋骨成灰恨未休。玉清隱書云：「三素耀瓊扇。」

方回：既是宫人，何由可愛韓壽？若用紅葉題詩，後出爲韓姓人所得，事出小説，未可輕信。

紀昀：此用紫玉、韓重事，注誤甚。

何義門：覶于鵠，項斯之寒窘，乃嘆義山之才情過人。○落句借當家事收足「和」字。

紀昀：亦義山之下乘。

## 送張逸人　羅鄴

自説歸山人事賖，素琴丹竈是生涯。牀頭殘藥鼠偷盡，溪上破門風擺斜。石井晴垂青葛葉，竹籬荒映白茅花。遥知此去應稀出，獨卧晴窗夢曉霞。

方回：中四句俱新異。

紀昀：三、四鄙俚之甚。

## 仙子送劉阮出洞

曹唐

慇懃相送出天台，仙境那能却再來。雲液既歸須强飲，玉書無事莫頻開。花當洞口應長在，水到人間定不回。惆悵溪頭從此别，碧山明月照蒼苔。

方回：曹唐專借古仙會聚離别之事，以寓寫情之妙。有如鬼語者，有太粗者。選此二首，極其精婉。

紀昀：此評憒憒。

查慎行：五、六二句，出洞情事，大有仙凡之判。

紀昀：顏延年始作織女贈牽牛詩。流及曹唐，遂有遊仙詩，殊爲俗格。虚谷知薄許渾而取此何耶？蓋許渾嘗爲後山所排故耳。

## 劉阮再到天台不復見諸仙子

再到天台訪玉真，青苔白石已成塵。笙歌寂寞閒深洞，雲鶴蕭條絶舊隣。草樹總非前度色，烟霞不似往年春。桃花流水依然在，不見當時勸酒人。

查慎行：第七句與第五句微有礙。

紀昀：後四句用語太複。

## 贈隱逸

韓致堯〔三〕

静隱〔三〕須教隱者〔四〕尋，清狂何必在山陰。蜂彈窗紙塵侵硯，鳥鬬庭花露滴琴。莫笑亂離方解印，猶勝顛蹶未抽簪。築金誘得非名士，況是無人解築金。

方回：三、四工。五、六有議論。尾句一繳，爲燕昭王金臺所致，便非名士，況又無燕昭王之爲人者乎？其説尤高矣。

馮班：全不知致堯意。

紀昀：體近武功，故爲虚谷所取，實非高格。

紀昀：後四句筆仗沉着，晚唐所少。

許印芳：「解」字複。

## 贈馬道士

李九齡

水共逍遥雲共孤，混時言笑只佯愚。經年但醉宜城酒，千里唯擔華嶽圖。尋野鶴來空碧洞，覓琴僧去渡重湖。人間再見知何日，乞取先生石轆轤。

方回：九齡，乾德五年進士第三人。詩中兩句好。「空碧洞」之「空」未穩。

馮班：唐人多如此。

紀昀：次句太率易，五、六不成句法。

## 贈譚先生

楊仲猷

古觀重重遶翠微，杉松深處掩雙扉。雲生萬壑投龍去，海隔三山放鶴歸。花洞宴游春日永，石壇朝禮曙星稀。每聽高論長生理，擬向塵中便拂衣。

方回：楊微之詩亦峻峭。此詩中四句是也。

紀昀：不脱窠臼，而不失風格。

## 張先生

蘇東坡

熟視空堂竟不言，故應知我未天全。肯來傳舍人皆説，能致先生子亦賢。脱屣不妨眠糞屋，流澌争看浴冰川。士廉豈識桃椎妙，妄意稱量未必然。東坡元敍云：「先生不知其名，黄州故縣人。本姓盧，爲張氏所養。佯狂垢汙，寒暑不能侵。常獨行市中，夜或不知其所止。往來者欲見之，多不能致。余試使人召之，欣然而來。既至，立而不言。與之言，不應。使之坐，不可。但俯仰熟視傳舍堂中，久之而去。夫熟視傳舍者，是中竟何有乎？然余以有思惟心，追躡其意，蓋未得也。」

查慎行：三、四二句，筆如口，手如心。

紀昀：起四句自恣逸，五、六太鄙。

## 三朵花

學道無成鬢已華，不勞千劫漫蒸砂。歸來且看一宿覺，未暇遠尋三朵花。兩手欲遮瓶裏雀，四條深怕井中蛇。畫圖要識先生面，試問房陵好事家。東坡元注云：「房州通判許安世以書遺余，言吾州有異人，常戴三朵花，莫知其姓名。郡人因以『三朵花』名之。能作詩，皆神仙意。又能自寫真，有得之者。許欲以一本見惠，乃爲作此詩。」

方回：瓶雀事，出楞嚴經大智度論。四條蛇事，賓頭盧尊者語。一宿覺，永嘉人，有證道歌傳於世。

馮班：闊甚。

紀昀：此詩殊惡，不必以東坡之故爲之辭。

## 湖上遇道翁乃峽中舊所識也

陸放翁

大駡長歌儘放顛，時時一語却超然。掃空百局無棋敵，倒盡千鍾是酒仙。巴峽相逢如昨日，山陰重見亦前緣。細思合辱先生友，五十年來不負天。

紀昀：通體淺滑之甚。○起句太粗野。

## 贈道流

煙雲深處作生涯，回首人間歲月賒。留得朱顏憑緑酒，掃空白髮賴丹砂。七絃指下泠泠久，雙袖風中獵獵斜。他日相尋不知處，會從漁父問桃花。

馮班：「掃」字欠穩。

紀昀：此較清整。○此卷最猥鄙穢俚，可采者殊少。

### 校勘記

〔一〕長不　馮班：「長」一作「常」。　〔二〕常見　馮班：「常」一作「每」。　〔三〕伴茅屋　馮班：「伴」一作「投」。　〔四〕營心　馮班：「營」一作「經」。　〔五〕殊未盡　許印芳：「殊」一作「猶」。〔六〕十六字　許印芳：「十」字下多一「六」字，當刪。〔七〕玉粒　查慎行、陸貽典：集本作「玉粒」。〔八〕兩街　按：「兩」字原作墨丁，「街」原作「術」，據康熙五十二年本、紀昀刊誤本校補校改。〔九〕生有　馮班：「生」一作「坐」。〔一〇〕此言　李光垣：「世」訛「此」。〔一一〕有家　李光垣：「冢」訛「家」。〔一二〕仙官　馮班：「仙」上脱「元注云」三字。〔一三〕與雲同　紀昀：「同」疑作「通」。〔一四〕送賀知章入道　馮班：「送」上脱一「擬」字。〔一五〕俗機　馮班：「機」一作「鞿」。〔一六〕師主　馮舒：「師主」是何物？馮班：「師」字誤。當作「公」。陸貽典：確是「公主」。〔一七〕裝珠翠　馮舒、馮班：「裝」當作「收」。〔一八〕烈女　李光垣：「列」訛「烈」。〔一九〕城裏　馮班：「裏」一作「市」。〔二〇〕對花　馮班：「對」一作「持」。〔二一〕老人　紀昀：「人」當作「壽」。〔二二〕韓致堯　紀昀：「堯」原訛作「光」。〔二三〕靜隱　馮班：「隱」當作「景」。〔二四〕隱者　馮班：「隱」一作「靜」

# 瀛奎律髓彙評卷之四十九　傷悼類

有生必有死，弔哭誄賻，挽些哀詞，所以盡倫理，而亦忠信孝悌之天所固有也，觀者不可以諱忌惡之。

## 五言　十二首

### 哭長孫侍御

杜甫〔一〕

道爲詩書重，名因賦頌雄。禮闈曾擢桂，憲府舊乘〔二〕驄。流水生涯盡，浮雲世事空。惟餘舊臺柏，蕭瑟九原中。

馮舒：此杜誦詩。

何義門：此詩初看似亦平平，細讀乃知其妙。言其人掇巍科，擢侍御，乃碌碌終身，毫無建白，一朝溘逝，遂乃爾身與名俱滅也。妙在言外不露。

紀昀：此杜公應酬之作，不爲佳製，但風骨較整耳。

## 哭孟郊

賈　島

身死聲名在，多應萬古傳。寡妻無子息，破宅帶林泉。塚近登山道，詩隨過海船。故人相弔後，斜日下寒天。

方回：凡哭友詩，當極其哀。彼生而榮者，雖哀不宜過也。如孟郊之死，三、四所道，人忍聞乎？併尾句味之至矣。

紀昀：亦視交情之淺深，豈以榮枯爲限哉？

馮班：尾句頗平。

紀昀：結得不盡。

## 弔孟協律

才行古人齊，生前品位低。葬時貧賣馬，遠日哭惟妻。孤塚北邙外，空齋中嶽西。集詩應萬首，物象遍曾題。

方回：孟協律即郊也，哭與弔相先後耳。郊無子，而唐史謂鄭餘慶廩其妻子，豈後亦立鄷郢之子爲子耶？存疑當考。

紀昀：詩無此意，即是横生支節。

紀昀：此太不及前篇。「品位低」三字俚。

## 哭皇甫七郎中湜

白樂天

志業過玄晏，詞章似禰衡。多才非福禄，薄命是聰明。不是人間壽，還留身後名。涉江文一首，便可敵公卿。

方回：元注：「持正奇文甚多，涉江一章尤出衆。」

紀昀：三、四合掌，後四句太滑。

## 哭賈島

姚合

杳杳黄泉下，嗟君向此行。有名傳後世，無子過今生。新墓松三尺，空堦月二更。從今舊詩卷，人覓寫應争。

方回：島無子，於此可見。又有「稚子哭勝猿」之句，疑島有子，存此詩以證之。「松三尺」、「月二更」，予謂尚可改。

馮舒：「松三尺」，謂新種也。

馮班：新松三尺，何可改耶？

紀昀：結句意好而語鄙。

## 寄弔賈島

曹　松

先生不折桂，謫去抱何冤？已葬離燕骨，難招入劍魂。旅墳低却草，稚子哭勝猿。冥漠如搜句，宜邀賀監論。

方回：悼賈島有子勝孟郊。賈島猶有子，於此可考。

紀昀：有子無子，何與論詩？況姚合時已明言無子。

何義門：如先生而不折桂，又復謫去，其受冤不復可以言計矣。「何」字窈折。

紀昀：「低却草」三字不佳。

## 哭李頻員外

出麾臨建水，下世在公堂。苦集休開篋，清資罷轉郎。瘴中無子奠，嶺外一妻孀。定是浮香骨，東歸就故鄉。

方回：李頻死於建州刺史。五、六哀之極矣。

紀昀：「苦集」二字生。○末言貧不能歸櫬，惟應從海道歸耳。

## 南豐先生挽詞

陳後山

早棄人間事，真從地下游。丘原無起日，江漢有東流。身世從違裏，功名取次休。不應須禮樂，始作後程仇。

馮班：後山不通至此乎？

紀昀：二詩俱沉着。後山之於南豐，其分本深，故挽歌不似酬應。○結不佳。

精爽回長夜，衣冠出廣庭。勳庸留琬琰，形像付丹青。道喪餘篇翰，人亡更典型。侯芭才一足，白首太玄經。

方回：「丘原無起日，江漢有東流」，惟曾南豐足以當之。「侯芭才一足，白首太玄經」，非陳後山亦不可以此自許也。併挽温公詩三首，他人詩皆可廢矣。

紀昀：方批「丘原無起日，江漢有東流。惟曾南豐足以當之。侯芭才一足，白首太玄經。非陳後山亦不可以此自許也」，此評是。方批「併挽温公詩三首，他人詩皆可廢矣」，此又太過。

馮班：頷聯俗平，落句不通。

## 丞相温公挽詞

恭默思良弼，詩書正百工。事多違謝傅，天遽奪楊公。一代風流盡，三師禮樂崇。若無天下議，惡美併成空。

馮舒：不好。

馮班：下句草草，後山不解用事也。學貧識淺，才薄心粗，醜惡極矣，只是不學。○次聯只是不好。

紀昀：三詩亦後山刻意之作。

百姓歸周老，三年待魯儒。世方隨日化，身已要人扶。玉几雖來晚，明堂訖受圖。心知愛諸葛，終不羨曹蜍。

馮舒：已死矣，何謂「要人扶」？

馮班：首句温公反了。○「要人扶」言年已老也。

查慎行：曹蜍，晉人，曹茂之小字也。世説：「曹蜍、李志雖見在，厭厭如九泉下人。」少學真成已，中年記著書。輟耕扶日月，起廢極吹噓。得志寧論晚，成功不願餘。一爲天下慟，不敢愛吾廬。

方回：「世方隨日化，身已要人扶。」山谷嘗誦此聯，以爲今之詩人無出陳無己右者。温公之卒，後山猶未得官，元祐元年丙寅九月也。明年夏，後山方爲徐州教授。三詩關宋治亂，非後山之私言也。

馮班：次聯二句好。

陸貽典：三詩，二馮評塗抹竟篇，竊以爲過。不熟讀宋史，不知其妙。

紀昀：六句太晦。八句趁韻，尤不佳。

# 七言 七首

## 過元家履信宅

白樂天

雞犬喪家分散後，林園失主寂寥時。落花不語空辭樹，流水無情自入池。風蕩宴船初破漏，雨淋歌閣欲傾欹。前庭後院傷心事，唯是春風秋月知。

方回：元微之身後如此，友宦官，攻裴晉公，所得幾何，而竟以慚憤卒於武昌。白公雖平生深交，不忍言其短，而亦可見矣。

紀昀：情真而格調太卑，五句尤俚。

## 寄劉蘇州

去年八月哭微之，今年八月哭敦詩。何堪老淚交流日，多是秋風摇落時。泣罷幾回深自念，情來一倍苦相思。同年同病同心事，除却蘇州更是誰？

馮舒：直話不可學。

馮班：真妙。

紀昀：起二句似老而率，中四句自可，結二句又入滑調。

## 清明登老閣〔三〕望洛陽城贈韓道士

風光烟火清明日，歌哭悲歡城市間。何事不隨東洛水，誰家又葬北邙山。中橋車馬長無已，下渡舟航亦不閑。塚墓纍纍人擾擾，遼東悵望鶴飛還。

紀昀：末二句關合道士，有思致。香山少此點化玲瓏之筆。

## 哭韓將軍

顧非熊

將軍不復見儀型，笑語隨風入杳冥。戰馬舊騎嘶引葬〔四〕，歌姬新嫁哭辭靈。功勳客問求爲誌，服玩僧收與轉經〔五〕。寂寞一家春色裏，百花開落滿山庭。

方回：工甚。劉後村學唐詩，慕爲此等聲調而不能至也。

紀昀：語皆鄙俚，不得云工。

紀昀：四句俚甚。

## 思王逢原

王半山〔六〕

蓬蒿今日想紛披，塚上秋風又一吹。妙質不爲平世得，微言唯有故人知。廬山南墮當書案，湓水東來入酒巵。陳迹可憐隨手盡，欲歡無復似當時。

馮班：五、六好。

紀昀：二詩意格皆可觀。〇三句笨。

百年物望濟時功，前路何如〔七〕向此窮。鷹隼奮飛凰羽短，騏驎埋没馬羣空。中郎舊業無兒付，康子才高〔八〕有婦同。想見江南原上墓，樹枝零落紙錢風。

查慎行：逢原一生知己惟荆公一人，亦竟賴以傳。

## 挽陳師復寺丞 二首取一　劉後村

已奏囊封墨尚新，又携袖疏榻前陳。小臣憂國言無隱，先帝如天笑不嗔。闕下舉幡空太學，路傍卧轍幾遺民。愚儒未解天公意，偏壽他人夭此人。

方回：三、四穩，五、六用事巧。

紀昀：「笑不嗔」三字不佳。〇結太淺直。

### 校勘記

〔一〕杜甫　馮班：「甫」當作「誦」。〔二〕舊乘　馮班：「舊」當作「既」。〔三〕登老閣　紀昀：「老閣」二字再校。〔四〕引葬　按：「葬」原作「弊」，據康熙五十二年本、紀昀刊誤本校改。〔五〕與轉經　按：「與」原作「爲」，據康熙五十二年本、紀昀刊誤本校改。

〔六〕查慎行：此二首疑是王半山作，題下失署名。　張載華：按思王逢原三首見李鴈湖王荆公詩箋注三十卷，第一首律髓不入選。〔七〕何如　李光垣：「知」訛「如」。

〔八〕才高　查慎行：集作「高才」。

# 附録一　題跋

## 瀛奎律髓後序

龍　遵

瀛奎律髓四十九卷，宋紫陽方虛谷先生之所編選。予蚤年嘗聞是編，不獲一覩。天順甲申，叨守新安，實先生鄉郡，因搜訪得其傳録全本，間有舛訛，卒無善本校正之。續又得定宇陳先生手自抄本，共十類。定宇自識云：「惟『節序類』得虛谷親校本抄之，餘皆傳録本，疑誤甚多；雖間可是正，而不能盡，圈點悉謹依之。」遂以其本與先所得本參對之，無大差異者；第惜不得全編通校之。於是又徧訪郡之儒者，因得各家所藏抄本讀之，亦率多殘缺脱落，得此遺彼，遂會取諸本通參訂之。舛訛者是正，圈點一依先本爲定。然後是編始獲復全，而虛谷編選之志，亦庶幾其不終泯。」嗟夫！以定宇去虛谷時猶未遠，而是編已不可得其全矣。今一旦得之，又何其幸耶！先生自序謂「詩之精者爲律」，今觀其所選之精嚴，所評之當切，涵泳而雋永之，古人作詩之法，詎復有餘藴哉！誠所謂「律髓」也。故不敢私之於己，敬壽諸梓，以廣其傳。但卷帙浩繁，傳録之誤，陶而陰、亥而豕者，不能無也。四方博學君子，幸共鑒而正之。成化三年，龍集丁亥，六月下澣，皆春居士識。

紀昀：「今觀其所選之精嚴，所評之當切，涵泳而雋永之，古人作詩之法，詎復有餘藴哉！」此數語推許太過。○序極古雅，想見其人。結處不敢自信，是明初人質朴未漓處。

右龍君遵敍後序一首，原本中所載也。觀其零星捃拾於殘缺之遺，使後人得覩全書，龍君之功爲不尠矣！序中所言正是書聚散絶續之所繫也，而坊本不載。蓋緣序中再三言及圈點，而坊本鹵莽成書，圈點既芟去，遂并是文而埋没之，不獨失虚谷評隲之精意，即龍君蒐訪校勘之苦心，亦掩却矣。故表而出之。

紀昀：「右」字上應加「吴瑞草曰」四字。

（正文録自明成化三年刊本瀛奎律髓，按語録自嘉慶五年刊本瀛奎律髓刊誤）

## 馮　跋

馮　舒

己丑再讀一過，亦閲月而畢，生平所得詩法盡在此矣。四月二十六日燈下。己蒼馮舒。

（録自過録有馮舒、馮班、查慎行評語之康熙四十九年刊本瀛奎律髓）

## 馮跋

馮班

家兄評此書畢，謂余曰：「吾是非與弟正同耳。」余意未信。今竇伯姪以此見示，取余所評校之，真符節之合矣。今日求可與言詩者，定何人哉！八月二十七日書於小樓之西窗，家兄没已二年矣。定遠班識。

（録自過録有馮舒、馮班、查慎行評語之康熙四十九年刊本瀛奎律髓）

## 錢跋

錢湘靈

此書先生初閲舊刻，所載二馮評語頗詳，向藏我家。後爲澗泉業師攜去，今不知歸何處矣。此本當是先生續讀者，其墨筆所傳大馮評語，朱筆傳者小馮也。議論校初本頗加芟削，下檔先生自評。此非經也——不可離之書，而批閲乃至於再，嗚呼！

可謂好學也已。

還就軒

（録自過録有錢湘靈評語之康熙五十二年刊本瀛奎律髓）

## 陸跋

陸貽典

己蒼、定遠兄弟稱詩爲「馮氏一家學」。定遠評駁此書凡有三、四本，斧季此本其一也。復取他本評語一一載入，前後心目庶可考見。余又從友人處見己蒼閲本，用墨筆録於卷内，以徵兩馮手眼之同異云。甲辰閏六月三日，常熟陸貽典識。

（録自過録有陸貽典評語之康熙四十九年刊本瀛奎律髓）

## 陳序

陳士泰

宋季紫陽方虚谷先生抄録唐、宋律詩，以類分編四十九卷，目曰瀛奎律髓，於詩法之源流正變，較如列眉，誠後學之津筏也。明成化間，有龍君遵敍者，訪於鄉之人，得抄本而付之梓，後又再梓於建陽，書遂大行於世。流傳日久，初刻板本難得，建陽本魯魚亥豕，層見叠出，學者無從是正。予因對勘兩本異同，重付雕匠。又借何太史屺瞻先生所藏孱守居士閲本再加參校，而仍闕疑其漫漶者。其卷數悉依原本，惟編類前後，傳寫疑有紊次，兩刻遂承其訛。觀梅花類小序，自「着題」後五卷，銜尾相接，各有意義，則據本書改正焉。

噫！世之論詩者，宗唐則絀宋，尚宋則祧唐，不知先河後海，或委或源，其律法固無異也，所異者特一時格調及字法句法之相沿風會微判耳。觀乎虚谷之選，不可以知其概乎？或謂虚谷生於「江湖」詩衰之日，欲稍振之而不得其術，其派别遂專主「江西」，至以老杜與山谷、後山、簡齋並稱，謂之「一祖三宗」，則亦局於方隅之見也。此在明識者必有能辨之，予故無容贅云。

康熙庚寅七月，長洲後學陳士泰虞尊甫識。

（録自康熙四十九年刊本瀛奎律髓）

## 吴序

吴之振

兩間之氣運，屢遷而益新；人之心靈意匠，亦日出而不匱。故文者，日變之道然震川之所謂說者常譏其陋。然震川之所謂也，退之陳言務去之語，鹿門以字句之穿鑿生割當之，說者常譏其陋。然震川之所謂不切，南雷之所謂庸俗，亦未盡其旨也。夫學者之心，日進斯日變，日變斯日新，一息不進，即爲已陳之芻狗矣。故去陳言者，日新之謂也。詩者，文之一也。律詩起於貞觀、永徽，逮乎祥興、景炎，蓋閲六百餘年矣。其間爲初、盛，爲中、晚，爲「西崑」，爲元祐，爲「江西」，最後而爲「江湖」，爲「四靈」。作者代生，各極其才而盡其變，於是詩之意境開展而不竭，詩之理趣發洩而無餘。蓋變而日新，人心與氣運所必至之數也。其間或一人而數變，或一代而數變，或變之而上，或變之而下，則又視乎世運之盛衰，與人材之高下，而詩亦爲之升降於其間，此亦文章自然之運也。由是言之，時代雖有唐、宋之異，自詩觀之，總一統緒，相條貫如四序之成歲功，雖寒暄殊致，要屬一元之遞嬗爾。而固者遂畫爲鴻溝，判作限斷，或尊唐而黜宋，或宗宋而祧唐，此真方隅之見也。紫陽方氏之編詩也，合二代而薈萃之，不分人以係詩，而别詩以從類。蓋譬之史家，彼則龍門之列傳，而此則涑水之編年，均之不可偏廢。然聚六、七百年之詩於一門一類間，以觀其意境之日拓，理趣之日生，所謂出而不匱，變而益新者，昭然於尺幅之間，則是編爲獨得已。若其學術之正，則不惑於金溪，而崇信考亭；其詮釋之善，則不濫於餖飣，而疏瀹隱僻；其論世則考其時地，逆其志意，使作者之心，千載猶見；其評詩則標點眼目，辨别體製，使風雅之軌，後學可尋，斯固詩林之指南，而藝圃之侯鯖也。然自元以來，學士家言及者，輒用相訾謷。自是後人吹索之過，而其書固不可廢也。余嘗懸諸家塾以爲的，所謂去陳言而日新者，俾於此考驗焉。兒子寶芝幼即好之，因苦其舛訛之多，流布之寡，爲重加校勘，授之梓人。録既成，因識之簡端，以示兒輩，并願與世之讀是書者共揚扢商榷焉。若曰立乎四百餘年之下，以上爲虛谷作玄晏也，則吾豈敢。康熙壬辰小春月吉，黄葉老人吴之振書于橙齋之西閣。

紀昀：「夫學者之心，日進斯日變，日變斯日新，一息不進，即爲已陳之芻狗矣。」此論自是。然有變而不離其宗者，離其宗而言新、言變，則竟陵、公安之病源也。○「蓋變而日新，人心與氣運所必至之數也。其間或一人而數變，或一代而數變，或變之而上，或變之而下，則又視乎世運之盛衰，與人才之高下，而詩亦爲之升降於其間，此亦文章自然之運也。」有力自振拔之變，有不知其然之變。力自振拔者，其勢逆。逆，故變而之上。不知其然者，其勢順。順，故變而之下。○「時代雖有唐、宋之異，自詩觀之，總一統緒，相條貫如四序之成歲功，雖寒暄殊致，要屬一元之遞嬗爾。而固者遂畫爲鴻溝，判作限斷，或尊唐而黜宋，或宗宋而祧唐，此真方隅之見也。」此最通論。○「紫陽方氏之編詩也，合二代而薈萃之，不分人以係詩，而别詩以從類。蓋譬之史家，彼則龍門之列傳，而此則涑水之編年，均之不可偏廢。」分類始自昭明，究爲陋體，不必曲爲之辭。孟舉此論，不及瑞草之工。○「若其學術之正，則不惑於金溪，而崇信考亭；其詮釋之善，則不濫於飣餖，而疏瀹隱僻。」三代以上，文與道一。三代以下，文與道二。吟咏一途，又文之歧出者也。故理學自理學，詩法自詩法，朱、陸之辨，無與此書，無庸論及於此。虛谷於考據之學最爲荒陋，所注皆掇拾飣餖，而不能辨證隱僻，此語未是。○「斯固詩林之指南，而藝圃之侯鯖也。」此亦推許太過。

（録自嘉慶五年刊本瀛奎律髓刊誤）

## 重刻記言　八則

吴瑞草

芝自束髮入鄉校，正業之暇，輒從塾師受近體詩一首。迨成童以後，家大人始授律髓一書，謂其所講貫切實明顯，有塗軌可依尋，命時肄業，以爲退息之居學。當時頗鋭意好之，然方攻治制舉業，未能并心一意從事於此。又更數載，弱冠成人，則日揣摹場屋應制之文，以應有司之試。兼亦家事滋出，雖不至如子固之勞心困形，以役於事，然亦頗有涉世奔走之煩，此書遂庋閣者十餘年。客歲省闈報罷，料簡故書，因復卒業焉。第苦中多舛悮，且板刻漫漶。適見坊間新鐫本，謂可是正，而校對之下，舛悮乃更甚於前。因歎是書舊本既流布未廣，新刻流行，恐遂因此踵訛襲謬，讀者永不復覩古人真面目。因出家藏善本，及闞曹叔則兩先生手抄本互爲參校。尚有疑者，更從唐、宋人集中讐對之，雖未能盡改正，然已得十之六七矣。讀是書者，自當辨之也。

詩文之有圈點，始於南宋之季，而盛於元。雖曰一人之嗜憎，未免有偏著，然當時評隲諸公，皆作家巨子，各具手眼，其所圈識，如與作者面稽印可，能使其精神眉目軒豁呈露於行墨之間，非若近世坊刻勉强支綴者比。學者且當從此領會參入，而後漸次展拓，即古人全體之妙，不難盡得。而坊本將圈點削去，且因之竄改注語，不特評者之苦心因之埋没，即作者之矩矱畦逕，亦難窺尋矣。兹刻悉行載入，不敢妄加增減。

詩文分類，原始文選，而亦盛於宋、元。在古人則爲實學，欲便參考、資博洽也；今人徒以供獺祭、便剽販而已。然詩以類選，則有詩不甚佳，而强取以充類者；亦有詩甚佳，而類中已多，且有詩甚佳而無類可入，因之割愛者：是編所以有餘憾也。然學者且先致力乎此，歷其堂奥，而後漸及諸家之全，於詩學亦思過半矣。

紀昀：古人分類，原欲互勘其工拙，而遞參其正變。云「資博洽」，未是。○「然詩以類選，則有詩不甚佳，而强取以充類者；亦有詩甚佳，而類中已多，且有詩甚佳而無類可入，因之割愛者：是編所以有餘憾也。」此論最中分類之病。

「一祖三宗」之説，論詩家每用相詬病，謂其不應獨宗「江西」也。夫訾其爲偏，誠所難辭。然觀其論詩小序云：立志必高，讀書必多，用力必勤，師傅必真。四者不備，不可言詩。可知其於此事，煞費工夫來。蓋從三折九變之餘，而始奉此爲歸宿。其中甘苦得失之數，必有獨喻其微者，非漫然奉一先生之號，傍人門户以自標榜也。昔人積終身之功，晚年有得，乃始樹幟建宗，接引後學。今人少壯鋭氣已耗磨於括帖間，中年以後精已銷亡，乃以餘力爲之，而又於四者之功無一足恃，未嘗入古人之藩籬而造其堂、嚌其胾，乃徒吹索瘢疵，彈駁古人，或訾其全體，或摘其片言，甚或刺取稗官瑣語，用資訕笑，此徒爲大耳，朱子所謂外夸者中不足也。果能深歷「江西派」之閫奥，則從此推廣，旁通觸類，安在諸家之長不復可兼收並蓄耶？

紀昀：此論固爲平允，然詩家之有「江西」，正如飲食之有海錯，可兼嘗而不可常饌。東坡比山谷詩於江瑶柱，誠至論也。學者根柢乎八代、三唐，而兼涉「江西」，得其別致，未爲不佳。如專以「江西」爲宗，則出手已是偏鋒，愈入愈深，愈歧愈遠。積成粗獷之習，高自位置，轉相神聖，不可復以正理詰矣。又安能旁通觸類，兼收諸家之長耶？瑞草此言，猶是調停之見，未可據爲定説也。○「甚或刺取稗官瑣語，用資訕笑。」此指周密所記，方回十一可斬之事。然此與詩無涉，若因詩而併曲護其人，則門户之見矣。

是編之成，在元之前。至元癸未，距天順之末，裁百五六十年耳，然板刻已銷亡，遺書亦殘缺。觀龍君之敍，則其搜訪之勤，校勘之細，使是書得流傳至今，不致湮没者，皆其力也。其中疑悮脱落，悉仍其舊，不敢妄加竄改以欺後人，足見闕疑詳慎之意。嘗閲丹鉛録，謂蘇、杭坊刻作僞射利，始於嘉靖之季。如取王涯之詩以益右丞，割張籍之卷以入他集之類。蓋是時僞學已行，故人心之僞端亦啓，此亦氣運使然。此書之刻，尚在成化時，猶見古人誠朴無僞之風。故今刻悉因之，亦不敢妄有竄易也。

詩中舛悮，尚可於各家集内校正十之六七。如張冠李戴之訛，已悉釐正。惟注語别無善本可讐勘，故疑訛間有未及改正。他如「送别類」之明皇送知章歸四明全篇似係後人補入，非虚谷原本。又如「感舊」之少五言，「俠少」之無題序，並仍其舊，不敢妄有增删。至如「梅花」、「雪」、「月」、「晴雨」五類，宜次「著題」詩之後，雖本之虚谷題語，然原本之第目不爾，讀者知其説足矣，不必定易其次序也。若夫是書之編成於元時，而虚谷亦非終於宋，而仍標之以宋者亦從原本之舊稱也。

紀昀：「是編之成，在元之前。」此書入元乃成，此語誤。然此段之末，又言成於元時，此「元」字恐是「宋」字之誤。○「老壽」、「兄弟」亦少五言，「感舊」亦無題序。

岑參詩「龍堆接醋溝」，虚谷注云：「醋溝，人所未知也。」楊升菴譏之曰：「非惟人不知，方回亦不知，特爲此言以掩後人耳。」方南人，未知醋溝，誠亦有之。然楊以醋溝爲水名，且在中牟。則詩乃使北庭作，不應雜此。且「接」字亦無着落。又宋人送使遼詩用「紫濛」二字，虚谷注謂契丹館名。升菴駁之，謂係地名，且引晉書載記爲據。然考慕容廆傳「邑於紫蒙之野」，乃「蒙」字，非「濛」字也。「紫蒙」二字於使遼誠切當，然「紫濛」之爲館，又安知非别有所出而遽詆虚谷爲隔壁妄猜耶？姑識此以質博識者。

紀昀：此是原注，非虚谷注也。

是刻始於辛卯季秋，至今歲嘉平而始成。余兄弟小窗短檠，對牀風雨，苦心料簡者蓋一年餘。其讐校搜勘，則從兄奕亭是賴。而相助爲理，則仲兄武岡、中表兄勞嶧、雲姊子陳勉之與有力焉。皆於是書有功，不敢泯没，故附識於此。至宋詩鈔二集，家大人手定者已有五十餘種，正在付梓。緣部帙尚少，蒐羅未廣，故未能成書。海内藏書之家，凡有宋人文集未經流布者，幸悉以見示，或勸假抄録，或奉資繕寫。不獨成藝林之美事，亦以發潛德之幽光。使績學有德之緒言，湮晦於當時者，一旦表彰於六百餘年之後，則作者之靈爽，實式憑焉。讀書好事之家，諒有同心，跂予望之。

紀昀：此一條殊爲泛及，無與此書。

康熙壬辰孟冬之望，語水後學吴寶芝瑞草識。

（録自嘉慶五年刊本瀛奎律髓刊誤）

## 沈序

沈邦貞

學不通經，則不得天地之靈秀，如人之形骸具而神氣不完，無他，無髓故也。況乎詩之爲道，原本性情。一人一日之心思筆墨，足以浹遐邇而洽幽微。其爲瀛奎也，在天地而實在斯人乎哉！顧其法莫備乎律，以其全體六義而有温柔敦厚之遺焉。由是減之爲截句，增之爲古風，廣之爲排、爲歌行、爲樂府，皆不離乎律。得其髓而運之，參互錯綜，神而明之，存乎其人而已矣。石門吴橙齋先生，道學風流，當代景仰。其言詩也，獨以方虚谷先生瀛奎律髓一選以爲有功於詩教，而知其學之通經者，亦即於其選中命名標意而知之。夫詩之有三百也，本乎易，合乎禮，用乎樂，而推乎書與春秋。自歷代相沿，詩之教彌廣，而詩之道彌晦。如髓之隱於形骸中，而能充其神氣，以發天地之靈秀者，鮮矣。是選也，絜而明之，分卷爲四十九，取諸大衍數之用也。發端於「登覽」，庶乎與天地近焉。而論世知人，必曰詩祖，可謂知本乎。次之「朝省」而盡忠補過，「懷古」而取法垂戒，「風土」而考制正俗，至於「昇平」而富貴不淫，「仕宦」而驕諂皆忘，「風懷」而邪正必辨，「宴集」而悃愫必達，「老壽」而頌禱必誠；他如「春」「夏」「秋」「冬」，順其序也；「晨朝」「暮夜」，因其時也；「節序」「晴雨」，異其宜也；飲以養陽，「茶」「酒」可以雅俗共賞乎；氣以機先，「梅花」可以格物致知乎；變化無方，「雪」「月」可以蕩滌胸襟乎；而後乃「閒適」矣，雖施之「送別」而不與境遷也，極之「拗字」而文從理順也，證之「變體」而形與勢合也，歸於「着題」，所謂從心欲而不踰矩者近是；於是乎「陵廟」有肅肅之度，「旅況」無瑣瑣之譏，「邊塞」則存雄壯之風，「宫閫」則存幽閒之意，「忠憤」則存正直之氣，陟「山巖」而厭其峻，臨「川泉」而不疑其深，安「庭宇」而不改其常，即古人之「論詩」而大旨昭然耳。「技藝」雖小道，可以喻大。「遠外」不可忽，庶幾引而進之。要之，「消遣」而物理見，世故明，人情當，斯天道全矣。最難得者「兄弟」，不能忘者「子息」，苟有「寄贈」而辭以將志恭敬而有實也。以之處「遷謫」，而可以安命；以之處「疾病」，而可以娯憂紓怨。庶「感舊」而不至于傷，「俠少」而不比於匪，「釋梵」而不流於空，「仙逸」而不入於姦，「傷悼」

而仍不失其和以正焉。則生人之能事畢矣。如是者，所謂比事屬辭而不亂，通於春秋也；疏通知遠而不誣，通於書也；廣博易良而不奢，通於樂也；絜静精微而不賊，通於易也；恭儉莊敬而不煩，通於禮也；詎獨温柔敦厚三百篇之遺教云爾哉！康熙癸巳初夏，苕溪沈邦貞滄孺識。

紀昀：大而無當，欲示誇而適形其陋。

（正文録自康熙五十二年刊本瀛奎律髓，評語録自嘉慶五年刊本瀛奎律髓刊誤）

## 宋序

宋至

石門吴孟舉先生領袖詩壇，富于著述，所鈔宋詩，久風行天下。今年踰七十，猶左圖右史，日夕披閲不倦。此瀛奎律髓一編，則取皆春居士舊本訂正之，付其叔子瑞草刊行者也。夫方虚谷熟精詩律，因博綜三唐、五代、南、北宋諸名家所作，探其宎奥，立爲法程，而其成書乃取義於髓者，無他，禪家授受，首重得髓，髓既得，則一切皮毛俱屬可略。故三唐、五代、南、北宋詩集不啻汗牛充棟，而其所掇拾代不數人，人不數篇，能照見古人精神血脈于千百載之上，而與之同堂品隲，其合者幾如拈花之笑；即不合者亦不至有背觸之疑。非冬瓜瓠子，漫爲印可者比也。惜近世流傳，絶無善本。今賴先生訂而刊之，非惟虚谷是編重開生面，而後之讀者心目軒豁，人人知去皮毛以求其髓之所在，其有功于詩學豈淺鮮哉！先生爲家君老友，顧平日論詩，不見鄙棄，瑞草來索序，欣然命筆，不敢以不文辭也。時康熙五十二年，歲次癸巳仲夏，商丘宋至撰。

紀昀：序亦鄙淺，未必筠廊真筆。

（正文録自康熙五十二年刊本瀛奎律髓，評語録自嘉慶五年刊本瀛奎律髓刊誤）

## 初白庵詩評自識

張載華

海昌查初白先生以詩名海内，與王漁洋、朱竹垞兩先生鼎峙藝林。今三家詩集已家有其書矣，然篇章浩瀚，如涉大水，不免望洋之歎，則詩話其舟楫已。漁洋詩話散見雜著諸書，先兄含广彙爲一編，静志居詩話具載明詩綜，獨先生論詩之旨，間有流傳，無專刻行世，學者有遺憾焉。余生也晚，不獲親炙先生。幸自幼及壯，得從許蒿廬夫子遊。夫子與先生同里，於友朋間每聞先生評閲古人詩集，必展轉購借，攜至涉園，約諸兄亟爲抄録。猶憶壬子以後十餘年間，酒闌燈灺，輒舉先生評語可與漁洋、竹垞兩先生發明者，與諸兄互相參究，漏四鼓猶娓娓不倦。余時心竊識之，爰方攻章句，未暇旁及也。弱冠後，間事吟詠，瞻望前賢，茫無憑藉。從夫子及諸兄處録先生評本數種。偶閲一編，雖着語不多，動中肯綮。如論少陵夔以後詩，及昌黎陸渾山火，東坡謝人見和前篇，遺山李峪園亭看雨等作，發前人所未發。使古人有知，亦爲心折。至其爲後學之津梁，用意懇切，尤足令人朝夕體玩於無窮也。余年忽五十，百念俱灰，自唯平生私淑之志，耿耿難忘。檢理故篋，合邇年所得先生評本計十二種。載歷寒暑，綴輯成帙，與帶經堂、静志居詩話並列案頭，庶無負先生嘉惠後人之美意，亦以慰吾夫子當年借録之苦心焉耳。唯是師友弟兄，零落過半。白首晨夕相從，唯思巖兄一人。商訂之下，又不勝今昔之感已。乾隆三十二年歲在强圉大淵獻重陽前一日，海鹽後學張載華謹書。

（録自原刻查初白十二種詩評）

## 初白菴詩評序

張宗橚

讀余弟芷齋所輯初白菴詩評，不禁喟然有感於中也，憶昔先含广兄排纂帶經堂詩話，日偕余與芷齋同堂商榷，凡三易稿然後鏤板問世。當是時，余語芷齋曰：「人生於世，自顧無可傳之業，庶幾附前賢以傳。兄得附漁洋以傳也，斯亦幸已，余兩人自少至壯，肩隨跬步，徒追琢於帖括而頭顱如故，悔之無及。今且垂老矣，家無長物，薄有藏書，迺歲月坐荒，了無著述，行自慨也。」芷齋听然而笑曰：「獨不聞蒿廬夫子論詩之旨乎？其云『南北兩宗堪並峙，可憐無數野狐禪』，蓋明言漁洋先生與初白先生爲風雅總持也。竊不自揣，將纂録先生各種評語，裒爲一集，與帶經堂詩話並行不悖，或可藉是以傳，亦猶兄意也。」余因是有感焉。國朝作者如林，求其金鍼微點，學者悉奉爲指南。漁洋、初白兩先生而外，指不多屈。雖然讀漁洋詩話，如遊蓬閬，如聞韶濩，目眩心迷，未易涉其流而溯其源也。若初白先生所著評語，或直抉作者精要，或別裁各家僞體，一經指示，俾輇材樸學，可以由漸而入。視夫一味妙悟之論，果孰難而孰易？余自惟譾陋，所夢寐不能釋者，獨瓣香先生。不意芷齋已先得我心，不憚寒暑，鈔撮成帙，就余商訂，春宵咀味，燭跋忘疲，先生固不藉是以傳，芷齋實藉先生以傳，詎非藝林韻事乎哉！獨是附識諸條，芷齋競焉不敢自以爲是。惜含广兄已歸兜率，不獲樂觀其成，稍爲潤色。而余亦頹廢日甚，縱或參以己見，終隔一塵，欲如向之同堂商榷，娓娓不倦，不可得矣。余所爲與芷齋撫今追昔，同抱鴒原之痛於無窮也。爰勉綴詹言，誌余之幸，亦以誌余之感也夫！乾隆戊子上巳，兄宗橚。

（録自原刻本查初白十二種詩評）

## 初白菴詩評纂例 節録

張載華

初白先生博覽載籍，自漢、魏、六朝，迄唐、宋、元、明諸家詩集，尤爲融貫。每閲一編，必着評點，真所謂一字不肯放過也。海濱僻處，就數十年間所見，自靖節、李、杜以下諸家及瀛奎律髓，評本十有二種。雖詳略不同，品藻各當，勿揣檮昧，薈萃成編。俾學者玩味評語，窺見作者之用心，如晤言於千百載之上，當亦操觚家一珍珠船也。

評本流傳不一，亥豕亦多，甚有竄入他家緒論，斷非先生語氣者，疑悮後人非淺鮮也。卷中如靖節、青蓮、昌黎、香山、半山、紫陽、臯父、遺山、道園諸家及瀛奎律髓，俱係手迹。纂集之下，一字不敢擅易。或漶漫難辨，姑從闕疑。間有誤筆，附識於後，以質博雅。

……

國朝諸家杜詩評本，及查晚晴先生評閲韓詩，陸庠齋先生評閲宋詩鈔，可與先生評語發明者，依本詩次第附録，以資參悟。坊間通行評本，無庸採取。唯申凫盟先生説杜，邇來罕有流傳。仇氏詳註，亦非全載。今擇其精要者，仍附録之。如與原評了不相涉，雖有名論，概不攔入。間有參涉上下詩句，難以芟節者，識者諒諸。

律髓評點，係先生晚年家塾課本。學詩津逮，至捨筏登岸。此中三昧，盡在是矣。但傳録既多，脱訛殊甚。昔年曾從舅氏陳純齋先生處借得手批元本，校録一過，最爲完善，解人當自知之。

蒿廬夫子於先生各種評語，手之不釋。今追憶一二遺語，附識卷中。至管窺所及，或云「某識」，或云「某按」。自愧學業荒陋，未免貽笑通人。

……

（録自原刻本查初白十二種詩評）

## 初白菴詩評跋

張　柯

查太史初白先生爲當代詩宗，其學瀏覽博綜，無所不究。每閲古人詩集，多有評隲。余兄芷齋彙輯得若干種，爲參校而付之剞劂，用心可謂勤矣。竊唯詩家之有箋注，譬猶幽室夜行，而照之以列炬也。第謂畢讀，詩之能事則未盡然。蓋句梳字櫛，詳覈出處，窺作者之用心，探立言之本意，此則箋注之所及也。至於宗旨風格，正變盛衰，以及字裹行間，長短疎密，讀者每目眩而心疑焉。陸士衡云：「愜心者貴當。」又云：「立片言以居要，乃一篇之警策。」承學之士，手一編而不得其愜心警策之處，將何所取則焉？此則箋注之所未及也。嗟乎！幽室夜行，而既照之以列炬矣，乃若使之向衡嶽者由南轅，問燕、薊者循北轍，豈不更快然於心目間哉！然則詩之有評，其爲藝苑津梁詎淺顯歟！往時何義門先生有讀書記，上自論、孟，下及杜、韓等詩集，爲詞林推重。先生於經史，間有批閲。因非全本，概不登録。兹取詩評，勒成一書，俾作者之精神面目，展卷了然。其體例較讀書記更爲明晰。此余兄嘉惠後學之盛心，亦可謂敬業之功臣已。爰識數語以附名於卷末云。乾隆四十二年中元前三日，東谷弟柯書於吳興之菰城學署。

（録自原刻本查初白十二種詩評）

# 刊誤序

紀昀

文人無行，至方虚谷而極矣。周㚬窗之所記，不忍卒讀之。而所選瀛奎律髓，乃至今猶傳其書。非盡無可取，而騁其私意，率臆成篇。其選詩之大弊有三：一曰矯語古淡，一曰標題句眼，一曰好尚生新。夫古質無如漢氏，冲淡莫過陶公，然而抒寫性情，取裁風雅，朴而實綺，清而實腴，下逮王、孟、儲、韋，典型具在。虚谷乃以生硬爲高格，以枯槁爲老境，以鄙俚粗率爲雅音，名爲遵奉工部，而工部之精神面目迥相左也，是可以爲古淡乎？「朱華冒緑池」，始見子建。「悠然見南山」，亦曰淵明。響字之説，古人不廢。暨乎唐代，煅鍊彌工。然其興象之深微，寄託之高遠，則固别有在也。虚谷置其本原，而拈其末節，每篇標舉一聯，每句標舉一字，將舉天下之人而致力於是，所謂温柔敦厚之旨蔑如也；所謂文外曲致、思表纖旨亦茫如也。後人纖巧之學，非虚谷階之厲也耶？贊皇論文，謂譬如日月，終古常見而光景常新。人生境遇不同，寄託各異。心靈濬發，其變無窮。初不必刻鏤瑣事以爲巧，捃摭僻字以爲異也。虚谷以長江、武功一派標爲寫景之宗，一蟲一魚，一草一木，規規然摹其性情，寫其形狀，務求爲前人所未道，而按以作詩之意，則不必相涉也。騷、雅之本意果若是耶？是皆「江西」一派先入爲主，變本加厲，遂偏駁而不知返也。至其論詩之弊，一曰黨援：堅持「一祖三宗」之説，一字一句，莫敢異議。雖茶山之粗野，居仁之淺滑，誠齋之頹唐，宗派苟同，無不袒庇。而晚唐、「崑體」「江湖」「四靈」之屬，則吹索不遺餘力。是門户之見，非是非之公也。一曰攀附：元祐之正人，洛、閩之道學，不論其詩之工拙，一概引之以自重。本爲詩品，置而論人，是依附名譽之私，非别裁僞體之道也。一曰矯激：鐘鼎山林，各隨所遇，亦各行所安。巢、由之遁，不必定賢於皋、夔；沮、溺之耕，不必果高於洙、泗。論人且爾，況於論詩？乃詞涉富貴，則排斥立加；語類幽棲，則吹嘘備至。不問其人之賢否，併不計其語之真僞，是直詭託清高以自掩其穢行耳，又豈論詩之道耶？凡此數端，皆足以疑誤後生，瞀亂詩學，不可不亟加刊正。然其書行世有年，村塾既奉爲典型，莫敢訾議；而知詩法者，又往往不屑論之，謬種益蔓延而不已。惟海虞馮氏嘗有批本，曾於門人姚考功左垣家借閲。顧虚谷左袒「江西」，二馮又左袒晚唐，冰炭相激，負氣詬争，遂併其精確之論，無不深文以詆之。矯枉過正，亦未免轉惑後人。因於暇日，細爲點勘，别白是非，各於句下箋之，命曰：瀛奎律髓刊誤。雖一知半解，未必遽窺作者之本源。且卷帙浩繁，牴牾亦難自保。而平心以論，無所愛憎於其間。方氏之僻，馮氏之激，或庶乎其免耳。

乾隆辛卯十二月二十一日，觀弈道人紀昀記。

（録自嘉慶五年刊本瀛奎律髓刊誤）

## 刊誤跋

紀　昀

余少時閲書，好評點。每歲恒得數十册，往往爲門人子姪攜去，亦不復檢尋。此書乃乾隆辛卯之冬，自西域從軍歸，再入翰林時所閲，久失其稿。忽見李子約齋所録本，恍然如見故人，李子可謂好事矣。惜余鹿鹿少暇，不能重爲李子點勘一過也。

乾隆戊申八月初五日，昀又記。

（録自嘉慶五年刊本瀛奎律髓刊誤）

## 四庫全書總目提要

瀛奎律髓四十九卷，元方回撰。回有續古今考，已著録。是書兼選唐、宋二代之詩，分四十九類。所録皆五、七言近體，故名「律髓」；自序謂取「十八學士登瀛洲」、「五星聚奎」之義，故曰「瀛奎」。大旨排「西崑」而主「江西」，倡爲「一祖三宗」之説。

一祖者，杜甫；三宗者，黄庭堅、陳師道、陳與義也。其説以生硬爲健筆，以粗豪爲老境，以煉字爲句眼，頗不諧於中聲。其去取之間，如杜甫秋興惟選第四首之類，亦多不可解。然宋代諸集不盡傳於今者，頗賴以存。而當時遺聞舊事，亦往往多見於其注。故厲鶚作宋詩紀事，所採最多；其議論可取者，亦不一而足，故亦未能竟廢之。此書世有二本：一爲石門吴之振所刊，注作夾行，而旁有圈點，前載龍遵敍，述傳授源流至詳；一爲蘇州陳士泰所刊，删其圈點，遂併注中所圈是句中眼等句删去，又以龍遵原序屢言圈點，亦併删之以滅蹟，校讐舛駁，尤不勝乙，之振切譏之，殆未可謂之已甚焉。

（録自四庫全書總目卷一百八十八）

## 李跋

李光雲

乾隆丁未夏，余以編修分校文源閣四庫全書，約齋弟與編摩事，代校瀛奎律髓，簽改最多。時紀曉嵐師爲總裁，覆勘稱善，諭曾批點此書，及付示，反覆尋繹，覺於風雅一道，頗有所進。師序云：「細加點勘，别白是非，悉平心之論。」其實至公而至當也。弟手置一册，細爲抄録，赴丹陽簿時，出此册索書數語，爲志顛末，且志幸云。乾隆戊申秋日，劍溪光雲謹記。

（録自嘉慶五年刊本瀛奎律髓刊誤）

## 沈　跋

沈　巖

瀛奎律髓共六册，爲虞山二馮先生閲本。凡默庵評點用緑筆；鈍吟評點用硃筆。向未傳布，輾轉相借，校其間，脱訛舛謬，幾不可勝詰。今按此本最爲精審，且評語字蹟清勁可愛，宜樂潛主人藏之篋衍不異珍貝也。乾隆丙辰夏，沈巖謹識。

（録自沈巖評閲康熙五十二年刊本瀛奎律髓）

## 李　跋

李光垣

余長兄劍溪，分校官書，每令編摩。乾隆丁未夏校勘瀛奎律髓一部，是書原刻錯訛既多，而重見叠出與夫體例之不畫一者，又不勝數，簽改頗煩。呈正紀曉嵐師，因語以向有手定瀛奎律髓刊誤，與此次覆校簽改者，大略相同。時向師借讀，未即得也。既竣事，始出相示。蓋師於是書，自乾隆辛巳至辛卯評閱至六、七次，細爲批釋，詳加塗抹，使讀者得所指歸，不至疑悮，其諄諄啓發，豈淺鮮哉！余向侍師京邸，戊申夏選得曲阿簿，辭師，即以此書面呈，師以匆匆少暇，未及再爲覆勘，手筆數語簡端。緣簿書碌碌，存爲枕秘者十餘載。嘉慶己未劍溪兄出都辭師，過余嘉定丞署，述師以此書未刻爲念。回憶疇曩與編摩時，不能即付梨棗，稽遲至今，有負吾師嘉惠後學之盛心爲滋愧也。兹公諸同好，亦藝林盛事歟！

嘉慶庚申五月上弦，約齋李光垣謹記。

（録自嘉慶五年刊本瀛奎律髓刊誤）

## 刊誤例言 十一則

李光垣

一 瀛奎律髓原板久缺，惟吴瑞草先生黄葉村莊重校之本，其評注圜點悉照原本，今亦不可多得。予購之於舊藏書家，兹刻一依吴本，較坊間翻板自别，識者鑒諸。

一 刊誤者，予師紀曉嵐先生所批點也。紀師批語悉載於上，其有批釋甚多，則載於虚谷總批之後。

一　凡批出虚谷者，上加「原批」二字。出師手者，加「紀批」二字以别之。

一　凡虚谷圜點，俱刻于字旁内一行；凡出紀師圜點并塗抹者，悉刻于字旁外一行，庶閲者一目瞭然。

一　詩有虚谷加圜點而紀師加塗抹者，則圜點在字旁内一行，塗抹在外一行。又有虚谷無圜點而紀師加圜點者，則圜點在字旁外一行。餘可類推。

一　書中原舊序，及詩中虚谷原批，并分類序語，原刻皆無圜點。其有圜點并塗抹者，俱係紀師手筆。其有未經紀師圜點塗抹者，則不敢妄加，以仍其舊。

一　虚谷批語，有經紀師加勾者，仍於字旁加勾。

一　詩中有重見，并原刻某字而紀師改作某字者，閲上批自明。

一　詩每首頭一字有經紀師加單圜、雙圜、單尖、雙尖者，皆係取其全詩。凡圜、尖皆刻於外一行。

一　凡有衍字，并錯訛脱落，與體例不畫一，經垣校出者，皆下注某識。

一　公餘校勘，頗有未盡。嘉定程兄名攸熙，暨其姪名式鈞，藉爲校對，得以竣事。

（録自嘉慶五年刊本瀛奎律髓刊誤）

# 山本序

〔日〕山本信有

唐、宋之詩，兄弟也。然俗士輩往往帝唐奴宋，是惑於胡元時諂於當世者貶黜其勝國之私言，而不知辨詩道真僞所在。長喙三尺縱摇之，非此是彼；一是一非，皆已殉私。故徙晷更僕，不能一定。遂至壯語大聲，後止者得勝也，真詩嘗爲此所昧。方萬里雖元人，以其不昧心，知唐必難爲兄，宋亦難爲弟，不與時沈浮，併取唐、宋而精選其律詩，名曰瀛奎律髓，所謂「打破是非之私黄鐵槌」也。每詩着注解，明其意，迎其志。然非世間所常有説句説字之類，恰如郭象注莊子。謂詩注，注注注詩可也。試使此注孤行，則亦一部名詩話也。有之，則發是書光輝，固也；雖無之，則未妨其精選之美也。平安書肆植村氏洞見時運，託朝川善庵以校訂新鐫是書，巾箱其本，以便吟客易挾，省除其注，以從簡易，直取精選之美焉。方今詩家，眼孔豁大，皆能知宋詩得唐之真，不偏優劣唐、宋，則庶幾乎宋之真。爲先投脚於宋，然後可能遡唐之真。宇内明眼如斯，豈非時運乎！逐時者，良賈之事也。遠求序於余，乃書前言以充其求矣。

文化乙丑秋八月上亥日，北山山本信有撰。

（録自日本文化五年刊本瀛奎律髓）

# 朝川序

〔日〕朝川鼎

古之教人，必先以詩。夫導達性靈，吟詠情志，天地之造化，古今之興替，微而昆蟲，幽及鬼神，上之朝廷之政教，下之田野之風俗，無事無物而不具焉。故其感人也深，其誘人也甚易入，使之不知手舞足蹈者，莫詩爲近。孔子曰「興於詩」，蓋亦謂此也。三百篇以還，有離騷，有漢、魏，有六朝，有唐、宋，其推移與時上下，而不一其體。古也淳，今也緻；古有不盡之情，今無不寫之景。然則何必高古而卑今？是蓋其氣運使然，亦勢也。故曰：古之詩猶今之詩也。今之詩者，謂近體也。近體詩以唐爲始，其能學唐者以宋爲最，故後之學詩者必以唐、宋爲水藍，固也。余之教人，必先以作詩。其作詩之法，所謂二四異，二六同，挾聲拗字之類，不一而足。初學或難之，因使其誦唐、宋之詩，然未嘗句解字釋，但優游涵泳，使之自得也已。蓋其意謂詩可以至法，法不可以入詩也。而唐、宋詩人，各自有集。非就焉而考究，不得盡識其蘊，是在初學爲最難矣。若求其簡而備者，莫瀛奎律髓若也。瀛奎律髓四十九卷，詩凡二千九百四首，其止于律而不及古絶者，以所謂詩之精者爲律。則其精者既已通之，其它亦可推知也。今兹平安植村氏新刻是書，小其本，細其字，欲以便翻閱。債余校訂，三句卒業，遂題其由於卷端以還之云。

文化乙丑長至日，善庵居士朝川鼎題於龍閑橋之樂我小室。

（録自日本文化五年刊本瀛奎律髓）

## 孝孫跋

〔日〕孝孫有慶

吾東方遠，中國書籍罕到，學者病焉。歲甲午，僕謬承天恩，叨守完山，時監司李相克均囑余以瀛奎律髓曰：「此詩乃吾中朝所得，而鋟諸梓，上黨韓相公志也。」僕受而閱之，是乃瀛奎羣英諸作中採摘其艷且華者，分門類聚，誠詩律之精髓，而東方所創見也。即鳩工繡梓。未幾，李相承召，今監司芮相承錫繼志成之，閱數月而功訖。今李相嘗觀世之人，得一新書，必秘而私之，摘華摘艷，自以爲奇聞異見，夸耀於人。今李相公得此，而不爲私藏；上黨公見此，而欲廣其傳。其用心之公，固可書也。而爲國家贊揚詩教，嘉惠後學之意，尤不可泯也。不揆鄙拙。兹書顛末云。成化紀元十有一年，蒼龍乙未三月上澣，守府尹通政大夫南原尹孝孫有慶謹跋。

（録自日本文化五年刊本瀛奎律髓）

## 大窪跋

〔日〕大窪

近體詩以律名，其法度之嚴可知已。然徒守死套，而不知靈通變化者，無足道也。余因示子弟曰：「學詩當以瀛奎律髓爲法。夫律髓之爲書，所選詩格也，所注詩話也。格以嚴其法度，話以極其變化，取路之法，可謂備矣。」頃者平安植村氏所鏤斯書，請跋於予。予曰：「不亦善乎！斯書一出，而世之學詩者，見以爲法，取以爲進，果能得之髓，則其換骨而仙也必矣。宋陳無已曰：『學詩如學仙。』誠然。」

文化乙丑仲秋日，詩佛大窪行書。

（録自日本文化五年刊本瀛奎律髓）

## 韓跋

韓弼元

兩馮君論詩，專以六朝、初唐爲正宗，特詞人之見耳。雖視虛谷爲通，然未能中正平允。惟義門先生識卓語精，得孟子「以意逆志」及「知人論世」之旨，爲獨優矣。

咸豐己未九秋望後，翠巖退士韓弼元閲竟誌之。

（録自過録有韓弼元評語之康熙四十九年刊本瀛奎律髓）

## 謝　跋

文達論詩，不愧正宗。其於唐、宋諸家派别，亦皆持平。至「江西」流弊，言之尤洞澈。詳閲是書，則操持「一祖三宗」之説而流爲澀體者，文達早見及此矣。予嘗得二馮是書評本，不知何人傳録，其排駁虚谷，與文達大旨合，特措詞詼諧嗢噱，頗乖著述之體，然亦虚谷有以招之。合而觀之，而是書之底藴盡見矣。枚如校畢記。

謝章鋌

（録自謝章鋌評閲嘉慶五年刊本瀛奎律髓刊誤）

## 宋　跋

紫陽方虚谷先生選唐、宋二代近體詩，加以評隲，名曰瀛奎律髓。乾隆間詔求遺書，曾采入四庫，上邀宸賞。於是海内傳布，奉爲典型。河間紀文達公以其專主「江西」，流於偏駁，且舉其論詩三弊，曰黨援，曰攀附，曰矯激，皆足以疑誤後生；因爲之

宋瀛士

逐章批釋，別白是非，點勘加嚴，而持論至當。戛戛乎詩律之繩尺，後學之津梁也。是書先爲約齋李氏梓行，閲年既久，字多漫漶，余懼其久而就湮也，遂重付剞劂，以廣其傳。惟細字如蠅頭，而圈點復雙行並列，校讎數過，仍不免三豕之譌，古以校書如掃落葉，有矣哉！是在讀者會心耳。

光緒庚辰秋九月，山陰宋澤元瀛士甫敍。

（録自懺花盦叢書本瀛奎律髓刊誤）

## 律髓輯要後序

袁嘉穀

詩以理性情，任自然，恢人事之萬變，發天地之靈奇，其用不一，其體亦不一，僅執律以言詩，陋也。顧自六朝而入唐，人人求工，字字入律，風氣所趨，學者幾不自知其爲律。而詩界巨子，如盛唐、中唐諸公，凡律皆參以古意。宋之蘇、黄，亦能神明規矩，不爲律囿。僅執髓以言律，尤陋也。方氏虚谷瀛奎律髓之編，宜乎紀文達之糾正歟！惟是方氏之説誠失，而文達所評，亦尚有未盡得者。吾師許茚山先生，近古詩人之雄也。生平論詩，導源三百，兼採衆長，不囿一格。觀所著詩，及詩法萃編、詩譜詳説，可知崖略。又嘗選刻滇中佚詩，已刊者十七家，未刊行者尚一百七十餘家。蓋先生於詩，極一生之精力而爲之。掌教滇會，殷殷以詩法傳人。乃取方氏書、紀氏批而重訂之，成律髓輯要六卷，刊及半，遽歸道山。陳虚齋師哭以詩云：「先生去矣誰昌詩？」誠實録也。庚戌秋，余假歸省親，登先生之堂，徘徊惻愴，手檢遺篋，是編幸存，殆亦先生靈爽所爲式憑而阿護者。爰丐諸仁和學使伯膏前輩，託同門秦孝廉瑞堂補刊成帙。孫中翰少元適總圖書館事，樂爲推廣。不數月竣，郵書萬里，屬余一言。余惟中國詩教，以聲韻爲發言之音節，以對偶爲文章之光華，實於各國文字之外另闢一天。今將淪矣，得先生是編而昌之，庶幾古學不絶，國粹保存，豈僅關於方氏、紀氏書哉！爰述緣起，附之簡末，俾鄉之人知先生論詩，楷模所在，遠軼前人；且以見學使諸公網羅散失，提倡斯舉之盛心也。是爲序。宣統三年辛亥春三月，石屏袁嘉穀樹五譔於浙學署定香亭。

（録自雲南叢書本律髓輯要）

## 袁輯要跋

袁嘉穀

五塘師律髓輯要六卷之刻，余曾跋之，謂後學學詩，庶幾得所法式。九姪丕理復獲師續稿一卷，專録律髓中之可爲戒者，仍歸圖書館刻之。鄉有圉人，業畜牧，駿馬萬計，備極驅馳之用矣。及其蔽也，貪多務得，震于盛名，雜中駟、下駟於其中，不能明而察之，别而遠之，卒以敗羣。詩何獨不然，昧所蔽而法之，則所法者亦雜而惑矣。少陵詩聖也，夢得詩豪也，師猶一一摘其偶失以爲戒，餘可知已。豈曰於古人爲諍友哉！抑垂訓後學，不得不爾。卷中圈點，悉仍師手録之舊。始幼隣，終夢得，計二十餘首。惟觀幼隣之下注曰：「以下唐人詩。」知此卷之後，當更有宋人詩一卷，九姪尚其續訪之。九姪者，師之孫女壻也。乙卯五月望，袁嘉穀跋。

（録自雲南叢書本律髓輯要）

## 吴跋

吴闓生

方虚谷瀛奎律髓區分四十九類，網羅唐、宋詩人至數百家之多，可謂鉅觀。每詩附以評隲，於詩家派别言之綦詳，其著論亦有精語。惟分類過於纖碎，而鑒裁每多不審，如杜公秋興止取一章，尤其顯著者也。其他不甚著聞各家，亦涉濫收之弊。先大夫嘗爲點定録存千一二十六首，約不及原本之半，而精華盡於是矣。今遵先公評點重寫一過，原注之善者，間采附入，其門類亦小有併省，餘悉仍其舊。有志學詩，可以觀覽焉。

民國十一年六月闓生謹記

（録自桐城吴先生評選瀛奎律髓）

## 吴讀後

吴汝綸

近讀瀛奎律髓，知文字佳惡，全於骨氣辨之。作家必沉雄，其未至者率浮弱，因識曾文正所稱當者立碎之意。光緒己丑年。

（録自桐城吴先生評選瀛奎律髓）

# 附録二　文選顔鮑謝詩評

## 欽定四庫全書提要著録

臣等謹案：文選顔鮑謝詩評四卷，元方回撰。回有續古今考，已著録。是編取文選所録顔延之、鮑照、謝靈運、謝惠連、謝朓之詩，各爲論次。諸家書目，皆不著録，惟永樂大典載之。考集中顔延之三月三日侍游曲阿後湖作一首，評曰：「本不書此詩，書之以見夫雕繢滿眼之詩未可以望謝靈運也。」又北使洛一首，評曰：「所以書此詩者有二。」又謝靈運擬鄴中集八首，評曰：「規行矩步，甃砌妝點而成。無可圈點，故余評其詩，而不書其全篇。」案：此本八首皆書全篇，與此評不合。蓋不載本詩，則所評無可繫屬，故後人又爲補録也。則此集蓋回手書之册，後人得其墨蹟，録之成帙也。回所撰瀛奎律髓，持論頗偏。此集所評，如謝靈運詩多取其能作理語，又好標一字爲句眼，仍不出宋人窠臼。然其他則多中理解。又如謝靈運述祖德第二首，評曰：「文選注

『高揖七州外』，謂舜分天下爲十二州。時晉有七州，故云『七州』。余謂不然。此指謝玄所解徐、兗、青、司、冀、幽、并七州都督耳。謂晉有七州，而高揖其外，則不復居晉土耶？」謝瞻張子房詩，評曰：「東坡詆五臣誤注『三殤』，其實乃是李善。」顔延之秋胡詩，評曰：「秋胡之仕於陳，止是魯之鄰國，而云『王畿』，恐是延之一時寓言。雖以秋胡子爲題，亦泛言仕宦。善注乃引詩緯曰：『陳，王者所起也。』此意似頗未通。」亦間有所考訂。至於評謝靈運九日戲馬臺送孔令詩，謂「『鳴葭』當作『鳴笳』」，則未考晉書夏統傳。評鮑照行藥至城東橋詩，謂「『行藥』爲『乘輿還來看藥欄』之意」，則誤引杜詩。評謝朓郡内高齋閒坐答吕法曹詩，謂「或以爲『岫』本訓『穴』，以爲遠山亦無害」，則附會陶潛歸去來辭。小小舛漏，亦所不免，要不害其大體。統觀全集，究較瀛奎律髓爲勝，殆作於晚年，所見又進歟？

乾隆　　年　　月恭校上。

總纂官臣紀昀臣陸錫熊臣孫士毅

總　校　官　臣　陸費墀

# 文選顔鮑謝詩評卷一

元　方回撰

## 述德

述祖德詩二首　　謝靈運

達人貴自我，高情屬天雲。兼抱濟物性，而不纓垢氛。段生蕃魏國，展季救魯人。弦高犒晉師，仲連却秦軍。臨組乍不緤，對珪寧肯分？惠物辭所賞，勵志故絶人。苕苕歷千載，遥遥播清塵[一]。清塵竟誰嗣？明哲時經綸。委講綴道論，改服康世屯。屯難既云康，尊主隆斯民。

虚谷曰：靈運之意，似謂乃祖功大賞薄，立此高論。太元八年十一月，謝玄破苻堅，謝石爲大都督，玄爲前鋒都督，蓋裨帥也。劉牢之、謝琰，功亦亞玄。明年二月，桓冲卒，朝議欲以玄爲荆、江二州刺史。謝安自以父子名位大盛，又懼桓氏失職怨望，乃以桓石民爲荆州，桓石虔爲豫州，桓伊爲江州，而玄亦爲徐、兖二州刺史。晉之州刺史，如漢之州牧，而帶都督軍事，統十數郡，猶近世制置使、宣撫使，而權尤重，可以自殺郡守，入則爲相，位不輕也。靈運此詩，似是虚言。

中原昔喪亂，喪亂豈解已。崩騰永嘉末，逼迫太元始。河外無反正，江介有蹴圯。萬邦咸震懾，横流賴君子。拯溺由道情，龕暴資神理。秦趙欣來蘇，燕魏遲文軌。賢相謝世運，遠圖因事止。高揖七州外，拂衣五湖裏。隨山疏濬潭，傍巖藝枌梓。遺情捨塵物，貞觀丘壑美。

虚谷曰：太元九年八月，謝太保安，奏請乘苻氏傾敗，開拓中原。以徐、兖二州刺史謝玄爲前鋒都督，率豫州刺史桓石虔等伐秦。玄至下邳，秦徐州刺史趙遷棄彭城走，玄進據彭城。九月，彭城内史劉牢之進據鄄城「鄄」，玉緣切。濮陽郡之邑，屬兖州。河南城堡，皆來歸附〔二〕。太保安自求北征，加都督揚、江等十五州諸軍事。玄遣晉陵太守滕恬之渡江，據黎陽。朝廷以兖、青、司、豫既平，加玄都督徐、兖、青、司、冀、幽、并七州諸軍事。十二月，劉牢之據碻磝、滑臺，苻丕請救。玄遣牢之以兵二萬救鄴，饋米二千斛〔三〕。十年四月，牢之爲慕容垂所敗，自鄴徵還。會稽王道子好專權，與太保安有隙。安出鎮廣陵避之，築新城〔四〕。八月，以疾還建康卒。道子以司徒瑯琊王領揚州刺史、録尚書都督中外諸軍事。尚書令謝石爲衛將軍。十一年三月，黎陽翟遼、太山張願叛，玄還淮陰。十二年正月，以朱序爲青、兖二州刺史，代玄鎮彭城。序求鎮淮陰，以玄爲會稽内史。十三年正月，康樂獻武公〔五〕謝玄卒。十二月，南康襄公謝石卒。靈運第二詩蓋專賦此事本末。「賢相謝世運」，謂安之殁也。「遠圖因事止」，謂瑯琊王道子與安不協也。然亦孝武以昏主嗜酒色，無遠略，委事道子，此所以當中原潰亂可乘之機，以謝安爲相，玄、石、牢之爲將，而無所成也。靈運詩但稱乃祖高蹈之節，恐非康公本心也。文選注「高揖七州外」謂：舜分天下爲十二州，時晉有七，故云「七州」。予獨謂不然，指康樂所解徐、兗、青、司、冀、幽、并七州都督耳。謂晉有七州，而高揖於其外，則不復居晉之土耶？非也。道子解玄七州都督，而爲會稽内史，釋柄於内郡，自是左遷。然玄亦嘗疾篤，詔還京口，玄不以爲怨。而靈運微有怨辭，蓋以己之不得朝柄爲望耳。

## 公讌

九日從宋公戲馬臺集送孔令詩一首　謝宣遠

風至授寒服，霜降休百工。繁林收陽彩，密苑〔六〕解華叢。巢幕無留鷰，遵渚有來鴻。輕霞冠秋日，迅商薄清穹〔七〕。聖心眷嘉節，揚鑾戾行宫。四筵霑芳醴，中堂起絲桐。扶光迫西汜，歡餘讌有窮。逝矣將歸客，養素克有終。臨流怨莫從，歡心嘆飛蓬。

虚谷曰：宋國建，無晉君矣，故二謝詩皆有「聖心」之語。易曰：「謙亨，君子有終。」「養素〔八〕」之句用此，佳。

## 九日從宋公戲馬臺集送孔令詩一首　謝靈運

季秋邊朔苦，旅雁違霜雪。淒淒陽卉腓，皎皎寒潭潔。良辰感聖心，雲旗興暮節。鳴葭戾朱宮，蘭卮獻時哲。餞宴光有孚，和樂隆所缺。在宥天下理，吹萬羣方悦。歸客遂海嵎，脱冠謝朝列。弭棹薄枉道，指景待樂闋。河流有急瀾，浮驂無緩轍。豈伊川途念，宿心愧將别〔九〕。彼美丘園道，喟焉傷薄劣。

虚谷曰：當時賦詩，推謝瞻宣遠詩爲冠，所謂「巢幕無留燕，遵渚有來鴻」者也。宣遠詩有云：「聖心眷嘉節。」靈運詩亦云：「良辰感聖心。」宋臺既建，坐受九錫，則裕爲君而晉安帝已非君矣，故二謝皆以「聖」稱宋公。然猶立恭帝，改元元熙，至二年六月而後禪。使裕脱有王敦、桓温之死，以「聖心」爲詩者能無患乎？易曰：「有孚飲酒無咎。」詩序曰：「鹿鳴廢則和樂缺矣。」此詩云「餞宴光有孚，和樂隆所缺」，善用事，又善用韻，建安詩則不如此之細而必偶也。「在宥」、「吹萬」用莊子語。明己尊宋公爲聖人造化，以其許孔靖之歸，得寬宥天下，生養萬物之意。文選注：「『腓』，音肥。詩『百卉具腓』。毛萇曰：『痱，病也。今本作腓字，非。』韓詩薛君曰：『腓，變也，俱變而黄也。』」「鳴葭」當作「鳴笳」。孔靖，南史有傳，會稽山陰人。據傳，靖晝卧，有神人謂曰：「起，天子在門。」出見乃劉裕，靖因結交，以身爲託。蓋裕之私人。若他人也，豈敢於宋臺初建而辭尚書令乎？此不足爲高。

王撫軍庾西陽集別時爲豫章太守庾被徵還東一首　謝宣遠

祇召旋北京，守官反南服。方舟新舊知，對筵曠明牧〔一〇〕。舉觴矜飲餞，指途念出宿。來晨無定端，别晷有成速。頹陽照通津，夕陰曖平陸〔一一〕。榜人理行艫，輶軒命歸僕。分手東城闉，發棹西江隩。離會雖相親，逝川豈往復。誰謂情可書，盡言非尺牘！

虚谷曰：此詩無甚佳處。江左自上流趨建康則云「北京」，蓋江流大抵北向也。江自南趨北，而曰江南、江北，言大勢也，其實北向而江分東西岸焉。今鄂州西門對漢陽軍，江州西門出琵琶亭，而出東門皆不見江，故知江不東向而北向，故江之上水船必用北風也。瞻避弟晦權盛，求守豫章卒。元嘉三年，晦以荆州刺史見討被誅，謝曜、謝遯及晦兄弟之子並死。一人可以禍一家，雖宣遠之出，無救於後來如此。

鄰里相送方山詩一首　謝靈運

祇役出皇邑，相期憩甌越。解纜及流潮，懷舊不能發。析析就衰林，皎皎明秋月。含情易爲盈，遇物難可歇。積疴謝生慮，寡欲罕所闕。資此永幽棲，豈伊年歲别。各勉日新志，音塵慰寂蔑。

虚谷曰：「懷舊不能發」，謂義真、延之、慧琳也。晉以來士大夫，喜讀易、老、莊，而不知謙益止足之義。率多懷才負氣，求逞於澆漓衰亂之世。簨潁枕漱，設爲虚談。義真之昵靈運，雖未必果有用爲宰相之言，史或難信。然靈運之爲人，非静退者，徐羡之、傅亮排黜，蓋其自取。「懷舊不能發」，有不樂爲郡之意。「資此永幽棲」，亦一時憤激之語耳。羡之等廢少帝，殺義真，自貽灰滅。義真之死，亦自不悔斂。靈運又終身不自悔艾，其敗也，詩意亦可覘云。

新亭渚别范零陵一首　謝玄暉

洞庭張樂地，瀟湘帝子遊。雲去蒼梧野，水還江漢流。停驂我悵望，輟棹子夷猶〔二〕。廣平聽方藉，茂陵將見求。心事俱已矣，江上徒離憂。

虚谷曰：自「洞庭張樂地」以下六句言湖、湘間諸郡，范去而已思之也。「廣平聽方藉」，謂范也。「茂陵將見求〔三〕」，謂己也。王隱晉書：「鄭袤，字林叔，爲中郎散騎常侍。會廣平太守闕，宣帝謂袤曰：『賢叔大匠渾垂稱於平陽，魏郡蒙惠化。且盧子家、王子邕繼踵此郡。欲世使不乏賢，故復相屈在郡。』」袤父泰，字公業，所謂鄭公業爲不亡，泰始中終辭司空者。此廣平事比汲黯淮陽事，而世人罕用。司馬相如病免家居茂陵，故眺以自謂，蓋言范之聲譽方藉甚，已則當求諸閑退之地也。「心事俱已矣」，必自有説。不傳之秘，非所形容。味「雲去蒼梧野」之句，暗用舜殂落事，得非以齊主爲喻乎？

# 詠史

張子房詩　謝宣遠

王風哀以思，周道蕩無章。卜洛易隆替，興亂罔不亡。力政吞九鼎，苛慝暴三殤。息肩〔四〕纏民思，靈鑒集朱光。伊人感代工，聿來扶興王。婉婉幕中畫，輝輝天業昌。鴻門消薄蝕，垓下殞欃槍。爵仇建蕭宰，定都護儲皇。肇允契幽叟，翻飛指帝鄉。惠心奮千祀，清埃播無疆。神武睦三正，裁成被八荒。明兩燭河陰，慶霄薄汾陽。鑾旍〔五〕歷頹寢，飾像薦嘉嘗。聖心豈徒甄，惟德在無忘。逝者如可作，揆予慕周行。濟濟屬車士，粲粲翰墨場。瞽夫違盛觀，竦踊企一方。四達雖平直，蹇步愧無良。滄和忘微遠，延首詠太康。

虚谷曰：劉裕義熙十三年，舟師至項城，遊張良廟，僚佐賦詩，瞻爲冠。第一韻「王風哀以思，周道蕩無章」，以言周之衰。第三韻「力政吞九鼎，苛慝暴三殤」，以言秦之暴。東坡詆五臣誤注「三殤」，其實乃是李善。第五韻至第十韻敍美子房，「婉婉幕中畫」一句，世多用之。「鴻門銷薄蝕，垓下殞欃槍。爵仇建蕭宰，定都護儲皇。肇允契幽叟，翻飛指帝鄉。」皆佳。「肇允」、「翻飛」，瞻詩兩用此語。第十一韻至第十四韻，歸美劉裕。首曰「神武睦三正」，又曰「明兩燭河陰，慶霄薄汾陽」。「河陰」「汾陽」，堯、舜所居，諛裕至矣。又曰「聖心豈徒甄」，不待明年九日集於戲馬而稱「聖」也，裕之奪晉而自君也久矣。後五韻惟「四達雖平直，蹇步愧無良」佳，他平平。

## 秋胡詩一首

顔延年

椅梧傾高鳳，寒谷待鳴律。影響豈不懷，自遠每相匹。婉彼〔一六〕幽閑女，作嬪君子室。峻節貫秋霜，明豔侔朝日。嘉運既我從，欣願自此畢。燕居未及好，良人顧有違。脱巾千里外，結綬登王畿。戒徒在昧旦，左右來相依。驅車出郊郭，行路正威遲。存爲久離别，没爲長不歸。嗟余怨行役，三陟窮晨暮。嚴駕越風寒，解鞍犯霜露。原隰多悲涼，迴飈卷高樹。離獸起荒蹊，驚鳥縱横去。悲哉遊宦子，勞此山川路。超遥行人遠，宛轉年運徂。良時爲此别，日月方向除。孰知寒暑積，僶俛見榮枯。歲暮臨空房，涼風起座隅。寢興日已寒，白露生庭蕪。勤役從歸願，反路遵山河。昔辭秋未素，今也歲載華。蠶月觀時暇，桑野多經過。佳人從所務〔一七〕，窈窕援高柯。傾城誰不顧，弭節停中阿。年往誠思勞，事遠闊音形。雖爲五載别，相與昧平生。捨車遵往路，鳧藻馳目成。南金豈不重，聊自意所輕。義心多苦調，密此金玉聲。高節難久掩，竭來〔一八〕空復辭。遲遲前途盡，依依造門基。上堂拜嘉慶，入室問何之。日暮行采歸〔一九〕，物色桑榆時。美人望昏至，慙歎前相持。有懷誰能已，聊用申苦艱〔二〇〕。離居殊年載，一別阻河關。春來無時豫，秋至恒早寒。明發動愁心，閨中起長歎。慘悽歲方晏，日落遊子顔。高張生絶絃，聲急由調起。自昔枉光塵，結言固終始。如何久爲別，百行諐諸己。君子失明義，誰與偕没齒。愧彼行露詩，甘之長川汜。

虚谷曰：此詩九章，章十句，頗傷於多。陶淵明賦桃源、三良、荆軻，何其簡而明也？然此亦善鋪敘。「存爲久離别，没爲長不歸」，犯蘇子卿語，却用得好。「三陟窮晨暮」，謂「陟彼高崗」、「陟彼崔嵬」、「陟彼砠矣」，「三陟」字頗巧。「原隰多悲涼」以下四句，「歲暮臨空房」以下四句，頗有建安風味。他所點者，皆可雋永。詩長篇爲難，九折更端則不難矣。此詩及五君詠〔二一〕，顔詩之最也。李善文選注，東坡之所深許。無一事不見本根，無一字不見來歷，皆博極羣書，間亦有隨文釋義者。且如此詩「脱巾千里外，結綬登王畿」，注云：「巾，處士所服。綬，仕者所佩。今欲宦於陳，故脱巾而結綬也。」能盡「巾」、「綬」之義乃佳。又引東觀漢記「江革養母幅巾」及漢書「蕭、朱結綬」事，可謂詳細。然秋胡之仕於陳，止是魯之鄰國，而云「王畿」，恐顔延之一時寓言，雖以秋胡子爲題，亦汎言仕宦之意。其注乃引詩緯：「陳，王者所起也。」此意似頗未通。「戒徒在昧旦」，注引易歸藏「君子戒車，小人戒徒」。李善時尚有易歸藏也。「自昔枉光塵，結言固終始」，下五字〔二二〕亦作尋常看，觀注乃知用公羊語「結言而退」，又楚辭「解佩纕以結言」，周易「歸妹人之終始」。前賢遺語，不妄如此。「高張生絶絃，聲急由調起」，注上句「喻立節〔三〕期於效命」，下句「喻與於恨深」，余謂此意謂有所激者出於不平耳。

五君詠　顏延年

阮步兵

阮公雖淪跡，識密鑒亦洞。沈醉似埋照，寓辭類託諷。長嘯若懷人，越禮自驚衆。物故不可論，途窮能無慟。

嵇中散

中散不偶世，本自餐霞人。形解驗默仙，吐論知凝神。立俗迕流議，尋山洽隱淪。鸞翮有時鎩，龍性誰能馴？

劉參軍

劉伶善閉關，懷情滅聞見。鼓鐘不足歡，榮色豈能眩。韜精日沈飲，誰知非荒宴。頌酒雖短章，深衷自此見。

阮始平

仲容青雲器，實稟生民秀。達音何用深，識微在金奏。郭奕已心醉，山公非虛覯。屢薦不入官，一麾乃出守。

向常侍

向秀甘淡薄，深心託豪素。探道好淵玄，觀書鄙章句。交呂既鴻軒，攀嵇亦鳳舉。流連河裏遊，惻愴山陽賦。

虛谷曰：沈約宋書：顔延之領步兵，好酒疎誕。劉湛言於廬陵王義康，出爲永嘉太守。延之作五君詠以述竹林七賢，山濤、王戎以貴顯被黜。詠嵇康曰：「鸞翮有時鎩，龍性誰能馴〔二四〕。」詠阮籍曰：「物故不可論，途窮能無慟。」詠阮咸曰：「屢薦不入官，一麾乃出守。」詠劉伶曰：「韜精日沈飲，誰知非荒宴。」此四句蓋自序也。

詠史詩一首　　　鮑明遠

五都矜財雄，三川養聲利。百金不市死，明經有高位。京城十二衢，飛甍各鱗次。仕子彯華纓，遊客竦輕轡。明星晨未稀〔二五〕，軒蓋已雲至。賓御紛颯沓，鞍馬光照地。寒暑在一時，繁華及春媚。君平獨寂寞，身世兩相棄。

虛谷曰：此詩八韻，以七韻言繁盛之如彼，以一韻言寂寞之如此。左太冲詠史第四首亦八韻，前四韻言京城之豪侈，後四韻言子雲之貧樂，蓋一意也。明遠多爲不得志之辭，憫夫寒士下僚之不達，而惡夫逐物奔利者之苟賤無恥，每篇必致意於斯。唐以來詩人多有此體，李白、陳子昂集中可考。而近代劉屏山爲五言古詩，亦出於此，參以建安體法。「五都」，王莽立均官，雒陽、邯鄲、臨淄、宛、成都也。「三川」，周京河、洛、伊也。言都會處千金之子，不死於市，陶朱公語。「明經取青紫」，夏侯勝語。此四句起柱也。入「京城十二衢」，則專言長安矣。「君平獨寂寞，身世兩相棄」，明遠以自歎也。文選謂「身棄世而不仕，世棄身而不任」，此語至佳。

# 游覽

遊西池一首　謝叔源

悟彼蟋蟀唱，信此勞者歌。有來豈不疾，良游長蹉跎。逍遥越城肆，願言屢經過。迴阡被城闕〔二六〕，高臺眺飛霞。惠風蕩繁囿，白雲屯曾阿。景昊鳴禽集，水木湛清華。褰裳順蘭沚〔二七〕，徙倚引芳柯。美人愆歲月，遲暮獨如何。無爲牽所思，南榮戒其多。

虚谷曰：起句十字亦佳。毛詩：「蟋蟀在堂，歲亦云莫。今我不樂，日月其除。」此所謂「悟」。韓詩：「伐木，勞者歌其事。」此所謂「信」也。「有來」，謂將來之年也。選注引陸雲歲暮賦云：「年有來而棄予。」此西池之遊，所以惟恐其失之也。「高臺眺飛霞〔二八〕」、「水木湛清華」，兩句俱佳。「美人愆歲月」，所思也。庚桑楚謂南榮趎：「無使汝思慮營營。」引此以言，且陵行樂，不必牽於思而過甚也。意是而語頗拙耳。

泛湖歸出樓中翫月一首　謝惠連

日落泛澄瀛，星羅游輕橈。憩榭面曲汜，臨流對迴潮。輟策共駢筵，竝坐相招要。哀鴻鳴沙渚，悲猨響山椒。亭亭映江月，瀏瀏出谷飈。斐斐氣冪岫，泫泫露盈條。近矚袪幽蘊，遠視盪諠囂。悟言〔二九〕不知罷，從夕至清朝。

虛谷曰：王逸注楚詞：「『倚沼畦瀛兮遥望博。』楚人名池澤中爲『瀛』。」爾雅：「江決出復入爲汜。」毛詩注：「『可與晤言。』晤，對也。」此「悟」字與晤同。惠連少年工詩文，此篇十六句之内十二句對偶新的，綺靡細潤。然言景不可以無情，必有「近矚窺幽蘊，遠視盪諠囂」及末句，乃成好詩。若靈運則又情多於景，而爲謝氏詩之冠。散氣勝偶句，敍情勝述景。能如是者，建安可近矣。

從游京口北固應詔一首　謝靈運

玉璽戒誠信，黄屋示崇高。事爲名教用，道以神理超。昔聞汾水遊，今見塵外鑣。嗚笳發春渚，稅鑾登山椒。張組眺倒景，列筵矚歸潮。遠巖映蘭薄，白日麗江皋。原隰荑緑柳，墟囿散紅桃。皇心美陽澤，萬象咸光昭〔三〇〕。顧已枉維縶，撫志慚場苗。工拙各所宜，終以反林巢。曾是縈舊想，覽物奏長謡。

虚谷曰：水經注：「京口，丹徒之西鄉，西北有別嶺入江，三面臨水，高十數丈，號曰北固。」今鎮江府猶有北固樓，詩家絶景。靈運出爲永嘉太守，滿歲謝病去職。元嘉三年，既誅徐羨之、傅亮、謝晦，徵靈運爲秘書監，顔延之爲中書侍郎。四年，文帝如丹徒，謁京陵。靈運以其秘書監從，故有應詔之作。靈運若曰：玉以爲璽，所以戒誠信。黄以爲屋，所以示崇高。聖人非以此爲富且貴也，此二事爲名教之用耳。推言之，則玉帛鐘鼓，禮樂之事也。有道焉，以神理超乎形迹之外，則聖人所以制天下者也。用此四句爲柱，引入黄帝藐姑射、汾水之遊以譬北固之讌，有莊、老放逸意，何不用虞巡守、夏游豫事耶？自「昔聞汾水游」以至「墟囿散紅桃」，皆不過敍事述景。如「白日麗江皋」，佳句也。老杜之「遲日江山麗」出於此。「原隰〔三一〕荑緑柳」一聯，艷而過於工，建安詩豈有是哉？「皇心美陽澤」以下八句，言主上過於春陽之澤物，而已之拙不克工，慚於場駒之維縶，終願聞退，方見議論。然作應詔詩，自來難作，如此已爲佳也。「倒景」有兩説：神仙家以日月皆在其下，謂之凌倒景；今以山臨水而影倒，謂之眺倒景，孫綽天台山賦：「或倒景於重溟。」

## 晚出西射堂一首　謝靈運

步出西掖門，遥望城西岑。連障叠巘崿，青翠杳深沈。曉霜楓葉丹〔三二〕，夕曛嵐氣陰。節往感不淺〔三三〕，感來念已深。羈雌戀舊侶，迷鳥懷故林。含情尚勞愛，如何離賞心。撫鏡華緇鬢，攬帶緩促衿。安排徒空言，幽獨賴鳴琴。

虚谷曰：文選注：「永嘉郡射堂。」予謂自西射堂出西城門也。起句十字蓋古體。「曉霜楓葉丹〔三四〕」與「池塘生春草」皆名佳句，以其自然也。「節往感不淺，感來念已深」，靈運多有此句法。感物而必及於情，人理之常也。不樂爲郡，而懷賞心之人，至於撫鏡攬帶，恨夫鬢之老、衣之寬，則何其戚戚之甚邪？「安排」，莊子語。郭象注謂「安於推移」，此則謂安於世運之推移，徒有空言，不如寄於琴書，足以寫幽獨之無聊也。意深遠而心惻愴，豈真恬於道者哉！

## 登池上樓一首　謝靈運

潛虬媚幽姿，飛鴻響遠音。薄霄愧雲浮，棲川怍淵沈。進德智所拙〔三五〕，退耕力不任。徇禄反窮海，卧痾對空林。傾耳聆波瀾，舉目眺嶇嶔。初景〔三六〕革緒風，新陽改故陰。池塘生春草，園柳變鳴禽。祁祁傷豳歌，萋萋感楚吟。索居易永久，離羣難處心。持操豈獨古，無悶徵在今。

虚谷曰：池上樓，永嘉郡樓。此詩句句佳，鏗鏘瀏亮，合是靈運第一等詩。「潛虬」、「飛鴻」，深潛、飛虚，設二喻而謂己不能雲浮川沈，有所媿怍。此詩體之變也。「進德智所拙，退耕力不任」，詩不可無此等語。又以四句紀事言情，文以四句賦早春時物，不特「池塘生春草」爲佳句，「園柳變鳴禽」及「初景革緒風」、「新陽改故陰」亦佳句也。謂春之初日，革冬之餘風。春爲陽，冬爲陰，亦謂以春改冬也。傷豳歌之祁祁，感楚吟之萋萋，欲歸而從田也。索居離羣，又所以極言夫所思之人也。惟「無悶徵在今」一句有病。養真之廢，固徐、傅之無上。靈運之出，猶得守郡。本亦自取，以爲遯世無悶，則欺心矣。史：靈運於永嘉西堂思詩，竟日不就。忽夢見惠連，即得「池塘生春草」，大以爲工。常云此語有神助，非吾語也。按：此句之工，不以字眼，不以句律，亦無甚深意奥旨。如古詩及建安諸子，「明月照高樓」、「高臺多悲風」及靈運之「曉霜楓葉丹」，皆天然渾成，學者當以是求之。

遊南亭詩一首　謝靈運

時竟夕澄霽，雲歸日西馳。密林含餘清，遠峯隱半規。久痗昏墊苦，旅館眺郊歧。澤蘭漸被徑，芙蓉始發池。未厭青春好，已覩朱明移。慼慼感物歎，星星白髮垂。藥餌情所止，衰疾忽在斯〔三七〕。逝將候秋水，息景偃舊崖。我志誰與亮，賞心惟良知。

虚谷曰：永嘉郡南亭也。按靈運詩，永初三年七月十六日之郡，在郡凡一年。鄰里相送方山詩曰：「皎皎明秋月。」此赴郡之始，在少帝即位未改元之前也。西射堂詩曰：「曉霜楓葉丹。」則在郡見冬矣。池上樓詩曰：「池塘生春草。」則在郡見春矣。此乃夏雨喜霽之作，思欲見秋而歸也。其歸當在景平元年秋。景平二年五月少帝廢，八月文帝即位，改爲元嘉元年。所謂「賞心惟良知」，必指從弟惠連及何敬瑜、羊璿之之流耳。三年始徵爲秘書監。

## 遊赤石進帆海一首

謝靈運

首夏猶清和，芳草亦未歇。水宿淹晨暮，陰霞屢興没。周覽倦瀛壖，況乃〔三八〕凌窮髮。川后時安流，天吴静不發。揚帆采石華，挂席拾海月。溟漲無端倪，虚舟有超越。仲連輕齊組，子牟眷魏闕。矜名道不足，適己物可忽。請附任公言，終然謝天伐。

虚谷曰：「首夏猶清和」，至今以爲名言。「瀛壖」，海之邊岸也。南極海中有窮髮之人。天吴，水伯也。其獸八首、八足、八尾，背黄青。「石華」、「海月」，皆海中可食之物。「揚帆」、「挂席」，古詩未尚大巧，故不嫌異辭而同義，猶前詩用「媿」對「怍」也。「仲連輕齊組，子牟眷魏闕。」文選注謂：仲連〔三九〕輕齊組而至海上，明海上可悦。既悦海上，恐有輕朝廷之譏，故云「子牟眷魏闕」。予謂靈運竟不然，其意乃是雙舉仲連、子牟，一是而一非之。矜名者道不足，名固不可矜也。適己者物可忽，「忽」字未安：以富貴爲物，而忽之可也；以物爲人物之物，但知適己而忽物，則不可也。適己之説，史記謂莊子也。晉、宋間人老、莊子學終有偏處。靈運之病，正在於恣己自適，輕忽人物耳。「任公言」，亦出莊子，謂孔子圍於陳，太公任往吊之曰：「直木先伐，甘泉先竭。子其意者飾智以驚愚〔四〇〕，修身以明汚，昭昭若揭日月而行，故不免也。」此寓言不足憑。靈運所以不能謝天伐者，豈非於聖人之學有所不足哉！

石壁精舍還湖中作一首　謝靈運

昏旦變氣候，山水含清暉。清暉能娱人，遊子憺忘歸。出谷日尚早，入舟陽已微。林壑斂暝色，雲霞收夕霏。芰荷迭映蔚，蒲稗相因依。披拂趨南逕，愉悦偃東扉。慮澹物自輕，意愜理無違。寄言攝生客，試用此道推。

虚谷曰：靈運所以可觀者，不在於言景，而在於言情。「慮澹物自輕，意愜理無違。」如此用工，同時諸人皆不能逮也。至其所言之景，如「山水含清暉」、「林壑斂暝色」，及他日「天高秋月明」、「春晚緑野秀」，於細密之中時出自然，不皆出於織組。顔延年、鮑明遠、沈休文雖各有所長，不到此地。如石壁地名之類，自可看文選注。

## 登石門最高頂一首

謝靈運

晨策尋絶壁，夕息在山棲。疏峯抗高館，對嶺臨迴溪。長林羅户穴，積石擁基階〔四一〕。連巖覺路塞，密竹使徑迷。來人忘新術，去子惑故蹊。活活夕流駛〔四二〕，噭噭夜猨啼。沈冥豈别理，守道自不攜。心契九秋幹，目玩三春荑。居常以待終，處順故安排。惜無同懷客，共登青雲梯。

虚谷曰：此詩「密竹使逕迷」，已似唐詩。新序榮啓期曰：「貧者士之常，死者人之終。居常待終，何憂哉！」靈運用此全語，曰「居常以待終」，恐靈運非貧者也。莊子：「老聃死，秦失弔之，曰：『適來，夫子時也；適去，夫子順也。』」「安排」已見前注。排者，推也。能處順，故安於造物之推移也。然靈運又豈能處順者哉？「惜無同懷客，共登青雲梯。」靈運每有賞心之嘆，即義真所謂未能忘言於悟賞者。然則賞一也，有獨賞，有共賞，靈運思夫共賞者，而不可得，則以獨賞爲憾。此尾句之意也，亦篇篇致意〔四三〕於斯。「心契」、「目玩」一聯，謂内其實而外其華，先之以沈冥守道之説。自處高矣，焉得不爲俗人所忌？

## 於南山往北山經湖中瞻眺一首

謝靈運

朝旦發陽崖，景落憩陰峯。舍舟眺迴渚，停策倚茂松。側逕既窈窕，環洲亦玲瓏。俛視喬木杪，仰聆大壑灇。石横水分流，林密蹊絶蹤。解作〔四四〕竟何感，升長皆丰容〔四五〕。初篁苞緑籜，新蒲含紫茸。海鷗戲春岸，天鷄弄和風。撫化心無厭，覽物眷彌重。不惜去人遠，但恨莫與同。孤遊非情歎〔四六〕，賞廢理誰通！

虚谷曰：此詩述事寫景。自「天鷄弄和風」以上十六句，有入佳句，可膾炙。然非用「撫化」、「覽物」一聯以繳之，則無議論、無歸宿矣，此靈運詩高妙處。「不惜去人遠」，謂古人也。「不惜」者，深惜之也。以獨遊山中，今人無可與同者也。「孤遊非情歎，賞廢理誰通。」謂己之獨遊於此，不以真情形之歎詠，則賞心之事之人既廢，此理誰與通乎？意極哀惋。柳子厚永州諸詩多近此。陽崖謂南山，陰峯謂北山，解作謂雷雨，升長謂草木，用兩卦名爲偶，建安詩無是也。

### 從斤竹澗越嶺溪行一首　謝靈運

猿鳴誠知曙，谷幽光未顯。巖下雲方合，花上露猶泫。逶迤傍隈隩，迢遞陟陘峴。過澗既厲急，登棧亦陵緬。川渚屢逕復，乘流翫迴轉。蘋萍泛沈深，菰蒲冒清淺。企石挹飛泉，攀林摘葉卷。想見山阿人，薜蘿若在眼。握蘭勤徒結，折麻心莫展。情用賞爲美，事昧竟誰辨。觀此遺物慮，一悟得所遣。

虚谷曰：七韻言游山之事，四韻言情，借楚詞山鬼「薜蘿」語以懷所思之人。「握蘭」、「折麻」，將以遺之。心徒勤而不展也。「情用賞爲美」，謂遊山之情已獨賞矣，而無知我心共賞之者，則何美之有？如此，則其事幽昧而無分別者。一説謂吾之真情以賞，知此山爲美。事不明，顧不暇憂其不察也。以此觀之，物慮可通，而是非可遣矣。然則伐木開逕，以致王誘之疑、孟顗之奏，此詩殆先兆也。「隩」，於到、於六兩切，即隈也，江東人謂之浦。「經」，胡逕切，連山中斷曰陘，嶺小高曰峴，賢典切。「折踈麻兮瑶華，將以遺兮離居。」踈麻，神麻也。

## 應詔觀北湖田收一首

顔延年

周御窮轍跡，夏載歷山川。蓄軫豈明懋，善遊皆聖仙。帝暉膺順動，清蹕巡廣廛。樓觀眺豐穎〔四七〕，金駕映松山。飛奔互流綴，緹彀代迴環。神行埒浮景，争光溢中天。開冬眷徂物，殘悴盈化先。陽陸團精氣，陰谷曳寒煙。攢素既森藹，積翠亦葱仟。息饗報嘉歲，通急戒無年。温渥浹輿隸，和惠屬後筵。觀風久有作，陳詩愧未妍。疲弱謝凌遽，取累非纆牽。

虚谷曰：此詩十三韻，無可取。文選注：「丹陽郡圖經曰：『樂游苑，晉時藥園，元嘉中築堤壅水，名曰北湖。』集曰：元嘉十年也。」予謂李善時有丹陽郡圖經，有顔延之集，今皆無之矣。詩第二韻曰：「蓄軫豈明懋，善遊皆聖仙。」注云：「蓄軫不行，豈是欽明懋德之后？善遊天下，皆是睿聖神仙之君。」能通詩意，而理則無是也。前一韻曰：「周御窮轍迹，夏載歷山川。」言周穆王、夏禹，此乃復注曰：「聖謂夏禹，仙謂周穆。」亦巧。

車駕幸京口侍遊蒜山作一首　顔延年

元天高北列，日觀臨東溟。入河起陽峡，踐華因削成。巖險去漢宇〔四八〕，衿衛徙吴京。流池自化造，山關固神營。園縣極方望，邑社總地靈。宅道炳星緯，誕曜應辰明。睿思纏故里，巡駕帀舊坰。陟峯騰輦路，尋雲抗瑶甍。春江壯風濤，蘭野茂荑英。宣遊弘下濟，窮遠凝聖情。嶽濱有和會，祥習在卜征。周南悲昔老，留滯感遺氓。空食疲廊肆，反税事巖耕。

虚谷曰：此詩十三韻。第四韻云：「流池自化造，山關固神營。」「化造」、「神營」四字可用。「春江壯風濤，蘭野茂荑英。」上一句佳。末韻「空食疲廊肆，反税事巖耕。」亦平平。它皆冗而晦。

車駕幸京口三月三日侍遊曲阿後湖作一首　顔延年

虞風載帝狩，夏諺頌王遊〔四九〕。春方動辰駕，望幸傾五州。山祇蹕嶠路，水若警滄流。神御出瑤軫，天儀降藻舟。萬軸胤行衛，千翼汎飛浮。彤雲麗琁蓋，祥飈被綵斿。江南進荆豔，河激獻趙謳[五〇]。金練照海浦，笳鼓震溟洲。藐盼覯青崖，衍漾觀緑疇。人靈騫都野，鱗翰聳淵丘。德禮既普洽，川嶽徧懷柔。

虚谷曰：此詩十一韻[五一]。偶句櫛比，全無頓挫。鮑明遠以鋪錦列繡目之，是也。本不書此詩，書之以見夫雕績滿眼之詩，未可以望謝靈運也。「山祇」之「蹕」，「水若」之「警」，非不以字爲眼。「瑤軫」、「藻舟」，又非不麗。下句皆爾，如無意何？「人靈騫都野，鱗翰聳淵丘。」文選注謂：「『騫』、『聳』皆驚懼之意。『都野』，民、靈所居。『淵丘』，鱗翰所聚。」予以正文避唐太宗名，以「民」爲「人」，其語破碎無意。晉陵郡之曲阿縣下，陳敏引水爲湖，四十里，號曰曲阿後湖。今常州境。元嘉二十六年作。

行藥至城東橋一首　　鮑明遠

鷄鳴關吏起，伐鼓早通晨。嚴車臨迥陌，延瞰歷城闉。蔓草緣高隅，修楊夾廣津。迅風首旦發，平路塞飛塵。擾擾遊宦子，營營市井人。懷金近從利，撫劍遠辭親。爭先萬里塗，各事百年身。開芳及稚節，含采吝驚春。尊賢永照灼，孤賤長隱淪。容華坐消歇，端爲誰苦辛[五二]。

虚谷曰：此亦不得志詩。「雞鳴」四句，照自敍早行也。行藥有二意。晉、宋間人服寒食散之類，服藥矣，而游行以消息之。行藥者，老杜詩：「乘輿還來看藥欄。」蓋行視花草藥物之意，亦通。「蔓草」以下敍景述事，言早起之人，不爲仕宦，即爲井市；懷金撫劍，近遠不同，而同於奔競也。故曰「争先萬里途，各事百年身」。下文曰：「開芳及稚節，含采吝驚春。」文選注：「吝」字殊爲費力。其説曰：「草之開芳，宜及少節。既以含采，理惜驚春。夫草之驚春，花葉必盛。盛必有衰，固所當惜也。」又引孔安國尚書傳曰：「吝，惜也。」虚谷竊謂：「吝」字可疑。豈以上文有「各事百年身」，故於此句避「各」字以爲「吝」字乎？以愚見決之，當作「開芳及稚節，含采各驚春」爲是。此蓋有感於行藥之際，見夫開芳含采之藥物，及乎未老之時，而皆有驚春之色，以譬夫仕宦撫劍、市井懷金之徒。然當時之所謂尊而賢者，久永光顯；吾曹之孤而賤者，則終於隱淪，坐成衰老，爲誰而空苦辛也？故曰此亦不得志之詩。鮑照詩且未論，却於注中得王羲之詩一聯，甚佳。羲之答許詢曰：「争先非吾事，静照在忘求。」此語謝靈運未之及也。

遊東田一首　　謝玄暉

慼慼苦無悰，攜手共行樂。尋雲陟累榭，隨山望菌閣。遠樹曖仟仟，生煙紛漠漠。魚戲新荷動，鳥散餘花落。不對芳春酒，還望青山郭。

虚谷曰：朓有莊在鍾山，故曰「遊東田」。起句佳，「遠樹」、「生煙」之聯尤佳，「魚戲新荷動，鳥散餘花落。」佳之尤佳，然礫元氣甚矣。陰鏗、何遜、庾信、徐陵、王褒、張正見、梁簡文、薛道衡諸人詩，皆務出此。而唐人詩無不襲此等語句，靈運、惠連在宋永初、元嘉間猶未甚也。「宋六十歲至於齊，而玄暉出焉。」唐子西之論有旨哉！

**校勘記**

〔一〕播清塵　「播」原訛作「擇」，據文選卷十九校改。〔二〕來歸附　「來」原訛作「未」，據資治通鑑卷一百五校改。〔三〕饋米二千斛　「米」原訛作「來」，據資治通鑑卷一百五校改。〔四〕新城　「新」原訛作「來」，據晉書謝安傳校改。〔五〕獻武公　「獻」原訛作「猷」，據晉書謝玄傳校改。〔六〕密苑　「苑」原訛作「死」，據文選卷二十校改。〔七〕清穹　「清」原訛作「情」，據文選卷二十校改。〔八〕養素　「素」原訛作「索」，據原詩改正。〔九〕將別　「將」原訛作「相」，據文選卷二十校改。〔一〇〕明牧　「明」原訛作「鳴」，據文選卷二十校改。〔一一〕曖平陸　「曖」原訛作「暖」，據文選卷二十校改。〔一二〕夷猶　「猶」原訛作「遊」，據文選卷二十校改。〔一三〕見求　原訛作「求見」，據原詩改正。〔一四〕息肩　「息」原訛作「恩」，據文選卷二十一校改。〔一五〕鑾旆　「旆」原訛作「鈴」，據文選卷二十一校改。〔一六〕婉彼　「彼」原訛作「被」，據文選卷二十一校改。〔一七〕從所務　「務」原訛作「豫」，據文選卷二十一校改。〔一八〕竭來　「來」字原缺，據文選卷二十一校補。〔一九〕行采歸　「采」原作「來」，據文選二十一校改。〔二〇〕苦艱　文選卷二十一「艱」作「難」。〔二一〕五君詠　「詠」原訛作「味」，據文意改正。〔二二〕下五字　「下」原訛作「不」，據文意改正。〔二三〕立節　「節」原訛作「朝」，據文選卷二十一校改。〔二四〕誰能馴　「誰」原訛作「隨」，據原詩改正。〔二五〕晨未稀　「晨」原訛作「辰」，據文選卷二十一校改。〔二六〕城闕　「城」字原缺，據文選卷二十二校補。〔二七〕蘭沚　「沚」原訛作「趾」，據文選卷二十二校改。〔二八〕眺飛霞　「眺」原訛作「朓」，據原詩改正。〔二九〕悟言　「悟」原作「晤」，據文選卷二十二校改。〔三〇〕光昭　「昭」原訛作「照」，據文選卷二十二校改。〔三一〕原隰　「隰」原訛作「顯」，據文選卷二十二校改。〔三二〕楓葉丹　「丹」原訛作「舟」，據文選卷二十二校改。〔三三〕感不淺　「感」原訛作「惑」，據文選卷二十二校改。〔三四〕楓葉丹　「丹」原訛作「舟」，據文選卷二十二校改。〔三五〕智所拙　「拙」原訛作「掘」，據文選卷二十二校改。〔三六〕初景　「初」原訛作「祁」，據文選卷二十二校改。〔三七〕忽在斯　「在」原訛作「所」，據文選卷二十二校改。〔三八〕況乃　「乃」原訛作「及」，據文選卷二十二校改。〔三九〕仲連　「連」字原缺，據文選卷二十二校補。〔四〇〕驚愚　「驚」原訛作「矜」，據文選卷二十二校改。〔四一〕基階　原訛作「階基」，據文選卷二十二校改。〔四二〕夕流駛　「夕」原訛作「多」，據文選卷二十二校改。〔四三〕致意　「致」原訛作「之」，據黄節謝康樂詩注卷三引文校改。〔四四〕解作　「作」原訛作「竹」，據文選卷二十二校改。〔四五〕升長皆丰容　「升長」原訛作「斤竹」，據文選卷二十二校改。〔四七〕眺豐潁　「潁」原訛作「潁」，據文選卷二十二校改。〔四六〕孤遊非情歎　「非情歎」原訛作「情非歎」，據文選卷二十二校改。〔四八〕漢宇　「宇」原訛作「萬」，據文選卷二十二校改。〔四九〕頌王遊　「頌」原訛作「訟」，據文選卷二十二校改。〔五〇〕獻趙謳　「獻」原訛作「戲」，據文選卷二十二校改。〔五一〕十一韻　「韻」原訛作「篇」，據文意改正。〔五二〕苦辛　「辛」原訛作「幸」，據文選卷二十二校改。

# 文選顔鮑謝詩評卷二

元　方回撰

## 詠懷

秋懷詩一首　謝惠連

平生無志意，少小嬰憂患。如何乘苦心，矧復值秋晏。皎皎天月明，奕奕河宿爛。蕭瑟含風蟬，寥唳度雲鴈。寒商動清閨，孤燈曖幽幔〔一〕。耿介繁慮積，展轉長宵半。夷險難豫謀，倚伏昧前算。雖好相如達，不同長卿慢。頗悦鄭生偃，無取白衣宦。未知古人心，且從性所翫〔二〕。賓至可命觴，朋來當染翰。高臺驟登踐，清淺時陵亂。頹魄不再圓，傾羲無兩旦。金石終消毁，丹青暫彫焕。各勉玄髮歡，無貽白首歎。因歌遂成賦，聊用布親串。

虚谷曰：蔡寬夫詩話謂「晉、宋間詩人，有一人名而分用之者，如劉越石『宣尼悲獲麟〔三〕，西狩泣孔丘〔四〕』、謝惠連『雖好相如達，不同長卿慢』等語，若非前後相映帶，殆不可讀」。予謂唐初猶有此風，李延壽南史恩倖傳有云：「謀於管仲、齊桓，有召陵之師；邇於易牙、小白，掩陽門之扇。」此亦可笑者也。於司馬相如長卿，取其達而不取其慢。於鄭均仲虞，取其乞骸告歸而受尚書禄，有白衣尚書之號，則所不取。意本自佳。「長卿慢」係押韻。「慢」字有來歷。嵇康高士傳：「讚曰〔五〕：長卿慢世。」此文選注有益後學者如此。「金石終銷毀，丹青暫彫煥。」此十字極佳。「丹青」謂圖形。

## 哀傷

### 廬陵王墓下作一首

謝靈運

曉月發雲陽，落日次朱方。含悽泛廣川，灑淚眺連岡。眷言懷君子，沈痛結中腸。道消結憤懣，運開申悲涼。神期恒若存〔六〕，德音初不忘。徂謝易永久，松柏森已行。延州協心許，楚老惜蘭芳。解劍竟何及〔七〕，撫墳徒自傷。平生疑若人，通蔽互相妨。理感深情慟，定非識所將。脆促良可哀，夭枉特兼常。一隨往化滅，安用空名揚。舉聲泣已灑，長歎不成章。

虚谷曰：「道消」，謂義真被殺，則以鬱結憤懣。「運開」，謂文帝既立，可以申寫悲涼。「通蔽」，本桓譚語，論漢高者，今用之，以明季札之於徐君，楚老之於龔勝。「解劍」、「惜蘭」，舉措異常，若通人之蔽者。然今日之慟，情理如此，則知昔人之非蔽也。靈運詩此篇末爲致佳。

拜陵廟作一首　顔延年

周德恭明祀，漢道尊光靈。哀敬隆祖廟，崇樹加園塋〔八〕。逮事休命始，投迹階王庭。陪厠迴天顧，朝讌流聖情。早服身義重，晚達生戒輕〔九〕。否來王澤竭，泰往人悔形。敕躬慚積素，復與昌運并。恩合非漸漬，榮會在逢迎。夙御嚴清制，朝駕守禁城。束紳〔一〇〕入西寢，伏軫出東坰。衣冠終冥漠，陵邑〔一一〕轉葱青。松風遵路急，山烟冒壠生。皇心憑容物，民思被歌聲。萬紀載絃吹，千載託旒旌。未殊帝世遠，已同淪化萌。幼壯困孤介，末暮謝幽貞。發軔喪夷易，歸軫慎崎傾。

虚谷曰：此詩十七韻。「松風遵路急，山烟冒壠生」兩句平平，是處可用。他切題處冗而晦，無可書。蓋從宋文帝上高祖塚也。

同謝諮議銅雀臺詩一首　謝玄暉

繐幃飄井幹，罇酒若平生。鬱鬱西陵樹，詎聞歌吹聲。芳襟染淚迹，嬋媛空復情。玉座猶寂寞，況乃妾身輕。

虚谷曰：文選注：「謝諮議璟。」銅雀臺，曹操建安十五年作於鄴都。遺令：「吾伎人皆著臺上，施六尺牀繐帷。朝晡，上脯糒之屬。月朔十五日，輒向帳作伎。汝等時時登臺望吾墓田。」

予謂此乃後人事。靈筵之禮布細而疎，謂之繐，南陽有鄧繐。「榦」音寒，井欄臺之通稱。西陵樹豈能聞歌聲，蓋指操也。楚辭「嬋媛」，王逸訓爲「牽引」。今人誤作嬋娟，非是。

## 贈答

### 答靈運一首　謝宣遠

夕霽風氣涼，閒房有餘清。開軒滅華燭，月露皓已盈。獨夜無物役〔一二〕，寢者亦云寧。忽獲愁霖唱，懷勞奏所成。歎彼行旅艱〔一三〕，深兹眷言情。伊余雖寡慰，殷憂暫爲輕。牽率酬嘉藻，長揖愧吾生。

虚谷曰：七韻惟四句佳：「夕霽風氣涼，閒房有餘清。開軒滅華燭，月露皓已盈。」以下不工〔一四〕。此詩答靈運愁霖詩也。文選於「忽獲愁霖唱」下注云：「靈運愁霖詩序云：『示從兄宣遠。』」今所謂五言集、靈運集已亡，不可考。

### 於安城答靈運一首　謝宣遠

條繁林彌蔚，波清源愈濬。華宗誕吾秀，之子紹前胤。綢繆結風徽，煙熅吐芳訊。鴻漸隨事變，雲臺與年峻。華萼相光飾，嚶嚶悦同響。親親子敦余，賢賢吾爾賞。比景後鮮輝，方年一日長。萎葉愛榮條，涸流好河廣。殉業謝成操，復禮愧貧樂。幸會果代畊，符守江南曲。履運傷荏苒，遵途歎緬邈。布懷存所欽，我勞一何篤。肇允雖同規，翻飛各異概。迢遞封畿外，窈窕承明内。尋途途既暌，即理理已對。絲路有恒悲，矧乃在吾愛。跬行安步武，鍛翮周數仞。豈不識高遠，違方往有吝。歲寒霜雪嚴，過半路愈峻。量己畏友朋，勇退不敢進。行矣勵令猷，寫誠酬來訊。

虛谷曰：文選注：「靈運贈宣遠序曰：『從兄宣遠義熙十一年正月作守安城。其年夏，贈以此詩。到其年終，有答。』」第一章：「華宗誕吾秀，之子紹前胤。」此句典正。第二章：「親親子敦余，賢賢吾爾賞。」亦佳。予向在金陵制幕，黄制使委考，擬試同幕制機，夏士林以「賢賢吾爾賞」爲省題詩，謂所試之賞也。宣遠元意乃謂：靈運之厚我，親其親也；我之賞靈運，賢其賢也。第四章：「肇允雖同規，翻飛各異概。」此所謂兩用者。文選注下文「窈窕承明内」謂靈運爲秘書監。按：此詩靈運當爲瑯琊王大司馬行軍參軍，永初三年始爲永嘉太守，元嘉三年始爲秘書監，則宣遠卒於豫章久矣。第五章有云：「量己畏友朋，勇退不敢進。」亦佳。宣遠惡其弟宣明之盛，始終有常退志。然宣明坐誅，併及兄弟之子，則宣遠有子亦不免也。哀哉！

西陵遇風獻康樂一首　謝惠連

我行指孟春，春仲尚未發。趣途遠有期，念離情無歇。成裝候良辰，漾舟陶嘉月。瞻塗意少悰，還顧情多闕。哲兄感仳别，相送越坰林。飲餞野亭館，分袂澄湖陰。悽悽留子言，眷眷浮客心。迴塘隱艫栧，遠望絶形音。靡靡即長路，戚戚抱遥悲。悲遥但自弭，路長當語誰！行行道轉遠，去去情彌遲。昨發浦陽汭，今宿浙江湄。屯雲蔽層嶺，驚風涌飛流。零雨潤墳澤，落雪灑林丘。浮氛晦崖巘，積素惑原疇。曲汜薄停旅，通川絶行舟。臨津不得濟，佇檝阻風波。蕭條洲渚際，氣色少諧和。西瞻興遊歎，東睇起悽歌。積憤成疢痗，無萱將如何！

虚谷曰：五章，章八句，僅有四句佳。「積素惑原疇」，「惑」字佳。餘多諳諄。靈運答此詩殊勝也。

還舊園作見顔范二中書一首　謝靈運

辭滿豈多秩，謝病不待年。偶與張邴合，久欲還東山。聖靈昔迴眷，微尚不及宣。何意衝飇激，烈火縱炎煙。焚玉發崐峯，餘燎遂見遷。投沙理既迫，如邛願亦愆。長與懽愛别，永絶平生緣。浮舟千仞壑，總轡萬尋巔。流沫不足險，石林豈爲艱？闔中安可處，日夜念歸旋。事蹟兩如直，心愜三避賢。託身青雲上，棲巖挹飛泉。盛朝濫氛昏，貞休康迍邅。殊方感成貸〔一五〕，微物豫采甄。感深操不固，質弱易扳纏〔一六〕。曾是反昔園，語往實歎然。曩基即先築，故池不更穿。果木有舊行，壤石無遠延。雖非休憩地，聊取永日閒。衛生自有經，息陰謝所牽。夫子照情素，探懷授往篇。

虛谷曰：此詩二十一韻。初兩韻引張、邴事爲柱。次五韻先言武帝舊眷，而徐、傅廢弑，因以見黜。次五韻自永嘉〔一七〕郡得歸。賈誼投沙，馬卿如邛，史魚「兩如直」，孫叔敖「三避賢」，皆善用事。「盛明濫氛昏」以下四韻，言文帝擢爲祕書監，今乃酬素歎而還故園也。「曩基即先築，故池不更穿。果木有舊行，壤石無遠延。」當是永嘉歸始寧時，宅墅之役太盛，已招物論，故誓不再行增廣也。後三韻平平繳尾，然終有伐山開逕不自收斂之悔，何邪？

登臨海嶠初發疆中作與從弟惠連見羊何共和之一首　謝靈運

杪秋尋遠山，山遠行不近。與子別山阿，含酸赴修畛〔一八〕。中流袂就判，欲去情不忍。顧望脰未悁，汀曲舟已隱。隱汀絶望舟，鶩棹逐驚流。欲抑一生歡，并奔千里遊。日落當棲薄，繫纜臨江樓。豈惟夕情斂，憶爾共淹留。淹留昔時歡，復增今日歎。兹情已分慮，況乃協悲端。秋泉鳴北澗，哀猿響南巒。戚戚新別心，悽悽久念攢。攢念攻別心，旦發清溪陰。暝投剡中宿，明登天姥岑。高高入雲霓，還期那可尋。儻過浮丘公，長絶子徽音。

虛谷曰：此當是四章，章四韻，而文選不注。羊、何共和之實，李白首用爲詩，後人多用，謂羊璿之、何敬瑜也。「含酸赴修畛」，謂長路也，作「軫」非。「顧望脰未悁」，「悁」字當作「痟」。陸彦聲詩曰：「相思心既勞，相望脰亦悁。」謂引頸以望，未勞而身已隱也。列仙傳：「王子喬好吹笙，道人浮丘公接以上嵩山。」末句用此事，殆亦戲言：萬一遇仙飛舉，則與惠連永絶音問也。

## 酬從弟惠連一首

謝靈運

寢瘵謝人徒，滅迹入雲峯。巖壑寓耳目，歡愛隔音容。永絶賞心望，長懷莫與同。末路值令弟，開顏披心胸。心胸既云披，意得咸在斯。淩澗尋我室，散帙問所知。夕慮曉月流，朝忌曛日馳。悟對無厭歇，聚散成分離。分離別西川，迴景歸東山。別時悲已甚，別後情更延。傾想遲嘉音，果枉濟江篇。辛勤風波事，欵曲洲渚言。洲渚既淹時，風波子行遲。務協華京想，詎存空谷期。猶復惠來章，祇足攪余思。儻若果歸言，共陶暮春時。暮春雖未交，仲春善遊遨。山桃發紅蕚，野蕨漸紫苞。鳴嚶已悦豫，幽居猶鬱陶。夢寐佇歸舟，釋我吝與勞。

虚谷曰：惠連五章，已評在前〔一九〕。詳此乃是惠連訪靈運於始寧山居，别去將往都下，至西興阻風，以詩來寄，而靈運答也。一筆寫就，如書問直道情素，既委曲，又流麗。

贈王太常一首　顔延年

玉水記方流，琁源載圓折。蓄寶每希聲，雖秘猶彰徹。聆龍睬九泉，聞鳳窺丹穴。歷聽豈多士，巋然覯世哲。舒文廣國華，敷言遠朝列。德輝灼邦懋，芳風被鄉耋。側同幽人居，郊扉常晝閉〔二〇〕。林閭時晏開，亟迴長者轍。庭昏見野陰，山明望松雪。静惟浹羣化，徂生入窮節。豫往誠歡歇，悲來非樂闋。屬美謝繁翰，遥懷具短札。

虚谷曰：此詩十二韻。「玉水記方流，琁源載圓折。」事出尸子：「凡水，其方折者有玉，其圓折者有珠。」「舒文廣國華，敷言遠朝列。德輝灼邦懋，芳風被鄉耋。」此稱王僧達。「側同幽人居，郊扉常晝閉。林閭時晏開，亟迴長者轍。」此四句謂僧達來訪。然錯綜互對，古未見之。昔也「郊扉常晝閉」，以「側同幽人居」也；今也「林閭時晏開」，以「亟迴長者轍」也。「庭昏見野陰，山明望松雪。」延之自述所居；下一句始自然。

夏夜呈從兄散騎車長沙一首　　顔延年

炎天方埃鬱，暑晏闋塵紛。獨静闕偶坐，臨堂對星分。側聽風薄木，遥睇月開雲。夜蟬當夏急，陰蟲先秋聞。歲候初過半〔二一〕，荃蕙豈久芬。屏居惻物變，慕類抱情殷。九逝非空思，七襄無成文。

虚谷〔二二〕曰：此詩七韻。「夜蟬當夏急，陰蟲先秋聞。歲候初過半，荃蕙豈久芳。」四句可書，「陰蟲」一句尤佳。文選注：「五言。集曰：『從兄散騎，字敬宗。車長沙，字仲遠。』」今不知其名。

直東宫答鄭尚書一首　　顔延年

皇居體寰極，設險衹天工。兩闈阻通軌，對禁限清風。跂予旅東館，徒歌屬南墉。寢興鬱無已，起觀辰漢中。流雲藹青闕〔二三〕，皓月〔二四〕鑒丹宫。踟蹰清防密，徙倚恒漏窮。君子吐芳訊，感物惻余衷。惜無丘園秀，景行彼高松。知言有誠貫，美價難克充。何以銘嘉貺，言樹絲與桐。

虛谷曰：此詩十韻，惟「流雲藹青闕，皓月鑒丹宮」，一言東宮，一言中臺，齊整，他皆可及。文選注：鄭鮮之，字道子。

## 和謝監靈運一首　顔延年

弱植慕端操，窘步懼先迷。寡立非擇方，刻意藉窮棲。伊昔遘多幸，秉筆侍兩闈。雖慚丹雘施，未謂玄素睽。徒遭良時詖，王道奄昏霾。人神幽明絶，朋好雲雨乖。弔屈汀洲浦，謁帝蒼山蹊。倚巖聽細風，攀林結留荑。跂予間衡嶠，曷月瞻秦稽。皇聖昭天德，豐澤振沈泥。惜無爵雉化，何用充海淮。去國還故里，幽門樹蓬藜。采茨葺昔宇，翦棘開舊畦。物謝時既晏，年往志不偕。親仁敷情昵，興玩究辭棲。芬馥歇蘭若，清越奪琳珪。盡言非報章，聊用布所懷。

虛谷曰：延之元嘉三年徵爲中書侍郎，靈運徵爲秘書監。其先，二人俱爲廬陵王義真所昵。高祖崩，少帝立，徐羡之等屏二人，出爲始安、永嘉太守，在永初三年秋。景平元年秋，靈運謝病歸會稽。至是，徐、傅既誅，文帝召用，延之自始安還朝，至此贈答。延之詩，用事用字皆有來歷。謂如「弱植」，則子産語「其君弱植」；「端操」，則楚辭「内惟省以端操」；「窘步」，則楚辭「夫惟捷徑以窘步」；「先迷」，則易「先迷失道」；「寡立」出荀子，「刻意」出莊子。「擇方」、「窮棲」，無全出處。「方」字、「棲」字，經傳皆有之。此用字之法，學者不可不知也。此四句，延之自謂也。「伊昔」以下四句，言向來立朝。「兩闈」謂東宮、尚書省，「丹艧」以喻君恩，「玄素」以喻己節。「徒遭」以下四句，言少帝昏亂，衣冠乖阻。「弔屈」以下六句，言出爲遠郡，在湘思越，有懷靈運。「跂予」、「曷月」，字摘毛詩，用之尤雅。「皇天」以下四句，言文帝召用，慚己無補。「去國」以下六句，言解郡還家，補葺舊隱，有遲暮之歎。「親仁」以下四句，稱靈運贈詩；「歇」、「奪」二字俱佳。尾句謂「盡言非報章」，自揆不足以敵靈運，故曰「非報章」。此詩凡七、八折，鋪敘非不整矣，用事用字非不密矣，以鮑照之説裁之，則謂之雕繢滿眼可也。如靈運詩：「昏旦變氣候，山水含清暉。清暉能娱人，遊子憺忘歸。」天趣流動，言有盡而意無窮。似此之類，恐延之未敢到也。如：「桃李春風一盃酒，江湖夜雨十年燈。」未是山谷奇處。「石吾甚愛之，勿遣牛礪角。牛礪角尚可，牛鬬殘我竹。」乃山谷奇處也。學者學選詩，近世無其人。惟趙汝讜近三謝，猶有甃砌之迹，而失於舒緩，步步規隨，無變化之妙云。

## 郡内高齋閑坐答吕法曹一首

謝玄暉

結構何迢遰，曠望極高深。窗中列遠岫，庭際俯喬林。日出衆鳥散，山暝孤猿吟。已有池上酌，復此風中琴。非君美無度，孰爲勞寸心。惠而能好我，問以瑶華音。若遺金門步，就見玉山岑。

虚谷曰：郡，宣郡城也。柳子厚詩曰：「遥憐郡齋好，謝守但臨窗。」用「窗中列遠岫」是也。或以爲「岫」本訓穴，謝宣城誤用此字。予以爲「雲無心而出岫」，若專言穴，則淵明之意不亦狹乎？山谷常用之：「窗巾遠岫是眉黛，席上榴花皆舞裙。」山有巖穴；以「岫」爲遠山，似亦無害。「問以瑶華音。」「問」，餽遺也。左傳：「問以弓。」詩：「雜佩以問之。」「金門」言宫省，「玉山」言隱處。一出揚雄解嘲，一出穆天子傳。

## 在郡卧病呈沈尚書一首　謝玄暉

淮陽股肱守，高卧猶在兹。況復南山曲，何異幽棲時。連陰盛農節，籉笠〔二五〕聚東菑。高閣常晝掩，荒堦少諍辭。珍簟清夏室，輕扇動涼颸。嘉魴聊可薦，緑蟻方獨持。夏李沈朱實，秋藕折輕絲。良辰竟何許，夙昔夢佳期。坐嘯徒可積，爲邦歲已期。絃歌終莫取，撫几今自嗤〔二六〕。

虚谷曰：起句二韻，謂卧病治郡，如汲黯不異。「棲隱」以下十句，敍事敍景，又若誇太守之樂。然下文乃云：「良辰竟何許，夙昔夢佳期。」此十字乃是見約自東陽太守入爲尚書，意欲約引己入朝也。其曰「爲邦歲已期」，則補郡合在鬱林王昭業之隆昌元年七月被弑。海陵王昭文立，改爲延興元年。十月，明帝鸞立，又改爲建武元年。約之爲吏部出東陽，亦恐與朓同時，而約先入也。

暫使下都夜發新林至京邑贈西府同僚一首　謝玄暉

大江流日夜，客心悲未央。徒念關山近，終知反路長。秋河曙耿耿，寒渚夜蒼蒼。引領見京室，宮雉正相望。金波麗鳷鵲，玉繩低建章〔二七〕。驅車鼎門外，思見昭丘陽。馳暉不可接，何況隔兩鄉！風雲有鳥路，江漢恨無梁。常恐鷹隼擊，時菊委嚴霜。寄言罻羅者，寥廓已高翔。

虚谷曰：南史謂：王秀之欲以啓聞，朓知之〔二八〕，因事求還，寄此詩。味尾句，誠若得遠引之義。然以江陵爲京室：「金波麗鳷鵲，玉繩低建章。」兩句豐麗，用之子隆，則諸侯王也，亦得用人主宮殿事乎？

酬王晉安一首　謝玄暉

梢梢枝早勁，塗塗露晚晞。南中榮橘柚，寧知鴻雁飛。拂霧朝清閣，日旰坐彤闈。悵望一塗阻，參差百慮依。春草秋更緑，公子未西歸。誰能久京洛，緇塵染素衣。

虚谷曰：晉安郡，今泉州，故云「南中榮橘柚，寧知鴻雁飛。」「青閣」恐當作「青閤」，朓自謂朝趨東宫王府之類。文選注：「王晉安，名德元。」「公子未西歸」，謂晉安。「緇塵染素衣」，朓亦欲出外也。

**校勘記**

〔一〕曖幽幔　「曖」原訛作「暖」，據文選卷二十三校改。　〔二〕性所翫　「性」原訛作「牲」，據文選卷二十三校改。　〔三〕悲獲麟　「悲」原訛作「怨」，據劉琨原詩重贈盧諶校改。　〔四〕泣孔丘　文選卷二十五「泣」作「涕」。　〔五〕讚曰　「讚」原訛作「譖」，據文選卷二十三校改。見文選卷二十五。　〔六〕若存　「存」原訛作「在」，據文選卷二十三校改。　〔七〕竟何及　「及」原訛作「在」，據文選卷二十三校改。　〔八〕園塋　「塋」原訛作「營」，據文選卷二十三校改。　〔九〕生戒輕　「戒」原訛作「或」，據文選卷二十三校改。　〔一〇〕束紳　「紳」原訛作「身」，據文選卷二十三校改。　〔一一〕陵邑　「邑」原訛作「色」，據文選卷二十三校改。　〔一二〕無物役　「役」原訛作「投」，據文選卷二十五校改。　〔一三〕行旅艱　「旅」原訛作「旋」，據文選卷二十五校改。　〔一四〕以下不工　「下」原訛作「上」，據文意改正。　〔一五〕感成貸　文選卷二十五「感」作「咸」。　〔一六〕扳纏　文選卷二十五「扳」作「版」。　〔一七〕自永嘉　「自」上原衍「永」字，據文意刪。　〔一八〕修畛　文選卷二十五

「眕」作「軫」。〔一九〕在前　「前」原訛作「後」，據文意改正。〔二〇〕晝閉　「晝」原訛作「畫」，據文選卷二十六校改。〔二一〕過半　「半」原訛作「年」，據文選卷二十六校改。〔二二〕虚谷　「谷」原訛作「方」，據文意改正。〔二三〕青闕　「闕」原訛作「關」，據文選卷二十六校改。〔二四〕皓月　「月」字原缺，據文選卷二十六校補。〔二五〕簷笠　「簷」原訛作「臺」，據文選卷二十六校改。〔二六〕今自嗤　文選卷二十六「今」作「令」。〔二七〕低建章　「低」原訛作「建」，據文選卷二十六校改。〔二八〕朓知之　「朓」原訛作「眺」，據文意改正。

# 文選顔鮑謝詩評卷三

元　方回撰

## 行旅

### 永初三年七月十六日之郡初發都一首　謝靈運

述職期闌暑，理棹變金素。秋岸澄夕陰，火旻團朝露。辛苦誰爲情，遊子值頹暮。愛似莊念昔，久敬曾存故。如何懷土心，持此謝遠度。李牧愧長袖，郤克慚躧步。良時不見遺，醜狀不成惡。曰余亦支離，依方早有慕。生幸休明世，親蒙英達顧。空班趙氏璧，徒乖魏王瓠。從來漸二紀，始得傍歸路。將窮山海迹，永絶〔一〕賞心悟。

虚谷曰：諸侯朝於天子曰「述職」，然漢書王吉傳云：「召公述職，舍於棠下而聽斷。」則諸侯治事亦曰「述職」可也。靈運本期夏末視郡事，而秋乃成行也。見似人而喜，出莊子。交友久而中絶，曾子以爲三費。出韓詩外傳。靈運不勝去國之懷，故用此三事以寓念昔存故之意，不但悵然於盧陵義真也。李牧臂短，爲手杖接手，坐賜死。晉郤克跛而登階，齊婦人笑之，出戰國策、左傳。「支離」，疏，形體不全。孔子遊方之内；「方」，常也，依常教也。並出莊子。靈運用此四事，自況於醜惡疾病之列，而亦不敢自畔於禮法，猶幸而不見棄於明時也。相如以趙璧爲瑕，惠子以魏瓠爲無用。靈運又用此二事，謂英達之顧，雖荷義真；出爲外郡，徐、傅見擠，珍非趙璧，而棄如魏瓠也。「從來漸二紀，始得傍歸路。」想靈運去會稽始寧，出仕踰二十餘年，今乃因作郡而過家也。「將窮山海迹，永絶賞心悟。」自是佳句，然其義專在義真。義真於靈運嘗云：「未能忘言於悟賞。」而靈運終身亦有「賞心永絶」之歎。此詩排比整密。建安諸子，混然天成，不如此。陶淵明剥落枝葉，不如此。但當以三謝詩觀之，則靈運才高詞富，意愴心怛，亦未易涯涘也。

## 過始寧墅一首

謝靈運

束髮懷耿介，逐物遂推遷。違志似如昨，二紀及兹年。緇磷謝清曠，疲薾慚貞堅。拙疾相倚薄，還得静者便。剖竹守滄海，枉帆過舊山。山行窮登頓，水涉盡洄沿。巖峭嶺稠疊，洲縈渚連緜。白雲抱幽石，緑篠媚清漣。葺宇臨迴江，築觀基曾巔。揮手告鄉曲，三載期歸旋。且爲樹枌檟，無令孤願言。

虚谷曰：詩有形有脈。以偶句敍事敍景，形也。不必偶而必立論盡意，脈也。古詩不必與後世律詩不同，要當以脈爲主。如此詩「剖竹守滄海」以下五聯，十句皆偶，未爲奇也。前八句不偶，則有味矣。「束髮懷耿介」，當是年十五而涉世。倏復「二紀」，則三十歲矣。沈約宋書靈運傳內有山居賦注，俟攷。「拙」與「疾」相迫，而後得遂「靜者」之志。「靜者」，詩家多用，本於論語「仁者靜」，但未詳用「靜者」二字誰爲祖耳。此所以述出處本末也。期約鄉曲三載而歸，俾樹松檟，無孤始願。此繳句，又自有味。靈運欲書滿郡考，後乃一年移疾去職。蓋其家温有餘，無資於禄。惜乎才高氣鋭，積以不參時政爲恨，遂致顛沛云。始寧縣，今上虞之南鄉。「薾」，奴結切。

富春渚一首　　謝靈運

宵濟漁浦潭，旦及富春郭。定山緬雲霧，赤亭無淹薄。遡流觸驚急，臨圻阻參錯。亮乏伯昏分，險過吕梁壑。洊至宜便習，兼山貴止託。平生協幽期，淪躓困微弱。久露干禄請，始果遠遊諾。宿心漸申寫，萬事俱零落。懷抱既昭曠，外物徒龍蠖。

虚谷曰：靈運歸會稽始寧墅，從今漁浦泝富陽赴永嘉也。「定山」「赤亭」，今如故。「伯昏」「吕梁」二事，以言浙江之險坎之水。「洊至」，習乎險者也。艮之兼山，貴乎止也。「久露干禄請，始果遠遊諾。」謂久有補郡之請，今得永嘉，而遂遠遊之願也。「宿心漸申寫」，即所謂「幽期」者無可乖矣。「萬事俱零落」一句，怨辭也。志欲與廬陵有所爲，雖未必曾有宰相之許，而襟期不淺。既爲徐、傅所擠，則從前規度之事，俱無復望也。其怨深矣！「龍蠖」之屈以求伸，此謂心事明白；如爵禄外物，聽其可有可無也。細味之，靈運實未能忘情於世，故如此作。以詩法論之，若無「平生協幽期」以下八句議論，前十句鋪敘而已。

七里瀨一首　謝靈運

羈心積秋晨，晨積展遊眺。孤客傷逝湍，徒旅苦奔峭。石淺水潺湲，日落山照曜。荒林紛沃若，哀禽相叫嘯。遭物悼遷斥，存期得要妙。既秉上皇心，豈屑末代誚。目覩嚴子瀨，想屬任公釣。誰爲古今殊，異代可同調。

虛谷曰：文選注：「桐廬有七里瀨，下數里至嚴陵瀨。」予作郡七年，往來屢矣，今人皆混而言之。任公之釣，志其大而不志其小，故所得者大。予謂此寓言，非所以擬嚴子。「遷斥」者，推移之義，非謂遷謫也。

登江中孤嶼一首　謝靈運

江南倦歷覽，江北曠周旋。懷雜道轉迴，尋異景不延。亂流趨正絶，孤嶼媚中川。雲日相輝映，空水共澄鮮。表靈物莫賞，蘊真誰爲傳？想像崑山姿，緬邈區中緣。始信安期術，得盡養生年。

虛谷曰：此今永嘉郡江心寺無疑。予三十年前甲寅、乙卯寓郡齋往遊，見徐靈暉「流來天際水，截斷世間塵」詩牌，不見此詩。至今永嘉稱爲「中川」者，因此詩也。「孤嶼媚中川」，「媚」字句中眼也。「懷雜道轉迴」，此句尤佳。心有不純，去道愈遠，但恐靈運道其所道耳。「尋異景不延」，「異」字可疑。「雲日」「空水」之聯亦佳。「表靈」「藴真」一聯，似乎深奧。然從此説向神仙上去，則所謂「靈」與「真」者，仙也。故於孤嶼之上，想夫崑崙山之神，而有信於安期生之術。安期，瑯琊阜鄉人，秦始皇東遊，與語三日三夜者。西王母者，崑崙之神。

初去郡一首　謝靈運

彭薛裁知恥，貢公未遺榮。或可優貪競，豈足稱達生。伊予秉微尚，拙訥謝浮名。廬園當棲巖，卑位代躬耕。顧己雖自許，心迹猶未并。無用妨周任，有疾像長卿。畢娶類尚子，薄遊似邴生。恭承古人意，促裝返柴荆。牽絲及元興，解龜在景平。負心二十載，於今廢將迎[二]。理棹遄還期，遵渚騖修坰。遡溪終水涉，登嶺始山行。野曠沙岸淨，天高秋月明。憩石挹飛泉，攀林搴落英。戰勝臞者肥，止監流歸停。即是羲唐化，獲我擊壤聲。

虛谷曰：「牽絲及元興」，初仕。「解龜在景平」，謂去郡。晉安帝初改隆安，至五年而改元元興。是年三月，桓玄入京師。二年，玄篡晉。三年二月，劉裕起兵，四月，玄伏誅。明年改元義熙，三月安帝還京師。自此盡十四年，恭帝改元元熙。盡一年，明年六月，劉裕篡晉，改元熙二年爲永初元年。盡三年，少帝改元景平。明年文帝入，改永平二年爲元嘉元年。自元興之元至景平之元，凡二十三年。靈運初以襲康樂公，除散騎常侍，不就。此「牽絲」之始也。得非桓玄未反之先乎？其爲瑯琊王大司馬參軍，此則在反正之後無疑。中間遷太子左衛，率以沈約宋書細考。永初三年秋，出爲永嘉太守。景平元年秋，謝病去職。作此詩，以彭宣、薛廣德、貢禹爲不足，以周任、司馬長卿、尚子平、邴曼容自擬。刊本「妨周任」，決非「妨」字，非「倣」字即「方」字。「倣」、「像」類似〔三〕，二字一義故也。或問予：「野曠沙岸浄，天高秋月明」，以筆圈之良是：「遡溪終水涉，登嶺始山行」，點之則何義邪？曰：此於永嘉去郡如畫也。永嘉城下泝潮江，過青田縣，抵處州，始舍舟登馮公嶺，出永康、東陽，非嘗至其地不知也。文選注：「『戰勝』，明貴不如義。『止監』，明語不如默。」所注甚佳。戰勝而肥，子夏事，出韓子。莫監流水，而監於止水，出文中子。「擊壤」事出莊子、論衡、周處風土記。

## 初發石首城一首　謝靈運

白珪尚可磨，斯言易爲緇。雖抱中孚爻，猶勞貝錦詩。寸心若不亮，微命察如絲。日月垂光景，成貸遂兼兹。出宿薄京畿，晨裝摶魯颸。重經平生别，再與朋知辭。故山日已遠，風波豈還時。苕苕萬里帆，茫茫終何之。遊當羅浮行，息必廬霍期。越海陵三山，遊湘歷九嶷。欽聖若旦暮，懷賢亦悽其。皎皎明發心，不爲歲寒欺。

虚谷曰：「中孚」、「貝錦」之聯甚佳。「微命察如絲」，「察」字尤佳。老子曰：「夫惟道，善貸與善成。」貸，施也。靈運感文帝之宥己，故以「日月」喻之。舊説會稽之浮山，合於廣東之羅山。廬山，在今江州。霍山、灊、皖，是在今舒州。三山，海中。九疑，湘中。靈運方當治郡，略不及理人宣化事，專言游山，意太汗漫無歸宿。萬世之後，一遇大聖知其解者，是旦暮遇之。出莊子。晉人老、莊之學，初用爲清談之資，而詩亦必出於是，一時之蔽也。

道路憶山中一首　謝靈運

采菱調易急，江南歌不緩。楚人心昔絶，越客腸今斷。斷絶雖殊念，俱爲歸慮款。存鄉爾思積，憶山我憤懣。追情〔四〕棲息時，偃卧任縱誕。得性非外求，自已爲誰纂。不怨秋夕長，常苦夏日短。濯流激浮湍，息陰倚密竿。懷故叵新歡，含悲忘春暵。悽悽明月吹，惻惻廣陵散。殷勤訴危柱，慷慨命促管。

虚谷曰：楚辭有云：「涉江、采菱。」古樂府有江南辭。靈運時必有此二曲，其聲急而怨，故引之以見故山之思，有感於此聲也。「縱誕」之説非是。「得性非外求」，謂樂在内是也。吹萬不同，而使其自已。「已」訓止，言各得其性而止。出莊子。靈運意謂山水之樂，適我之性，而自足自止，無人能繼我者。「纂」訓繼，則亦深僻矣。明月吹言笛，廣陵散言琴，靈運當是作此音以寫悲怨。「危柱」、「促管」，謂琴、笛之音自緩而急，悲怨至此極也。詩尾應首，然有哀以思之意。

## 入彭蠡湖口一首

謝靈運

客遊倦水宿，風潮難具論。洲島驟迴合，圻岸屢崩奔。乘月聽哀狖，浥露馥芳蓀。春晚綠野秀，巖高白雲屯。千念集日夜，萬感盈朝昏。攀崖照石鏡，牽葉入松門。三江事多往，九派理空存。靈物炁珍怪，異人秘精魂。金膏滅明光，水碧綴流温。徒作千里曲，絃絶念彌敦。

虚谷曰：彭蠡湖口，今江州湖口也。「石鏡」「松門」，文選注：張僧鑒潯陽記、顧野王輿地志各指其地。惟：「三江事多往，九派理空存。」此二句者，知三江、九江，自晉、宋時已不明矣。中江、南江、北江，先儒所辨，有尚書索元在。分九派於尋陽，郭璞江賦云耳。後人亦不能定九派之迹，劉子澄淳祐江州圖經詳著之，予已别書訂此詩。則靈運之所不詳，後人姑存疑事也。「靈物」、「異人」以下，又歸宿於仙道。「千里曲」，想當時有此琴操。徒作此曲，而仙靈不接，所以弦雖絶而心徒悲也。大抵以恍惚爲宗，要爲不近人情，胸中亦别無十分道理也。

入華子岡是麻源第三谷一首 謝靈運

南州實炎德，桂樹凌寒山。銅陵映碧澗，石磴瀉紅泉。既枉隱淪客，亦棲肥遁賢。險逕無測度，天路非術阡。遂登羣峯首，邈若升雲煙。羽人絶髣髴，丹丘徒空筌。圖牒復磨滅，碑版誰聞傳。莫辯百世後，安知千載前。且申獨往意，乘月弄潺湲。恒充俄頃用，豈爲古今然。

虚谷曰：華子期，禄里弟子。見列仙傳。故老相傳翔集此頂，故稱華子岡。神仙茫昧，前後莫測。「且申獨往意」，夫「獨往」者，聊以自充俄頃之賞，非爲尊古卑今而然也。

北使洛一首 顔延年

改服飭徒旅，首路跼險難。振楫發吴州，秣馬陵楚山。塗出梁宋郊，道由周鄭間。前登陽城路，日夕望三川。在昔輟期運，經始闊聖賢。伊瀔絶津濟，臺館無尺椽。宮陛多巢穴，城闕生雲煙。王猷升八表，嗟行方暮年。陰風振涼野，飛雲瞀窮天。臨塗未及引，置酒慘無言。隱憫徒御悲，威遲良馬煩。遊役去芳時，歸來屢徂諐。蓬心既已矣，飛薄殊亦然。

虛谷曰：文選注：「沈約宋書曰：『延之爲豫章世子中軍行參軍。義熙十二年，高祖北伐，有宋公之授，府遣一使慶殊命，參起居。延之至洛陽，道中作詩一首，文辭藻麗，爲謝晦、傅亮所賞。』集曰：『時年三十二。』」予味此詩，人所可及，所以書此詩者有二：東晉立國〔五〕一百四年，義熙十二年，恰一百年足也。後四年，而劉裕禪洛陽。自惠帝朝喪亂，迄於懷、愍蒙塵，百餘年丘墟。延之「三川」之詠謂：「伊瀔絶津濟，臺館無尺椽。」予存此，所以攷時論事也。義熙十二年，延之年三十二。元初三年，出爲始安太守，當年三十八。元嘉三年，入爲中書侍郎，當年四十二。元嘉十年，有湖北田收詩，當年四十九，是年謝靈運誅。至元嘉二十六年，有京口蒜山後湖詩，則年六十六矣。孝武登阼，爲金紫光禄大夫，領湘東王師，則七十餘矣。予存此，所以攷年論人也。又因而論之。陶淵明元嘉四年卒，年六十三。延之爲劉柳後軍功曹，在尋陽與淵明情款。後爲始安郡，經過淵明，每往必酣飲致醉。臨去留二萬錢與淵明，淵明悉送酒家。觀此乃知延之詩雖不及靈運，其胸次則過之。靈運嘗入廬山，不爲遠法師所與，亦不聞其見交於淵明，延之獨與淵明交好甚深。以年計之，永初三年，淵明年五十八矣。長延之二十歲，亦可謂忘年之交也。延之後作靖節徵士誄，書曰「有晉徵士」，雖出於衆志，而延之實秉易名之筆，其知淵明蓋深也。「違衆速尤，迕風先蹶。身才非實，榮聲有歇。」延之誄書淵明，所晦如此。又書淵明：「獨立者危，至方則閡。」語其有得於淵明也多矣。故曰詩雖不及靈運，其胸次則過之。

還至梁城作一首　顔延年

眇默軌路長，憔悴征戍勤。昔邁先徂師，今來後歸軍。振策睠東路，傾側不及羣。息徒顧將夕，極望梁陳分。故國多喬木，空城凝寒雲，丘隴塡郛郭，銘誌滅無文。木石扃幽闥，黍苗延高墳。惟彼雍門子，吁嗟孟嘗君。愚賤同堙滅，尊貴誰獨聞。曷爲久游客，憂念坐自殷。

虚谷曰：此詩十韻。「故國多喬木，空城凝寒雲。丘壟塡郛郭，銘誌滅無文。木石扃幽闥，黍苗延高墳。惟彼雍門子，吁嗟孟嘗君。愚賤同湮滅，尊貴誰獨聞。」亦通論也，但不可及耳。

始安郡還都與張湘州登巴陵城樓作一首　顔延年

江漢分楚望，衡巫奠南服。三湘淪洞庭，七澤藹荆牧。經途延舊軌，登闉訪川陸。水國周地險，河山信重複。却倚雲夢林，前瞻京臺囿。清雰霽岳陽，曾暉薄瀾澳。悽矣自遠風，傷哉千里目。萬古陳往還，百代勞起伏。存没竟何人，炯介在明淑。請從上世人，歸來蓺桑竹。

虛谷曰：此詩十韻。「江漢分楚望，衡巫奠南服。三湘淪洞庭，七澤藹荆牧。」起句二韻，大概言地勢。郊外曰「牧」，「荆牧」言七澤之野也。末韻「請從上世人，歸來蓺桑竹。」有感於「存没竟何人，炯介在明淑」而云。初不明言「炯介」、「明淑」爲進爲退，而爲「松竹」之句，則意在退也。

還都道中作一首　鮑明遠

昨夜宿南陵，今旦入蘆洲。客行惜日月，崩波不可留。侵星赴早路，畢景逐前儔。鱗鱗夕雲起，獵獵曉風遒。騰沙鬱黄霧，翻浪揚白鷗。登艫眺淮甸，掩泣望荆流。絶目盡平原，時見遠煙浮。倏悲坐還合，俄思甚兼秋。未嘗違户庭，安能千里游。誰令乏古節，貽此越鄉憂。

虛谷曰：此詩尾句絶佳，守古人之節，不輕出仕，則焉得有越鄉之憂乎？前段皆江路曉行暮宿之意。

之宣城出新林浦向板橋一首　謝玄暉

江路西南永，歸流東北騖。天際識歸舟，雲中辨江樹。旅思倦摇摇，孤游昔已屨。既懽懷禄情，復協滄洲趣。囂塵自兹隔，賞心於此遇。雖無玄豹姿，終隱南山霧。

虚谷曰：「天際識歸舟，雲中辨江樹。」古今絶唱。「江路西南永」，今大江上水，指西南行，而南爲多。「歸流東北騖」，今下水，即東北行，而北爲多。之宣城，即上水。玄暉家於浙，則「東北」乃其歸路。上水用東北風，下水用西南風。此二句又似指定江流之勢，古今不可易也。得郡而兼得山水之樂，於永嘉、臨川則靈運，於宣城則玄暉，至今專謝宣城之名云。板橋名今猶存，晉、宋時乃浮橋。

敬亭山詩一首　謝玄暉

兹山亘百里，合沓與雲齊。隱淪既已託，靈異居然棲。上干蔽白日，下屬帶迴谿。交藤荒且蔓，樛枝聳復低。獨鶴方朝唳，饑鼯此夜啼。渫雲已漫漫，多雨亦淒淒。我行雖紆組，兼得尋幽蹊。緣源殊未極，歸徑窅如迷。要欲追奇趣，即此陵丹梯。皇恩竟已矣，兹理庶無睽。

虚谷曰：此詩妙在何處？亦本無妙。而玄暉詩名，與敬亭山千古不朽，何也？學者試下一轉語。

## 休沐重還道中一首　謝玄暉

薄游第從告，思閒願罷歸。還邛歌賦似，休汝車騎非。灞池不可別，伊川難重違。汀葭稍靡靡，江菼復依依。田鶴遠相叫，沙鴇忽争飛。雲端楚山見，林表吴岫微。試與征徒望，鄉淚盡霑衣。賴此盈樽酌，含景望芳菲。問我勞何事，霑沐仰清徽。志狹輕軒冕，恩甚戀重闈。歲華春有酒，初服偃郊扉。

虚谷曰：「薄遊於朝」，本孫綽語。謂立朝僅許給假，故曰「薄遊第從告」。漢書：「五日得一休沐。」休者，給也；沐者，洗也。願罷歸而僅賜休沐也。司馬相如還臨邛，諭蜀而歸也，嘗奏賦漢武，故玄暉以爲似之。袁紹以濮陽令歸汝南，不敢以輿服令許子將見，單車歸家。玄暉無此車徒，故曰非也。此二句極佳。長安之灞池、洛陽之伊川，借諭京師，以言戀闕之意。「楚山」、「吴岫」二句亦佳。玄暉家吴中，嘗有詩曰「再遊館娃宮」是也。末句謂志輕軒冕，而君恩之至，則又有禁闈之戀。「重闈」，謂宮省也。最後句終期退閒，其思緩而不迫，尤有味也。

## 晚登三山還望京邑一首　謝玄暉

灞涘望長安，河陽視京縣。白日麗飛甍，參差皆可見。餘霞散成綺，澄江静如練。喧鳥覆春洲，雜英滿芳甸。去矣方滯淫，懷哉罷歡宴。佳期悵何許，淚下如流霰。有情知望鄉，誰能鬒不變！

虚谷曰：起句以長安、洛陽擬金陵，用王粲、潘岳二詩極佳。李白云：「解道澄江静如練，令人却憶謝玄暉。」此一聯尤佳也。三山今猶如故，回望建康甚近，想六朝時甚盛也。味末句，其惓惓於京邑如此。去國望鄉，其情一也。有情無不知望鄉之悲，而况去國乎！

京路夜發一首　謝玄暉

擾擾整夜裝，肅肅戒徂兩〔六〕。曉星正寥落，晨光復泱漭。猶霑餘露團，稍見朝霞上。故鄉邈已敻，山川脩且廣。文奏方盈前，懷人去心賞。勑躬每跼蹐，瞻恩唯震蕩。行矣倦路長，無由税歸鞅。

虚谷曰：此乃早行詩。「兩」，車也。「徂兩」二字甚佳。

## 樂府

會吟行　謝靈運

六引緩清唱，三調佇繁音。列筵皆静寂，咸共聆會吟。會吟自有初，請從文命敷。敷績壺冀始，刊木至江汜。列宿炳天文，負海横地理。連峯競千仞，背流各百里。滮池溉粳稻，輕雲曖松杞。兩京愧佳麗，三都豈能似。層臺指中天，高墉積崇雉。飛燕躍廣途，鷁首戲清沚。肆呈窈窕容〔七〕，路曜便娟子。自來彌年代，賢達不可紀。句踐善廢興，越叟識行止。范蠡出江湖，梅福入城市。東方就旅逸，梁鴻去桑梓。牽綴書土風，辭殫意未已。

虚谷曰：文選不注「會吟行」之義，詳考乃是傚陸機吴趨行。崔豹古今注曰：「吴趨曲，吴人以歌其地也。」今曰「會吟」，非吴會之「會」，即會稽之「會」。今兩浙，秦之會稽郡，漢之吴郡也。陸機之作曰：「楚妃且莫歎，齊娥且莫謳。四座并清聽，聽我歌吴趨。吴趨自有始，請從昌門起。」以下十四韻皆述吴中風土人物。靈運之作，起句三韻同調，以下少一韻耳。鋪敍誇張，別無高意，皆不可謂之佳作。「六引」、「三調」，文選注亦不詳明。所引吴、越六人，所謂「越叟者」，出越絶書：「子胥戰於檇李，闔閭軍敗，欲復其讐，師事越公，録其術。」又非范蠡，其人他書未嘗見。東方朔就旅逸，出劉向列仙傳，謂宣帝時，棄郎去避亂政，置幘官舍，風飄之去，後見會稽賣藥。漢書無此事。餘四人史可考。

東武吟　　鮑明遠

主人且勿諠，賤子歌一言。僕本寒鄉士，出身蒙漢恩。始隨張校尉，占募到河源。後逐李輕車，追虜窮塞垣。密途亘萬里，寧歲猶七奔。肌力盡鞍甲，心思歷涼温。將軍既下世，部曲亦罕存。時事一朝異，孤績誰復論。少壯辭家去，窮老還入門。腰鐮刈葵藿，倚杖收雞豚。昔如韝上鷹，今似檻中猿。徒結千載恨，空負百年怨。棄席思君幄，疲馬戀君軒。願垂晉主惠，不愧田子魂。

虛谷曰：此早從君而晚無成者。晉文公捐籩豆、棄席蓐，舅犯夜哭，出韓子。田子方贖老馬事，出韓詩外傳。能垂晉主之惠，則能不愧於田子之神矣，而後世之不願棄席、老馬者衆矣。東武地本太山，當吟齊之土風。今照用題不拘，恐謂東武之人應募亦可。詩有筆力，如轉石下千仞山，衮衮轟轟不可禦。李太白詩甚似之。

出自薊北門行　鮑明遠

羽檄起邊亭，烽火入咸陽。徵騎屯廣武，分兵救朔方。嚴秋筋竿勁，虜陣精且彊。天子按劍怒，使者遥相望。鴈行緣石徑，魚貫度飛梁。簫鼓流漢思，旌甲被胡霜。疾風衝塞起，沙礫自飄揚。馬毛縮如蝟，角弓不可張。時危見臣節，世亂識忠良。投軀報明主，身死爲國殤。

虛谷曰：此全用楚辭國殤之意：「身既死兮神以靈，魂魄毅兮爲鬼雄。」張巡嚼齒穿齦之類是也。西京雜記：「元封二年，大雪深五尺，牛馬卷縮如蝟。」少陵詩：「漢時長安雪一丈，牛馬寒毛縮如蝟。」鮑用又在先也。

### 結客少年場行　鮑明遠

驄馬金絡頭，錦帶佩吴鉤。失意杯酒間，白刃起相讐。追兵一旦至，負劍遠行遊。去鄉三十載，復得還舊丘。升高臨四關，表裏望皇州。九塗平若水，雙闕〔八〕似雲浮。扶宫羅將相，夾道列王侯。日中市朝滿，車馬若川流。擊鐘陳鼎食，方駕自相求。今我獨何爲，坎壈懷百憂。

虚谷曰：此謂俠少晚而悔者。朱家、郭解之徒，終貽悔吝，況區區殺人亡命子乎？可以爲戒也。此詩專指洛陽。「四關」者，東成臯，南伊闕，北孟津，西函谷。「雙闕」者，南、北宫，乃秦始皇所創。「九塗平若水，雙闕似雲浮。」此亦古詩蹉對句法。

### 東門行　鮑明遠

傷禽惡弦驚，倦客惡離聲。離聲斷客情，賓御皆涕零。涕零心斷絶，將去復還訣。一息不相知，何況異鄉别。遥遥征駕遠，杳杳落日晚。居人掩閨卧，行子夜中飯。野風吹秋木，行人心腸斷。食梅常苦酸，衣葛常苦寒。絲竹徒滿坐，憂人不解顔。長歌欲自慰，彌起長恨端。

虚谷曰：此專言離別之難。詩四折，爲二韻、三韻各二折。味至末句，則凡中有憂者，雖合樂也而愈悲，雖長歌也而愈怨，不特離别也。虚弓落鴈，事出戰國策：「更嬴於魏王射者。」蓋寓言設譬，此所謂「傷禽惡弦驚」也。

苦熱行　鮑明遠

赤阪横西阻，火山赫南威。身熱頭且痛，鳥墮魂來歸。湯泉發雲潭，焦煙起石圻。日月有恒昏，雨露未常稀。丹蛇踰百尺，玄蜂盈十圍。含沙射流影，吹蠱痛行暉。鄣氣晝熏體，菵露夜沾衣。饑猿不下食，晨禽不敢飛。毒涇尚多死，渡瀘寧具腓。生軀蹈死地，昌志登禍機。戈船榮既薄，伏波賞亦微。財輕君尚惜，士重安可希。

虚谷曰：熱者地之至惡，死者事之至難。蹈至惡之地，責以至難之事，而上之人不察，則天下士有去之而已。君視臣如草芥，則臣視君如寇讎。此詩連以十六句言苦熱，一句用一事，富哉言乎！「毒涇」、「渡瀘」，始入議論，謂所往之地，甚於秦人之毒涇，諸葛之渡瀘，死地禍機，决無可全之理；而軍賞微薄，則必失天下之心矣。韓詩外傳：「田饒對宋燕語：『財者君所輕，死者士所重。君不能用所輕，欲使士致重乎？』」

白頭吟　　鮑明遠

直如朱絲繩，清如玉壺冰。何慚宿昔意，猜恨坐相仍。人情賤恩舊，世議逐衰興。毫髮一爲瑕，丘山不可勝。食苗實碩鼠，玷白信蒼蠅。鳧鵠遠成美，薪芻前見陵。申黜褒女進，班去趙姬昇。周王日淪惑，漢帝益嗟稱。心賞猶難恃，貌恭豈易憑。古來共如此，非君獨撫膺。

虚谷曰：司馬相如欲聘茂陵女，卓文君爲白頭吟。此用其題而廣之也。沈約宋書：「古白頭辭曰：『凄凄重凄凄，嫁女不須啼。願得一心人，白頭不相離。』」廣其意則不止夫婦間也。此詩可謂遒麗俊逸。黄鵠所從來遠而貴之；鷄所從來近而日淪之。韓詩外傳田饒語魯哀公者。譬若薪燎，後者處上，文子語，亦汲黯語。蓋遠近前後之説也。「心賞」、「貌恭」一聯，至佳至佳。

放歌行　　鮑明遠

蓼蟲避葵堇，習苦不見非。小人自齷齪，安知曠士懷。鷄鳴洛城裏，禁門平旦開。冠蓋縱横至，車騎四方來。素帶曳長飈，華纓結遠埃。日中安能止，鐘鳴猶未歸。夷世不可逢，賢君信愛才。明慮自天斷，不受外嫌猜。一言分珪爵，片善辭草萊。豈伊白璧賜，將起黄金臺。今君有何疾，臨路獨遲迴。

虚谷曰：此詩之意，全在「夷世不可逢，賢君信愛才」四句。謂明君在上，可以仕矣。「一言」、「片善」，可致富貴，豈徒取虞卿之白玉璧，又將起郭隗之黄金臺？而不急於仕者，果何所病而不進乎？起句用「蓼蟲避葵堇」事，楚辭云「蓼蟲不徙乎葵藿」，言性不遷也。世間以苦爲甘，以臭爲香者，固有之。然士之處世，果逢明君，何爲不仕？苟有一之未然，則不如蓼蟲之安於苦也。

升天行　鮑明遠

家世宅關輔，勝帶宦王城。備聞十帝事，委曲兩都情。倦見物興衰，驟覩俗屯平。翩翻類迴掌，恍惚似朝榮。窮塗悔短計，晚志重長生。從師入遠岳，結友事僊靈。五圖發金記，九籥隱丹經。風餐委松宿，雲卧恣天行。冠霞登綵閣，解玉飲椒庭。暫遊越萬里，近别數千齡。鳳臺無還駕，簫管有遺聲。何時與爾曹，啄腐共吞腥。

虚谷曰：厭世故而求神仙，神仙果有之乎？張子房願從赤松子遊，以全功名也。梅福去爲吴市卒，人以爲仙，以避亂也。未必真有所謂升天者也。蘇子由評李白詩：「語用兵則先登陷陣不以爲難，語遊俠則白晝殺人不以爲非。」予以鮑明遠詩輒續之曰：語神仙則白日升天不以爲無。若從尾句之意，則寓言借喻君子有高志遠意出塵埃之表者，視世之卑污苟賤之人，直如禽蟲之吞啄腐腥耳。「五圖」、「九籥」，據文選注引抱朴子：五嶽真形圖。鄭玄易緯注：齊、魯間藏器之管曰「籥」，又以藏經；丹有九轉，故曰「九籥」也。

鼓吹曲　　謝玄暉

江南佳麗地，金陵帝王州。逶迤帶淥水，迢遞起朱樓。飛甍夾馳道，垂楊蔭御溝。凝笳翼高蓋，疊鼓送華輈。獻納雲臺表，功名良可收。

虚谷曰：文選注：奉隋王〔九〕教作，鼓吹歌，軍樂也。謂之短簫鐃歌，黄帝岐伯所作。又古入朝曲。吴録張紘語：「秣陵，楚武王所置，名爲金陵。秦始皇時，望氣者云：金陵有王者氣。故斷連岡，改名秣陵。」曹植詩：「壯哉帝王居，佳麗殊百城。」玄暉此二句響人牙頰。後四句亦熟爲人所誦。徐引聲謂之「凝」，小擊鼓謂之「疊」。

**校勘記**

〔一〕永絶　「永」原訛作「未」，據文選卷二十六校改。　〔二〕將迎　「迎」原訛作「興」，據文選卷二十六校改。〔三〕類似　「似」原訛作「以」，據黄節謝康樂詩注卷三引文校改。

〔四〕追情　文選卷二十六「情」作「尋」。〔五〕立國　「立」原訛作「五」，據文意改正。

〔六〕戒徂兩　文選卷二十七「戒」作「戎」。〔七〕窈窕容　「容」原訛作「客」，據文選卷二十八校改。〔八〕雙闕　「闕」原訛作「關」，據文選卷二十八校改。〔九〕隋王　「隋」原訛作「隨」，據文選卷二十八校改。

# 文選顔鮑謝詩評卷四

元　方回撰

## 雜詩

七月七日夜詠牛女一首　　謝惠連

落日隱櫩楹，升月照簾櫳。團團滿葉露，析析振條風。蹀足循廣除，瞬目矖層穹。雲漢有靈匹，彌年闕相從。遐川阻昵愛，修渚曠清容。弄杼不成藻，聳轡騖前蹤。昔離秋已兩，今聚夕無雙。傾河易迴斡，款顔難久悰。沃若靈駕旋，寂寥雲幄空。留情顧華寢，遥心逐奔龍。沈吟爲爾感，情深意彌重。

虚谷曰：世人云，七月七日織女嫁牽牛，本出齊諧記，謂爲桂陽城武丁之言，無是理也。神仙荒唐，予尚未信，況又出於一夫之口？誣蔑星象，虚無妄誕。曰此仙者之説，而世人信之，殊可憫也！且星之爲物，固有飛孛流彗之異。此徒見有織女之女字，遂造夫婦靈配、夜渡天河等事以欺愚俗，豈不哀哉！惠連詩惟「昔離秋已兩，今聚夕無雙」爲詩宗所稱。文選注：「昔離〔一〕迄今會，而秋已兩。今聚便别，故夕無雙也。」亦注得好。他不過體貼敷衍耳，無議論斷。此事善乎少陵之詩，曰「牽牛出河西，織女出河東。萬古永相望，七夕誰見同？神光竟難候，此事終朦朧」是也。然猶云「颯然精靈合，何必秋遂通」，似不爲之全無是理者。此少陵力爲辨析，謂假使有此精靈倏合，何必於秋之七夕耶？所以力闢之，而非以爲有也。自「祈請走兒童」以至「日出甘所終」，既哂夫因節乞巧者之愚。自「嗟汝未嫁女」以至「丈夫多英雄」，又所以訓夫臣之於君，猶婦之于夫，未有私會苟合而可久者。此少陵詩所以獨步也。然則牛、女之説，誨淫之薄俗歟？

擣衣詩一首　　謝惠連

衡紀無淹度，晷運倏如催。白露滋園菊，秋風落庭槐。肅肅莎雞羽，烈烈寒螿啼。夕陰結空幕，宵月皓中閨。美人戒裳服，端飾相招攜。簪玉出北房，鳴金步南階。櫚高砧響發，楹長杵聲哀。微芳起兩袖，輕汗染雙題。紈素既已成，君子行未歸。裁用笥中刀，縫爲萬里衣。盈篋自余手，幽緘候君開。腰帶準疇昔，不知今是非。

虛谷曰：此詩全在後面八句，尤佳則尾句也。似當作「寄衣」。以上八句，不過賦擣衣而已，無佳處。又前八句，則述秋夜之景，而斗半夜建者。「衡」，北斗中一星也。冬至日月起於牽牛，爲星紀，故曰「衡紀無淹度」。

南樓中望所遲客一首　　謝靈運

杳杳日西頽，漫漫長路迫。登樓爲誰思，臨江遲來客。與我別所期，期在三五夕。圓景早已滿，佳人猶未適。即事怨睽攜，感物方悽戚。孟夏非長夜，晦明如歲隔。瑶華未堪折，蘭苕已屢摘。路阻莫贈問，云何慰離析。搔首訪行人，引領冀良覿。

虚谷曰：靈運始寧又北轉，一汀七里，有園南門樓。南樓百許步，對横山，在今上虞。此遲客之所也。「遲」，去聲，訓待，而文選注音訓爲「思」，非是。江淹擬湯惠休云：「日暮碧雲合，佳人殊未來。」本靈運，不如靈運語意足，有來歷。初與客期會於月望之夕，今月忽圓而客不至，所以爲佳。淹所謂「日暮碧雲合」，豈初以黄昏爲期乎？故曰不如靈運之語意足也。

田南樹園激流植援一首　　謝靈運

樵隱俱在山，由來事不同。不同非一事，養痾亦園中〔一〕。中園屏氛雜，清曠招遠風。卜室倚北阜，啓扉面南江。激澗代汲井，插槿當列墉。羣木既羅户，衆山亦對窗。靡迤趨下岫〔三〕，迢遞瞰高峯。寡欲不期勞，即事罕人功。唯開蔣生徑，永懷求羊蹤。賞心不可忘，妙善冀能同。

虚谷曰：四句喝起，有議論。臧榮緒晉書：「胡孔明有言：『隱者在山，樵者亦在山。在山則同，所以在山則異。』」靈運則謂吾非樵非隱，於中園養病而已。此所謂在山同，所以在山者異也。無井也，以澗代之。無墉也，以槿當之。羅户之木，對窗之山，迤邐則趨下岫，迢遞則瞰高峯，謂皆出於自然。吾本寡欲，而得於勞力，即此爲田園之事而功寡矣。其以人力爲之者，唯開三徑，以待賞心之友耳。三輔决録：蔣詡字元卿，隱於杜陵。舍中三徑，惟羊仲、求仲從之遊。妙善同，出郭象莊子注。「賞心」二字，靈運屢用之，每篇必然。

齋中讀書一首　謝靈運

昔余遊京華，未嘗廢丘壑。矧乃歸山川，心跡雙寂漠。虚館絶諍訟，空庭來鳥雀。卧疾豐暇豫，翰墨時間作。懷抱觀古今，寢食展戲謔。既笑沮溺苦，又哂子雲閣。執戟亦以疲，耕稼豈云樂。萬事難並歡，達生幸可託。

虚谷曰：文選注：「永嘉郡齋也。」「虚館絶諍訟，空庭來鳥雀。」恐是棄郡事則可。予嘗寓永嘉郡齋，近時特爲殷盛，未易以卧病治也。「耕稼豈云樂」，此一句似失言。媮一日郡齋之安，而笑夫碌碌朝列之人可也；謂勝沮溺，而耕稼亦在所卑，過矣。

石門新營所住四面高山迴溪石瀨修竹茂林詩一首　謝靈運

躋險築幽居，披雲卧石門。苔滑〔四〕誰能步，葛弱豈可捫。嫋嫋秋風過，萋萋春草繁。美人遊不還，佳期何由敦。芳塵凝瑶席，清醑滿金樽。洞庭空波瀾，桂枝徒攀翻。結念屬霄漢，孤景莫與諼。俯濯石下潭，仰看條上猿。早聞夕飈急，晚見朝日暾。崖傾光難留，林深響易奔。感往慮有復，理來情無存。庶持乘日車，得以慰營魂。匪爲衆人説，冀與智者論。

虚谷曰：詩題止是新築幽居，終篇乃屬意所思，有美人不來之歎。「感往慮有復，理來情無存。」此是説道理處，然老、莊之學，不可强以吾儒性命道德通。莊子所謂「乘日車」，郭象亦注不明，謂日出而遊，日入而息，亦不足多窮也。

數詩一首　鮑明遠

一身仕關西，家族滿山東。二年從車駕，齋祭甘泉宫。三朝國慶畢，休沐還舊邦。四牡曜長路，輕蓋若飛鴻。五侯相餞送，高會集新豐。六樂陳廣坐，組帳揚春風。七盤起長袖，庭下列歌鐘。八珍盈彫俎，綺肴紛錯重。九族共瞻遲，賓友仰徽容。十載學無就，善宦一朝通。

虛谷曰：此游戲翰墨，如金石絲竹八音、建除滿平十二辰、角亢氐房二十八宿，皆以作難得巧爲功，非詩之自然者也。數者自一至十，始云：「一身仕關西，家族滿山東。」末至：「十載學無就，善宦一朝通。」緊要意在此。謂寒士之學十載不成，巧宦之人一朝通顯，如前九韻所云耳。

翫月城西門廨中一首　鮑明遠

始見西南樓，纖纖如玉鈎。末映東北墀，娟娟似蛾眉。蛾眉蔽珠櫳，玉鈎隔瑣牕。三五二八時，千里與君同。夜移衡漢路，徘徊帷户中。歸華先委露，别葉早辭風。客游厭苦辛，仕子倦飄塵。休澣自公日，宴慰及私辰。蜀琴抽白雪，郢曲發陽春。看乾酒未缺，金壺啓夕淪。迴軒駐輕蓋，留酌待情人。

虛谷曰：前六韻言月之自缺而滿，又有感於節物之易凋。文選注：「華落向本，故曰『歸華』。葉下離枝，故云『别葉』。」亦佳。後五韻言宦游休澣，偶值此月，具琴曲、設酒肴，當夕漏之云初，命駐車以同酌也。「淪」訓波，小波曰「淪」。此詩不似晉、宋後人詩。

始出尚書省一首　　謝玄暉

惟昔逢休明，十載朝雲陛。既通金閨籍，復酌瓊筵醴。宸景厭照臨，昏風淪繼體〔五〕。紛虹亂朝日，濁河穢清濟。防口猶寬政，餐荼更如薺。英衮暢人謀，文明固天啓。青精翼紫軑，黄旗映朱邸。還覩司隸章，復見東都禮。中區咸已泰，輕生諒昭灑。趨事辭宮闕，載筆陪旌棨。邑禮向疎蕪，寒流自清泚。衰柳尚沈沈，凝露方泥泥。零落悲友朋，歡虞讌兄弟。既秉丹石心，寧流素絲涕。乘此終蕭散，垂竿深澗底。

虚谷曰：讀首四句，知朓盡齊武帝永明之世，立朝十許年。次六句痛鬱林。次八句美齊明帝。稱曰「英衮」，知其咏帝。用「青精」「黄旗」，并光武「司隸」事，則帝有所歸矣，海陵爲虚位也。「趨事」「載筆」一聯，去尚書省爲記室也。「邑里」以下十句，乃是因出省而還家。朓前賦東田詩「有莊在鍾山」，蓋有退閒之意也。詩排比多而興趣淺。三謝惟靈運詩喜以老、莊説道理、寫情愫，述景則不冗，寄意則極怨，爲特高云。

直中書省一首　　謝玄暉

紫殿肅陰陰，彤庭赫弘敞。風動萬年枝，日華承露掌。玲瓏結綺錢，深沈映朱網。紅藥當階翻，蒼苔依砌上。兹言翔鳳池，鳴佩多清響。信美非吾室，中園思偃仰。朋情以鬱陶，春物方駘蕩。安得凌風翰，聊恣山泉賞。

虚谷曰：朓嘗轉中書郎，此「紅藥」「蒼苔」之詩，應用者資爲事料熟矣。實則潘岳懷縣詩有云：「清泉過庭激，緑槐夾門值。信美非吾土，祇攪懷歸志。」此全傚之也。處省闥而思江湖，人能爲是言，能踐者鮮耳。「萬年枝」，今人以爲冬青樹。「承露盤」，漢武所爲，江左宫殿無之，殆借用耳。

觀朝雨一首　謝玄暉

朔風吹飛雨，蕭條江上來。既灑百常觀，復集九成臺。空濛如薄霧，散漫似輕埃。平明振衣坐，重門猶未開。耳目暫無擾，懷古信悠哉。戢翼希驤首，乘流畏曝鰓。動息無兼遂，歧路多徘徊。方同戰勝者，去翦北山萊。

虚谷曰：「百常觀」出張景陽七命。「九成臺」，出吕氏春秋。此必省中早坐見雨，有「驤首」之思，又有「曝鰓」之懼。動而進乎？息而退乎？恐熊、魚難兼，而路分爲二，莫知適從也。如子夏戰紛華而勝則可，歸矣亦平。

郡内登望一首　　謝玄暉

借問下車日，匪直望舒圓。寒城一以眺，平楚正蒼然。山積陵陽阻，溪流春穀泉。威紆距遥甸，巉嵒帶遠天。切切陰風暮，桑柘起寒煙。悵望心已極，惝恍魂屢遷。結髮倦爲旅，平生早事邊。誰規鼎食盛，寧要狐白鮮。方棄汝南諾，言税遼東田。

虚谷曰：「寒城一以眺，平楚正蒼然。」朱文公極喜此上一句，謂有力。唐子西語録：「謝玄暉詩：『平楚』，猶平野也。吕延濟乃用『翹翹錯薪，言刈其楚』，謂楚木叢。便覺氣象殊窘。」予所有李善本亦爾。近世張雪牕良臣詩「祇留平楚伴銷凝」，予謂乃極目寒蕪之意。平野縱無大草木，所以蒼然者，蓋亦青青而無極也。宣城郡有陵陽山，所謂仙人陵陽子明，見劉向列仙傳。春穀縣在丹陽郡，出漢書。末句「汝南諾」下「棄」字佳，謂不能爲太守與人畫諾字也。「遼東田」下「税」字亦佳：牛暴管寧田，寧牽牛飼之。亦善用事。

和伏武昌登孫權故城一首　　謝玄暉

炎靈遺劍璽，當塗駭龍戰。聖期缺中壤，霸功興寓縣。鵲起登吴山，鳳翔陵楚甸。衿帶窮巖險，帷帟盡謀選。北拒溺驂鑣，西龕收組練。江海既無波，俯仰流英盼。裘冕類禋郊，卜揆崇離殿。釣臺臨講閱，樊山開廣讌。文物共葳蕤，聲明且葱蒨。三光厭分景，書軌欲同薦。參差世祀忽，寂寞市朝變。舞館識餘基，歌梁想遺轉。故林衰木平，荒池秋草徧。雄圖悵若茲，茂宰深遐睠。幽客滯江皋，從賞乖纓弁。清卮阻獻酬，良書限聞見。幸藉芳音多，承風采餘絢。于役儻有期，鄂渚同游衍。

虛谷曰：炎靈遺斬蛇之劍與傳國之璽，而吳興；日月星三光厭乎分景而書軌欲同也，故吳亡。凡詩述興盛之事，則雅而難爲工；言及衰亡，則哀而易爲辭。此「舞館」「歌梁」「故林」「荒池」四句，所以讀之而見其佳也。伏武昌者，伏曼容，自大司馬參軍出爲武昌太守，朓以「茂宰」稱之。太守亦可云「茂宰」，而世人罕用。

和王著作八公山詩一首　謝玄暉

二別阻漢坻，雙崤望河澳。茲嶺復巑岏，分區奠淮服。東限琅邪臺，西距孟諸陸。阡眠起雜樹，檀欒蔭修竹。日隱澗疑空，雲聚岫如複。出没眺樓雉，遠近送春目。戎州昔亂華，素景淪伊瀔。阽危賴宗衮，微管寄明牧。長蛇固能翦，奔鯨自此曝。道峻芳塵流，業遥年運倏。平生仰令圖，吁嗟命不淑。浩蕩別親知，連翩〔六〕戒征軸。再遠館娃宫，兩去河陽谷。風煙四時犯，霜雨朝夜沐。春秀良已彫，秋場庶能築。

虚谷曰：此詩平平鋪敍。「瑯琊」「孟諸」「東限」「西距」，汎而不切，又誤向背。「平生仰令圖」以下，自述兩别家鄉之意，以辛苦爲歎，殊無足觀。「檀欒蔭修竹」一聯，處處可用，何獨八公山？

和徐都曹一首　謝玄暉

宛洛佳遨遊，春色滿皇州。結軫青郊路，迴瞰蒼江流。日華川上動，風光草際浮。桃李成蹊徑，桑榆蔭道周。東都已俶載，言歸望綠疇。

虚谷曰：文選注：和徐都曹勉昧旦出新渚。此乃借宛、洛以喻建康。小詩十句，而三句膾炙人口。

和王主簿怨情一首　謝玄暉

掖庭聘絶國，長門失歡宴。相逢詠蘼蕪，辭寵悲班扇。花叢亂數蝶，風簾入雙燕。徒使春帶賒，坐惜紅裝變。生平一顧重，宿昔千金賤。故人心尚爾，故人心不見。

虚谷曰：「花叢亂數蝶，風簾入雙燕。」靈運、惠連、顔延年、鮑明遠，在宋元嘉中未有此等綺麗之作也。齊「永明體」自沈約立爲聲韻之説，詩漸以卑。而玄暉詩徇俗太甚，太工太巧。陰、何、徐、庾繼作，遂成唐人律詩，而晚唐尤纖瑣，蓋本原於斯。「一顧重」而「千金賤」，此聯乃絶佳，事出列女傳：「楚成王之夫人鄭子瞀，初，成王登臺，子瞀不顧。王曰：『顧吾，與汝千金。』子瞀遂行不顧。」爲子瞀之不顧千金，彼一時也；爲王嬙、陳后、班姬見棄於主，此一時也。杜荀鶴「風暖鳥聲碎，日高花影重」之作，全得此格。

## 雜擬

擬魏太子鄴中集詩八首　謝靈運

建安末，余時在鄴宫，朝遊夕讌，究歡愉之極〔七〕。天下良辰、美景、賞心、樂事，四者難并。今昆弟友朋，二三諸彦共盡之矣。古來此娱，書籍未見，何者？楚襄王時有宋玉、唐、景，梁孝王時有鄒、枚、嚴、馬。遊者美矣，而其主不文。漢武帝徐樂諸才，備應對之能，而雄猜多忌，豈獲晤言之適？不誣方將，庶必賢於今日爾。歲月如流，零落將盡。撰文懷人，感往增愴。其辭曰：

魏太子

百川赴巨海，衆星環北辰。照灼爛霄漢，遥裔起長津。天地中横潰，家王拯生民。區宇既滌蕩，羣英必來臻。忝此欽賢性，由來常懷仁。況值衆君子，傾心隆日新。論物靡浮説，析理實敷陳。羅縷豈闕辭，窈窕究天人。澄觴滿金罍，連榻設華茵。急絃動飛聽，清歌拂梁塵。何言相遇易，此歡信可珍。

王粲

家本秦川貴公子孫，遭亂流寓，自傷情多。

幽厲昔崩亂，桓靈今板蕩。伊洛既燎煙，函崤没無像。整裝辭秦川，秣馬赴楚壤。沮漳自可美，客心非外獎。常歎詩人言，式微何由往。上宰奉皇靈，侯伯咸宗長。雲騎亂漢南，紀郢皆掃盪。排霧屬盛明，披雲對清朗。慶泰欲重疊，公子特先賞。不謂息肩願，一旦值明兩。並載遊鄴京，方舟泛河廣。綢繆清讌娱，寂寥梁棟響。既作長夜飲，豈顧乘日養。

陳琳

袁本初書記之士，故述喪亂事多。

皇漢逢屯邅，天下遭氛慝。董氏淪關西，袁家擁河北。單民易周章，窘身就羈勒。豈意事乖己，永懷戀故國。相公實勤王，信能定蝥賊。復覩東都輝，重見漢朝則。餘生幸已多，矧乃值明德。愛客不告疲，飲讌遺景刻。夜聽極星闌，朝遊窮曛黑。哀哇動梁埃，急觴盪幽默。且盡一日娱，莫知古來惑。

徐　幹

少無宦情，有箕、潁之心事，故仕世多素辭。

伊昔家臨淄，提攜弄齊瑟。置酒飲膠東，淹留憩高密。此歡謂可終，外物始難畢。摇蕩箕濮情，窮年迫憂慄。末塗幸休明，棲集建薄質。已免負薪苦，仍游椒蘭室。清論事究萬，美話信非一。行觴奏悲歌，永夜繫白日。華屋非蓬居，時髦豈余匹。中飲顧昔心，悵焉若有失。

劉　楨

卓犖偏人，而文最有氣，所得頗經奇。

貧居晏里閈，少小長東平。河兖當衝要，淪飄薄許京。廣川無逆流，招納厠羣英。北渡黎陽津，南登紀郢城。既覽古今事，頗識治亂情。歡友相解達，敷奏究平生。矧荷明哲顧，知深覺命輕。朝遊牛羊下，暮坐括揭鳴。終歲非一日，傳巵弄新聲。辰事既難諧，歡願如今并。唯羨肅肅翰，繽紛戾高冥。

應　瑒

汝潁之士，流離世故，頗有飄薄之歎。

嗷嗷雲中鴈，舉翮自委羽。求涼弱水湄，違寒長沙渚。顧我梁川時，緩步集潁許。一旦逢世難，淪薄恒羇旅。天下昔未定，託身早得所。官渡厠一卒，烏林〔八〕預艱阻。晚節值衆賢，會同庇天宇。列坐廕華榱，金樽盈清醑。始奏延露曲，繼以闌夕語。調笑輒酬答，嘲謔無慚沮。傾軀無遺慮，在心良已敘。

阮　瑀

管書記之任，故有優渥之言。

河洲多沙塵，風悲黄雲起。金羈相馳逐，聯翩何窮已。慶雲惠優渥，微薄攀多士。念昔渤海時，南皮戲清沚。今復河曲游，鳴笳汎蘭汜。躧步陵丹梯，並坐侍君子。妍談既愉心，哀弄信睦耳。傾酤係芳醑，酌言豈終始。自從食蓱來，唯見今日美。

平原侯植

公子不及世事，但美遨遊，然頗有憂生之嗟。

朝遊登鳳閣，日暮集華沼。傾柯引弱枝，攀條摘蕙草。徙倚窮騁望，目極盡所討。西顧太行山，北眺邯鄲道。平衢修且直，白楊信裊裊。副君命飲宴，歡娛寫懷抱。良遊匪晝夜，豈云晚與早。衆賓悉精妙，清辭灑蘭藻。哀音下迴鵠，餘哇徹清昊。中山不知醉，飲德方覺飽。願以黃髮期，養生念將老。

虛谷曰：序擬曹丕作。「良辰、美景、賞心、樂事，四者難并。」實靈運語，擬爲曹丕詩者。又云：「楚襄王時，有宋玉、唐、景，梁孝王時，有鄒、枚、嚴、馬。游者美矣，而其主不文。漢武帝徐樂諸才，備應對之能，而雄猜多忌，豈獲晤言之適？」予謂此序使其主宋武帝、文帝見之，皆必切齒。「其主不文」，明譏劉裕。「雄猜多忌」，亦能誅徐、傅、謝、檀者之所諱也。又況言與行皆躁而不静，作爲韓亡秦帝之時？宋之禪晉，自義熙得柄，近二十年而篡。文帝在位，至元嘉十年，靈運坐誅。其創業三十年矣，而以憤辭輕爲匡復晉室之語，不已踈乎？此序亦賈禍之一端也。況文帝以文自命，鮑照悟旨，僞作才盡，僅僅自全，靈運誠可謂不智矣！所擬八篇，於曹丕云：「天地中横潰，家王拯生民。」於王粲云：「排霧屬盛明，披雲對清朗。」此全是晉、宋詩，建安無此。於陳琳云：「夜聽極星闌，朝遊窮曛黑。」於徐幹云：「華屋非蓬居，時髦豈余匹。」皆不似建安。於劉楨云：「朝遊牛羊下，暮坐括揭鳴。」「括揭」二字怪詭，詩云：「雞棲于桀，牛羊下括。」雞棲於杙〔九〕爲「桀」，「傑」與「揭」音義同。「括」，至也。似不必如此立異。於應瑒云：「官渡厠一卒，烏林預艱阻。」頗合實事。於阮瑀云：「河洲多沙塵，風悲黃雲起。」此兩句頗哀壯。於曹植云：「徙倚窮騁望，目極盡所討。西顧太行山，北眺邯鄲道。」此四句亦高古。

然皆規行距步，甃砌妝點而成，無可圈點，全無所謂建安風調，故予評其詩而不書其全篇。陳琳、徐幹、阮瑀三子，文選無其詩，似不似固難懸斷。然建安詩有古詩十九首規格。晉人至高，莫如阮籍詠懷，尚有逕庭。靈運山水之作，細潤幽怨，紆餘開爽則有之矣，非建安手也。近世有休齋詩話者，謂靈運擬鄴中八首，無一語可稱，誠哉是言！今予於八首之中，提出其可資話柄者如前，亦已恕矣。

## 擬古三首

鮑明遠

幽并重騎射，少年好馳逐。氈帶佩雙鞬，象弧插彫服。獸肥春草短，飛鞚越平陸。朝遊鴈門上，暮還樓煩宿。石梁有餘勁，驚雀無全目。漢虜方未和，邊城屢翻覆。留我一白羽，將以分虎竹。

魯客事楚王，懷金襲丹素。既荷主人恩，又蒙令尹顧。日晏罷朝歸，鞍馬塞衢路。宗黨生光華，賓僕遠傾慕。富貴人所欲，道德亦何懼。南國有儒生，迷方獨淪誤。伐木清江湄，設置〔一〇〕守毚兔。

十五諷詩書，篇翰靡不通。弱冠參多士，飛步游秦宫。側覩君子論，預見古人風。兩説窮舌端，五車摧筆鋒。羞當白璧貺，恥受聊城功。晚節從世務，乘障遠和戎。解佩襲犀渠，卷袠奉盧弓。始願力不及，安知今所終。

虚谷曰：此三首亦擬古詩十九首，如陸機也。第一詩惟用二事爲博。宋景公使弓人爲弓，九年乃成，曰：「臣之精力盡於此弓。」景公射之，餘力益勁，猶飲羽於石梁。出闞子。吳賀使羿射雀左目，誤中右目。出帝王世紀。詩意欲以一矢求封侯也。第二詩設爲魯客之譏富貴不以道得。「南國儒生」，照以自謂。乃獨迷方失位，伐木罝兔，而守其愚也。第三詩謂少年讀書，晚節從戎。本非始願，不知末路之爲如何也。然則照竟有荆州之歿，悲夫！

學劉公幹體一首　鮑明遠

胡風吹朔雪，千里度龍山。集君瑶臺裏，飛舞兩楹前。兹辰自爲美，當避豔陽年。豔陽桃李節，皎潔不成妍。

虚谷曰：逴龍山〔二〕，出楚辭。「兹辰自爲美」一句佳。雪之爲物，當寒之時則爲其美，當桃李之時則無所容其皎潔矣。物固各有一時之美也。

## 代君子有所思一首

鮑明遠

西出登雀臺，東下望雲闕。層閣肅天居，馳道直如髮。繡甍結飛霞，琁題納行月。築山擬蓬壺，穿池類溟渤。選色遍齊代，徵聲帀邛越。陳鐘陪夕讌，笙歌待明發。年貌不可還，身意會盈歇。蟻壤漏山河，絲淚毁金骨。器惡含滿欹，物忌厚生没。智哉衆多士，服理辨昭昧。

虚谷曰：此詩十韻。前述帝居皇闕之盛，而後歎其忽衰，雍門子撼孟嘗君之意也。「築山擬蓬壺，穿池類溟渤。選色遍齊代，徵聲帀邛越。」其盛如此。「蟻壤漏山河，絲淚毁金骨。器惡含滿欹，物忌厚生没。」一朝有不可測者，則衰矣。一蟻之孔，可以傾山潰河。一線之淚，可以鑠金銷骨。欹器滿則覆，出家語。生之厚而之死地，出莊子。詩意本亦常談，但造語峭拔，而世之富貴驕淫不戒以顛者，比比是也，則其言豈可忽諸！

### 校勘記

〔一〕昔離　「昔」原訛作「者」，據文選卷三十校改。〔二〕亦園中　文選卷三十「亦」作「丘」。〔三〕下岫　文選卷三十「岫」作「田」。〔四〕苕滑　「苕」原訛作「茗」，據文選卷三十校改。〔五〕淪繼體　「淪」原訛作「渝」，據文選卷三十校改。〔六〕連翩

「翾」原訛作「翻」，據文選卷三十校改。〔七〕之極　「極」原作「至」，據文選卷三十校改。〔八〕烏林　「烏」原訛作「鳥」，據文選卷三十校改。〔九〕雞棲於杙　「杙」原訛作「栈」，據文選卷三十校改。〔一〇〕設罝　「罝」原訛作「苴」，據文選卷三十一校改。〔一一〕逴龍山　「逴」原訛作「連」，據文選卷三十一校改。

# 附録三　傳記

## 元書方回傳

曾　廉

方回字萬里，號虚谷，徽州歙人也。宋景定三年别省登第，提領池陽茶鹽，累遷知嚴州。國兵至州，回言必死事。已而服國人服，首導引者回也。回既迎降，即以爲建德路總管，回乘勢嚇取民數萬金。尋爲安撫使，罷，乃徜徉杭、歙間，自號紫陽居士，竟以壽終。初回在宋，昵於賈似道。似道勢敗，回遂上書言似道十可斬。舉城歸國，終以不用，乃遂肆意於詩。所撰瀛奎律髓，乃選唐、宋以來近體詩。評論之大旨，排「西崑」而祖「江西」，倡爲「一祖三宗」之説。一祖者，杜甫也；三宗者，黄庭堅、陳師道、陳與義也。其隲評於情景虚實之間三致意焉，往往過於拘方，非詩法也。回行事尤醜繆，害及鄉里。然詩實有重名於時，一時風雅勝流，皆樂與之接。晚益崇正，學人莫不重其言而怪其行。又泉州蒲壽宬，壽庚兄也。初知梅州，有清名。宋亡，黄冠野服，自稱處士。然益、廣二王航海至泉，壽庚距城不納，皆壽宬陰謀。壽庚納款歸國，亦壽宬密主之。然其詩沖淡閒遠，論者以爲與回俱不可測也。又回同邑楊公遠，字叔明，亦能詩。回爲跋其集。公遠宋人，未嘗仕元，然干謁當路，頌其德政，人以此少之。

（録自元書卷八十九文苑列傳）

## 元詩選方回小傳

顧嗣立

回，字萬里，别號虚谷，徽州歙縣人，宋景定壬戌别省登第，提領池陽茶鹽，累遷知嚴州。元兵至，迎降，即以爲建德路總管。尋罷，徜徉杭、歙間以老。虚谷傲倪自高，不修邊幅。賈似道敗，嘗上十可斬之疏。晚而歸元，終以不用，乃益肆意於詩，吟詠最多，亦不甚持擇也。其自序桐江續集云：「予自桐江休官閑居，萬事廢忘，獨於讀書作詩，未之或輟。」是時年已六十餘矣，仇仁近嘗贈詩云：「老尚留樊素，貧休比范丹。」頗爲時論所笑。嘗選唐、宋以來近體詩評論之，名曰瀛奎律髓，於情、景、虚、實之間，三致意焉，而尤以山谷、後山、簡齋爲標凖，海虞馮定遠曰：「方君所娓娓者，止在『江西』一派。觀其議論，全是執己見以繩縛古人，以古人無礙之才，圓變之學，曲合於拘方板腐之輩，吾恐其説愈詳而愈多所戾耳。」此言可謂深中虚谷之病矣。

（録自顧嗣立元詩選）

# 附録四　版本、評點及收藏情況一覽表

編纂瀛奎律髓彙評，爲了解原書版本、評點及收藏情況，曾向下列圖書館作過調查：北京、首都、科學院、北大、上海、復旦、華師大、天津、遼寧、吉林、吉大、蘭大、山大、南京、南大、安徽、浙江、杭大、福建、湖北、武大、廣東、中山大學、廣西、四川、川大、雲南、雲大、貴州。現將了解到的有關情況列表如左：

| 書名 | 版本 | 收藏者 | 備注 |
|---|---|---|---|
| 瀛奎律髓四十九卷 | 元至元癸未刻巾箱本，二十四册六函。 | 首都。 | |
| 瀛奎律髓四十九卷 | 明成化三年紫陽書院刻本。 | 北京；北大（殘本）；吉林；南京（殘本）。 | |
| 瀛奎律髓四十九卷 | 清康熙四十九年陳士泰刻本。 | 北京（一部録有馮舒、馮班評語，另一部録有陸貽典、無名氏（乙）評語）；上海（録有馮舒、馮班、查慎行評語）；天津；山大；南京；南大（録有馮舒、馮班評語）；浙江（殘本）。 | |

（續表）

| 書名 | 版本 | 收藏者 | 備注 |
|---|---|---|---|
| 瀛奎律髓四十九卷 | 清康熙五十二年石門吴之振黄葉村莊刻本。 | 北京（録有馮舒、馮班、陸貽典評語）；上海（一部録有馮舒、馮班、查慎行、何義門評語，一部録有無名氏（甲）評語，另一部録有查慎行評語）；遼寧；吉林（録有馮舒、馮班、錢湘靈評語）；吉大（録有查慎行評語）；南京（録有馮舒、馮班評語及沈巖跋語）；南大；安徽；浙江；湖北；廣東；中山大學；四川；雲南；雲大；貴州。 | |
| 瀛奎律髓刊誤四十九卷 | 清嘉慶五年侯官李氏校刻本。 | 科學院；北大；復旦；天津；遼寧；山大；南大；浙江；杭大；福建（録有謝章鋌跋語）；廣州；四川；雲南；貴州。 | 紀昀刊誤。 |
| | 懺華盦叢書本。 | 北京；科學院；上海；遼寧；山大；南京；廣東；中山大學；廣西；雲南；雲大。 | |
| | 掃葉山房刊本。 | 遼寧；南京；安徽；浙江。 | |
| | 一九二二年掃葉山房石印本。 | 天津；浙江；杭大；福建。 | |
| 删正瀛奎律髓四卷 | 鏡烟堂十種本。 | 科學院；上海。 | 紀昀删正。 |
| 律髓輯要七卷 | 雲南叢書本 | 華師大；雲南；貴州。 | 許印芳輯。 |

（續表）

| 書名 | 版本 | 收藏者 | 備注 |
| --- | --- | --- | --- |
| 瀛奎律髓四十五卷 | 一九一二年南宮邢氏印本。 | 科學院；北大；上海；天津；遼寧；南京；廣西；四川。 | 題爲「吴汝綸評選」，實際上無評語。 |
| 瀛奎律髓鈔一册 | 民國十七年郭季吾手鈔本。 | 四川。 | 趙熙評。 |
| 瀛奎律髓精選 | 手鈔本。 | 雲大。 | 清佚名鈔。 |
| 瀛奎律髓四十九卷 | 明朝鮮活字本。 | 浙江。 | |
| 瀛奎律髓四十九卷 | 日本文化五年刊本。 | 華師大。 | 該書未刻方回評點。 |

# 瀛奎律髓作者篇目彙檢

## 説　明

一、彙檢以著者爲綱，下列其作品篇目。作品篇目先列五言，後列七言。

二、作者及五、七言作品篇目的排列，均依首字筆劃爲序。首字相同，依第二字筆劃爲序。以下同。

三、著者稱謂按照方回原書所署爲準。對方回原書於某些著者既署字號或謚法而間或又署本名的，彙檢採取其使用次數最多的名稱，並於著者姓名之後加括號注明原書所署的其他名稱。如杜工部（杜甫）、王半山（王荊公、王介甫）。

四、方回原書於某些著者的組詩，或全部收録，或選録了其中的一部份。爲查檢方便，彙檢一律按其在該書中出現的順序於篇目下標明（一）、（二）等數序。

五、彙檢對同一著者用同一題目寫了兩篇以上作品的，於篇目之後加括號標出首句以資區別。

六、方回原書對同一時期幾位著者的同題和詩，於第一首標題，此後僅標數序。爲避免混淆，彙檢對第一首以後的作品，亦分別標明篇目。

七、彙檢於方回原書重出的作品篇目之前，加「△」符號予以注明。

## 彙檢

### 二畫



### 三畫

## 四　畫

## 五畫

## 六畫

## 七　畫

## 八畫

## 九　畫

## 十畫

## 十一畫

## 十三畫

## 十五畫

## 十六畫

## 十七畫

## 十九畫

## 廿畫



## 廿一畫

| | |
|---|---|
| 甌北集 | [清]趙翼著　李學穎、曹光甫校點 |
| 惜抱軒詩文集 | [清]姚鼐著　劉季高標校 |
| 兩當軒集 | [清]黄景仁著　李國章校點 |
| 惲敬集 | [清]惲敬著　萬陸、謝珊珊、林振岳標校　林振岳集評 |
| 茗柯文編 | [清]張惠言著　黄立新校點 |
| 瓶水齋詩集 | [清]舒位著　曹光甫點校 |
| 龔自珍全集 | [清]龔自珍著　王佩諍校點 |
| 龔自珍詩集編年校注 | [清]龔自珍著　劉逸生、周錫䪖校注 |
| 水雲樓詩詞箋注 | [清]蔣春霖著　劉勇剛箋注 |
| 人境廬詩草箋注 | [清]黄遵憲著　錢仲聯箋注 |
| 嶺雲海日樓詩鈔 | [清]丘逢甲著　丘鑄昌標點 |

| | |
|---|---|
| 牧齋初學集詩注彙校 | [清]錢謙益著　[清]錢曾箋注<br>卿朝暉輯校 |
| 李玉戲曲集 | [清]李玉著<br>陳古虞、陳多、馬聖貴點校 |
| 吴梅村全集 | [清]吴偉業著　李學穎集評標校 |
| 歸莊集 | [清]歸莊著 |
| 顧亭林詩集彙注 | [清]顧炎武著　王蘧常輯注<br>吴丕績標校 |
| 安雅堂全集 | [清]宋琬著　馬祖熙標校 |
| 吴嘉紀詩箋校 | [清]吴嘉紀著　楊積慶箋校 |
| 陳維崧集 | [清]陳維崧著　陳振鵬標點<br>李學穎校補 |
| 屈大均詩詞編年校箋 | [清]屈大均著　陳永正等校箋 |
| 秋笳集 | [清]吴兆騫撰　麻守中校點 |
| 漁洋精華録集釋 | [清]王士禛著<br>李毓芙、牟通、李茂肅整理 |
| 聊齋志異會校會注會評本 | [清]蒲松齡著　張友鶴輯校 |
| 敬業堂詩集 | [清]查慎行著　周劭標點 |
| 納蘭詞箋注 | [清]納蘭性德著　張草紉箋注 |
| 方苞集 | [清]方苞著　劉季高校點 |
| 樊榭山房集 | [清]厲鶚著　[清]董兆熊注<br>陳九思標校 |
| 劉大櫆集 | [清]劉大櫆著　吴孟復標點 |
| 儒林外史彙校彙評 | [清]吴敬梓著　李漢秋輯校 |
| 小倉山房詩文集 | [清]袁枚著　周本淳標校 |
| 忠雅堂集校箋 | [清]蔣士銓著　邵海清校<br>李夢生箋 |

| | |
|---|---|
| 高青丘集 | [明]高啓著　[清]金檀注<br>徐澄宇、沈北宗校點 |
| 唐寅集 | [明]唐寅著　周道振、張月尊輯校 |
| 文徵明集(增訂本) | [明]文徵明著　周道振輯校 |
| 震川先生集 | [明]歸有光著　周本淳校點 |
| 海浮山堂詞稿 | [明]馮惟敏著<br>凌景埏、謝伯陽標校 |
| 滄溟先生集 | [明]李攀龍著　包敬第標校 |
| 梁辰魚集 | [明]梁辰魚著　吴書蔭編集校點 |
| 沈璟集 | [明]沈璟著　徐朔方輯校 |
| 湯顯祖詩文集 | [明]湯顯祖著　徐朔方箋校 |
| 湯顯祖戲曲集 | [明]湯顯祖著　錢南揚校點 |
| 白蘇齋類集 | [明]袁宗道著　錢伯城校點 |
| 袁宏道集箋校 | [明]袁宏道著　錢伯城箋校 |
| 珂雪齋集 | [明]袁中道著　錢伯城點校 |
| 隱秀軒集 | [明]鍾惺著　李先耕、崔重慶標校 |
| 譚元春集 | [明]譚元春著　陳杏珍標校 |
| 張岱詩文集(增訂本) | [明]張岱著　夏咸淳輯校 |
| 陳子龍詩集 | [明]陳子龍著<br>施蟄存、馬祖熙標校 |
| 夏完淳集箋校(修訂本) | [明]夏完淳著　白堅箋校 |
| 牧齋初學集 | [清]錢謙益著　[清]錢曾箋注<br>錢仲聯標校 |
| 牧齋有學集 | [清]錢謙益著　[清]錢曾箋注<br>錢仲聯標校 |
| 牧齋雜著 | [清]錢謙益著　[清]錢曾箋注<br>錢仲聯標校 |

| | |
|---|---|
| 東坡詞傅幹注校證 | [宋]蘇軾著　[宋]傅幹注　劉尚榮校證 |
| 欒城集 | [宋]蘇轍著　曾棗莊、馬德富校點 |
| 山谷詩集注 | [宋]黄庭堅著　[宋]任淵、史容、史季温注　黄寶華點校 |
| 山谷詩注續補 | [宋]黄庭堅著　陳永正、何澤棠注 |
| 山谷詞校注 | [宋]黄庭堅著　馬興榮、祝振玉校注 |
| 淮海集箋注 | [宋]秦觀撰　徐培均箋注 |
| 淮海居士長短句箋注 | [宋]秦觀著　徐培均箋注 |
| 清真集箋注 | [宋]周邦彦著　羅忼烈箋注 |
| 石林詞箋注 | [宋]葉夢得著　蔣哲倫箋注 |
| 樵歌校注 | [宋]朱敦儒著　鄧子勉校注 |
| 李清照集箋注(修訂本) | [宋]李清照著　徐培均箋注 |
| 陳與義集校箋 | [宋]陳與義著　白敦仁校箋 |
| 蘆川詞箋注 | [宋]張元幹著　曹濟平箋注 |
| 劍南詩稿校注 | [宋]陸游著　錢仲聯校注 |
| 放翁詞編年箋注(增訂本) | [宋]陸游著　夏承燾、吴熊和箋注　陶然訂補 |
| 范石湖集 | [宋]范成大撰　富壽蓀標校 |
| 于湖居士文集 | [宋]張孝祥著　徐鵬校點 |
| 稼軒詞編年箋注(定本) | [宋]辛棄疾撰　鄧廣銘箋注 |
| 辛棄疾詞校箋 | [宋]辛棄疾著　吴企明校箋 |
| 姜白石詞編年箋校 | [宋]姜夔著　夏承燾箋校 |
| 後村詞箋注 | [宋]劉克莊著　錢仲聯箋注 |
| 雁門集 | [元]薩都拉著　殷孟倫、朱廣祁校點 |
| 揭傒斯全集 | [元]揭傒斯著　李夢生標校 |

| | |
|---|---|
| 三家評注李長吉歌詩 | [唐]李賀著　[清]王琦等評注 |
| 樊川文集 | [唐]杜牧著　陳允吉校點 |
| 樊川詩集注 | [唐]杜牧著　[清]馮集梧注 |
| 温飛卿詩集箋注 | [唐]温庭筠著　[清]曾益等箋注 |
| 玉谿生詩集箋注 | [唐]李商隱著　[清]馮浩箋注<br>蔣凡校點 |
| 樊南文集 | [唐]李商隱著　[清]馮浩詳注<br>錢振倫、錢振常箋注 |
| 皮子文藪 | [唐]皮日休著　蕭滌非、鄭慶篤整理 |
| 鄭谷詩集箋注 | [唐]鄭谷著<br>嚴壽澂、黄明、趙昌平箋注 |
| 韋莊集箋注 | [五代]韋莊著　聶安福箋注 |
| 李璟李煜詞校注 | [南唐]李璟、李煜著　詹安泰校注 |
| 張先集編年校注 | [宋]張先著　吴熊和、沈松勤校注 |
| 二晏詞箋注 | [宋]晏殊、晏幾道著　張草紉箋注 |
| 乐章集校箋 | [宋]柳永著　陶然、姚逸超校箋 |
| 梅堯臣集編年校注 | [宋]梅堯臣著　朱東潤編年校注 |
| 歐陽修詩文集校箋 | [宋]歐陽修著　洪本健校箋 |
| 歐陽修詞校注 | [宋]歐陽修著　胡可先、徐邁校注 |
| 蘇舜欽集 | [宋]蘇舜欽著　沈文倬校點 |
| 嘉祐集箋注 | [宋]蘇洵著　曾棗莊、金成禮箋注 |
| 王荆文公詩箋注 | [宋]王安石著　[宋]李壁箋注<br>高克勤點校 |
| 王令集 | [宋]王令著　沈文倬校點 |
| 蘇軾詩集合注 | [宋]蘇軾著　[清]馮應榴注<br>黄任軻、朱懷春校點 |
| 東坡樂府箋 | [宋]蘇軾著　[清]朱孝臧編年<br>龍榆生校箋 |

| | |
|---|---|
| 玉臺新咏彙校 | 吴冠文、談蓓芳、章培恒彙校 |
| 王梵志詩集校注(增訂本) | [唐]王梵志著　項楚校注 |
| 盧照鄰集箋注 | [唐]盧照鄰著　祝尚書箋注 |
| 駱臨海集箋注 | [唐]駱賓王著　[清]陳熙晉箋注 |
| 王子安集注 | [唐]王勃著　[清]蔣清翊注 |
| 陳子昂集(修訂本) | [唐]陳子昂撰　徐鵬校點 |
| 孟浩然詩集箋注(增訂本) | [唐]孟浩然著　佟培基箋注 |
| 王右丞集箋注 | [唐]王維著　[清]趙殿成箋注 |
| 李白集校注 | [唐]李白著　瞿蜕園、朱金城校注 |
| 高適集校注(修訂本) | [唐]高適著　孫欽善校注 |
| 杜詩趙次公先後解輯校 | [唐]杜甫著　[宋]趙次公注<br>林繼中輯校 |
| 杜詩鏡銓 | [唐]杜甫著　[清]楊倫箋注 |
| 錢注杜詩 | [唐]杜甫著　[清]錢謙益箋注 |
| 杜甫集校注 | [唐]杜甫著　謝思煒校注 |
| 岑參集校注 | [唐]岑參著　陳鐵民、侯忠義校注 |
| 戴叔倫詩集校注 | [唐]戴叔倫著　蔣寅校注 |
| 韋應物集校注(增訂本) | [唐]韋應物著　陶敏、王友勝校注 |
| 權德輿詩文集 | [唐]權德輿撰　郭廣偉校點 |
| 韓昌黎詩繫年集釋 | [唐]韓愈著　錢仲聯集釋 |
| 韓昌黎文集校注 | [唐]韓愈著　馬其昶校注<br>馬茂元整理 |
| 劉禹錫集箋證 | [唐]劉禹錫著　瞿蜕園箋證 |
| 白居易集箋校 | [唐]白居易著　朱金城箋校 |
| 柳宗元詩箋釋 | [唐]柳宗元著　王國安箋釋 |
| 柳河東集 | [唐]柳宗元著　[宋]廖瑩中輯注 |
| 元稹集校注 | [唐]元稹著　周相録校注 |
| 長江集新校 | [唐]賈島著　李嘉言新校 |

# 《中國古典文學叢書》已出書目

| | |
|---|---|
| 詩經今注 | 高亨注 |
| 楚辭今注 | 湯炳正、李大明、李誠、熊良智注 |
| 司馬相如集校注 | [漢]司馬相如著　金國永校注 |
| 揚雄集校注 | [漢]揚雄著　張震澤校注 |
| 張衡詩文集校注 | [漢]張衡著　張震澤校注 |
| 阮籍集 | [魏]阮籍著　李志鈞等校點 |
| 陸機集校箋 | [晉]陸機著　楊明校箋 |
| 陶淵明集校箋(修訂本) | [晉]陶潛著　龔斌校箋 |
| 世説新語箋疏(修訂本) | [南朝宋]劉義慶撰　余嘉錫箋疏　周祖謨等整理 |
| 世説新語校釋 | [南朝宋]劉義慶撰　[南朝梁]劉孝標注　龔斌校釋 |
| 鮑參軍集注 | [南朝宋]鮑照著　錢仲聯增補集説校 |
| 謝宣城集校注 | [南朝齊]謝朓著　曹融南校注集説 |
| 江文通集校注 | [南朝梁]江淹著　丁福林、楊勝朋校注 |
| 文心雕龍義證 | [南朝梁]劉勰著　詹鍈義證 |
| 詩品集注(增訂本) | [梁]鍾嶸著　曹旭集注 |
| 文選 | [梁]蕭統編　[唐]李善注 |
| 蕭繹集校注 | [南朝梁]蕭繹著　陳志平、熊清元校注 |